여성시의 대문자

저자 **맹문재**(孟文在)

1963년 충북 단양에서 태어나 고려대 국문과 및 같은 대학원을 졸업했다. 시론 및 비평집으로 『한국 민중시 문학사』 『패스카드 시대의 휴머니즘 시』 『지식인 시의 대상애』 『현대시의 성숙과 지향』 『시학의 변주』 『만인보의 시학』, 편저로 『페미니즘과 에로티즘 문학』(공편) 『박인환 전집』 『김명순 전집-시 · 희곡』 등이 있다. 전국 노동자문학회 매체인 『삶글』을 비롯해 『부천작가』 『시작』 『삶과 문학』 등의 창간과 주간을 맡았다. 현재 안양대 국문과 교수로 있다.

푸른사상 한국문학 비평선 7

여성시의 대문자

인쇄 2011년 12월 26일 | 발행 2011년 12월 30일

지은이 · 맹문재
펴낸이 · 한봉숙
펴낸곳 · 푸른사상사
주간 · 맹문재 | 편집 · 지순이 |

등록   제2-2876호
주소   서울시 중구 초동 42번지 아시아미디어타워 502호
대표전화   02) 2268-8706(7) | 팩시밀리   02) 2268-8708
이메일   prun21c@yahoo.co.kr / prun21c@hanmail.net
홈페이지   www.prun21c.com

ⓒ 맹문재, 2011

ISBN 978-89-5640-885-3 93810
 값 20,000원

여성시의 대문자

맹문재

The Capital Letter of Poems on Women

『만인보의 시학』에 이어 또 한 권의 평론집을 묶는다. 여성시에서 추구하는 여성성과 여성미에 관심을 가지고 쓴 글들을 모은 것이다. 내년에는 여성성과 여성미를 주제로 학술지에 게재한 논문들을 묶을 계획이다.

나는 여성을 노동자와 같은 사회적 약자로 생각하고 있다. 오늘날의 여성들은 남성들 못지않은 교육 기회와 사회 활동을 하고 있지만, 아직까지 남성들에 비해 여러 가지로 불리한 조건에 있다고 생각한다. 그리하여 여성들의 적극적인 세계인식과 실천 행동에 주목하면서 그 의미를 찾아보고자 하는 것이다.

평론집은 총 4부로 구성했는데, 제1부에서는 여성시에 나타난 여성성을 살펴보았다. 산업사회의 도래로 인해 여성들은 가정생활뿐만 아니라 노동시장에 구속되는 위험에 처해 있음을 주목하고 여성들의 적극적인 세계인식과 적응하는 모습을 살폈다. 또한 여성시에 나타난 여성미를 페미니즘의 차원에서 고찰했고, 우리의 근대문학에서 최초의 여성 소설가이자 시인인 김명순의 시와 희곡에 나타난 여성성도 살펴보았다. 아울러 여성 미용과 여성 복식, 여성의 가정교육을 개화기 ~1920년대, 1930년~1936년, 1937년~1945년, 1945년 8월~1953년 7월, 1953년 8월~1961년 4월의 단계로 나누어 정리해보았다.

제2부에서는 여성 시인들의 작품 세계를 여성성의 차원에서 살펴보았다. 김선영의 시세계는 우주의 강물에 몸을 담그는 대문자의 시학으로, 노향림의 시세계는 아픈 세상을 끌어안고 밝은 쪽을 지향하는 햇빛의 시학으로, 이인원의 시세계는 용기와 통찰로써 그림자들을 포용하는 역설의 시학으로, 심인숙의 시세계는 궁극적인 여성의 존재성을 지키는 상상력의 시학으로 보았다. 그리고 손순미의 시세계는 여성의 저녁을 꽃과 동등하게 여기고 기꺼이 수용하는 시학으로 보았다.

　　제3부 역시 여성 시인들의 작품 세계를 모성을 포함한 여성성의 차원에서 살펴보았다. 전숙의 작품들에서는 나이든 여성들을 품으면서 여성의 족보를 만들어가는 인식에 주목했고, 박경남의 작품들에서는 인연을 소중히 여기는 여성의 마음을 비인간화되어 가는 현대사회에 대응하는 모습으로 보았다. 김희수의 작품들에서는 끊임없는 고통을 단순한 감정이 아니라 여성의식으로 극복하고자 하는 면을, 정숙자의 작품들에서는 시인이란 존재를 선험적인 천재가 아니라 노력하는 한 인간으로 파악한 점을, 그리고 이수산의 작품들에서는 사랑의 의미를 깨닫고 실천하려는 면을 주목했다.

　　제4부에서는 고찰의 대상을 확대해 필자가 발굴한 변영로의 「다 자는 밤」「도이신자(悼李信子)」를 중심으로 수주의 작품 세계를 '님'의 시학으로 조명해보았다. 다음으로 김정순의 작품들에서는 여성 가장으로서 힘들게 살아온 시간들과 현재의 삶을 긍정하는 면들을 살펴보았다. 그리고 2000년대의 시문학사를 이 책의 마지막 글로 수록했다. 세계의 평화가 쉽지 않고 자본주의가 심화된 시대 속에서의 시단 상황을 개괄한 뒤 구체적인 양상으로 원로 및 중견 시인들의 활동, 서정시의 흐름, 실험시의 등장, 참여시의 지속 등으로 나누어 살펴보았다.

이번 평론집에 함께한 시인들과 이 글을 쓸 수 있는 기회를 주신 분들, 그리고 책을 만들어주신 한봉숙 대표님과 편집부 직원들께 감사함을 전한다. 모두 소중한 인연들이다.

　　읽어야 할 책들은 많고 써야 할 글들도 많지만, 점점 시간의 부족을 느낀다. 그렇지만 시간에 밀릴 수는 없다. 좀 더 집중력을 가지고 다부지게 밀고 나아가자.

2011년 12월
맹 문 재

■ 책머리에　　　　　　　　　　　　　　　　　• 5

제1부

시와 여성성　　　　　　　　　　　　　　　　• 13

시와 여성미　　　　　　　　　　　　　　　　• 45

김명순 시와 희곡의 여성성　　　　　　　　　• 56

여성 미용문화사　　　　　　　　　　　　　　• 72

여성 복식사　　　　　　　　　　　　　　　　• 85

여성의 자녀 교육사　　　　　　　　　　　　• 102

제2부

대문자의 시학 — 김선영의 『작파하다』론　　• 117

햇빛의 시학 — 노향림의 시세계　　　　　　• 126

역설의 시학 — 이인원의 시세계　　　　　　• 135

상상력의 시학 — 심인숙의 『파랑도에 빠지다』론　• 144

저녁의 시학 — 손순미의 『칸나의 저녁』론　　• 156

제3부

여성 족보의 시학 — 전숙의 『나이든 호미』론 • 169

인연의 시학 — 박경남의 『돌탑을 쌓다』론 • 180

시시포스의 시학 — 김희수의 시세계 • 193

천재의 시학 — 정숙자의 시세계 • 202

사랑의 시학 — 이수산의 『차향』론 • 211

제4부

변영로의 '님' 시학 — 「다 자는 밤」 「도이신자(悼李信子)」를 중심으로 • 223

생활의 기록 — 김정순의 『생활의 기쁨』론 • 234

2000년대 시문학사 • 244

■ 발표지 목록 • 291

■ 찾아보기 • 293

제1부

시와 여성성

1

현대시에 등장한 여성성은 크게 주목되는데, 산업사회의 도래로 인해 여성들이 노동시장에 구속되는 또 다른 위협을 겪고 있는 것이 사실이지만, 여성들이 사회활동에 적극적으로 참여하고 주도한 면이라고 볼 수 있다. 현대의 여성들은 이전 시대의 여성들과는 비교할 수 없을 정도로 진전된 삶을 영위하고 있다. 가령 자신의 의사와 상관없이 가문 때문에 혼인하거나 가문의 번성을 위해 자신의 행복을 희생하는 여성은 찾아보기 힘들다. 현대의 여성들은 스스로 직업을 구하고 거주지를 정하고 배우자를 선택하는 등에서 볼 수 있듯이 삶의 결정권을 가지고 있다. 뿐만 아니라 자신의 한계나 결핍을 인식하고 그 충족을 위해 자신을 개선하거나 계발한다.

현대의 여성들은 이전 시대의 여성들에 비해 높은 교육 기회와 다양한 지식과 정보의 습득을 통해 사회활동을 하는 데에 유리한 위치에 있다. 그렇지만 아직까지 여성들의 위치가 남성들과 더불어 역사의 주체가 될 만큼 이르지 못한 것도 사실이다. 더욱이 환경오염, 각종 사건과 사고, 치열한 생존경쟁, 인간소외 등의 문제가 정글처럼 삶을 지배하는 상황이어서, 그 위험이 울리히 벡이 『위험사회』에서 진단했듯이 예외적인 것이 아니라 일상적인 것이기 때문에, 성차별을 받고 있는 여성들의 경우 상대적으로 불리한 것이다.

따라서 여성성의 추구는 여전히 필요하다. 이와 같은 차원에서 가령 텔레비전의 드라마나 영화나 문학 작품 들에서 여성이 남성과 갈등을 겪거나 서로 다투는 모습을 부정적으로 바라볼 것이 아니라 오히려 열악한 위치에 있는 여성이 자신의 환경에 소극적으로 순응하는 것을 극복하고 적극적으로 적응해 가려는 모습으로 인정할 필요가 있다. 다시 말해 단지 여성이라는 이유 때문에 불이익을 당해서는 안 된다고 남성 중심의 사회적 가치나 제도에 맞서는 행동으로 볼 수 있는 것이다.

여성들이 자신의 여성미를 추구하는 것도 마찬가지이다. 여성들이 화장을 하고 복장에 신경 쓰고 몸매를 관리하는 등 자신의 육체미를 추구하는 것은 남성들에게 잘 보이기 위해서가 아니라 주체성을 살리려는 행동이다. 이전 시대에 규제되었던 여성미의 기준을 극복하고 여성의 미적 가치를 높이는 것이다.

현대시의 여성성은 여성들의 적극적인 세계 인식과 실천 행동을 지향하고 있으므로 페미니즘의 성격을 띤다. 여성 시인들은 이전 시대의 문학적 성과를 수용하면서 여성으로서 추구해야 할 가치를 나름대로 지향하고 있다. 단순히 감상적이거나 상업적인 차원이 아니라 자신의 정체성을 획득하는 것은 물론 운동성과 담론의 생산을 이루고 있는 것이다. 아직까지 여성성에 대해 부정적인 반응을 보이는 분위기가 남성들 사이에서 혹은 여성들 사이에서 존재하는 것은 사실이지만 그 명분은 약화될 수밖에 없다. 그만큼 여성 시인들이 추구하는 여성성은 편견을 불식시키고 연대감을 획득해 나갈 가능성을 지니고 있는 것이다.

2

어린 딸들이 받아쓰는 훈육 노트에는
여자가 되어라
여자가 되어라…… 씌어 있다
어린 딸들이 여자가 되기 위해
손발에 돋은 날개를 자르는 동안
여자 아닌 모든 것은 사자의 발톱이 된다
— 고정희, 「여자가 되는 것은 사자와 사는 일인가」 부분

　여성들은 가부장제 집안에서 자라나면서부터 "여자가 되"라는 요구를 받는데, 직장의 일터에서도 가정의 살림을 맡는 신분이 되어서도 마찬가지이다. 여성들은 남성주의 사회로부터 받는 그 요구를 거절할 수 없어 자신의 "날개를 자"른다. 뿐만 아니라 얼굴에 화장을 하고, 반찬거리를 사기 위해 시장을 헤맨다. 남성들은 자신의 요구를 거절하는 여성들을 위험한 발톱과 이빨과 기상을 가진 "사자"와 같은 존재라고 경멸하며 배척한다. 남성들이 지배하고 있는 사회의 철학과 권력과 종교도 마찬가지이다. 그리하여 시인은 "여자가 되는 것은 사자와 사는 일"이 아니라고 남성들의 편견과 왜곡에 강하게 맞서고 있다.

불안증을 치료받으러 신경정신과에 갔다
전문의 의학박사 [xx] 라는 이름을 두 마리의 용이 감싸고 있는 의사가
내게 물었다
　부모와 불화합니까
　남편과 갈등이 있습니까
　아이들이 속을 썩입니까
　아니오
　아니오 아니오
의사는 고개를 갸우뚱하며

대개의 한국 여성들은 이 세 가지 중 하나에 문제가 있습니다 잘 생각해
보시면 그중의 하나가 발견될 것입니다
그러나
아무리 생각해도 아니었다

오늘 나는 화냥질이 하고 싶었다
오늘 나는 독한 술을 마시고 싶었다
오늘 나는 옷을 활짝 벗어 던지고 햇볕 쨍한
거리를 어슬렁거리고 싶었다
나는 오늘
머리를 풀고 꺽꺽거리며
아주 근사한 고민에 빠져보고 싶었다

도대체 나는 어느 나라 여자인가

— 이경림, 「한국 여자」 전문

한국 사회에서 대다수의 기혼 여성은 한 인간으로서보다 시부모의
며느리로서, 남편의 아내로서, 아이들의 어머니로서, 사회의 아줌마로
서 존재한다. 인격적인 대우를 제대로 받지 못하고 가부장제 사회에
몸을 맞추느라 병까지 얻는다. 시부모와의 불화나 남편과의 갈등이나
자식에 대한 기대가 무너져서 생기는 것만이 아니라 인격적인 대우를
받지 못함으로써 생기는 것이다. 그리하여 가정주부의 병인(病因)은 전
문의도 찾아내기 어렵고, 그에 따라 치료 방법도 제시하기 어렵다. 그
만큼 여성들은 남성들이 만들어 놓은 높고 견고한 벽에 갇혀 있는 것
이다.

일찍이 나는 아무 것도 아니었다.
마른 빵에 핀 곰팡이
벽에다 누고 또 눈 지린 오줌 자국

아직도 구더기에 뒤덮인 천년 전에 죽은 시체.

아무 부모도 나를 키워주지 않았다
쥐구멍에서 잠들고 벼룩의 간을 내먹고
아무 데서나 하염없이 죽어가면서
일찍이 나는 아무 것도 아니었다

떨어지는 유성처럼 우리가
잠시 스쳐갈 때 그러므로,
나를 안다고 말하지 마라.
니는너를 모른다 나는너를모른다.
너당신그대, 행복
너, 당신, 그대, 사랑

내가 살아 있다는 것,
그것은 영원한 루머에 지나지 않는다.

— 최승자, 「일찍이 나는」 전문

　　"아무 부모도 나를 키워주지 않았다"는 토로에서 보듯이 여성들은 단지 딸이라는 이유로 아들(남성)과 다르게 교육의 기회 등을 갖지 못한다. 그 결과 사회에서 제대로 대우받지 못한다. 그리하여 시인은 "나를 안다고 말하지 마라."고 할 정도로 여성이기 때문에 받은 불이익에 적극적으로 대항하고 있다. 이는 보부아르가 『제2의 성』에서 추구한 페미니즘이기도 한데, 보부아르는 서구의 역사와 문화가 남성 중심으로 형성되었다고 진단하고 그것을 극복하기 위해서는 여성이 적극적으로 대항해야 된다고 주장했다. 여성의 존재를 자궁이라고 규정하는 것은 잘못이고, 생물학적인 차원에서 남성과 여성을 구별하는 것은 성차(性差)의 기준이 될 수 없다고 부정하고, 여성을 남성과 다른 존재로 만든 역사적 상황들을 고찰한 뒤 "여자는 태어나는 것이 아니라 만들어지는 것"[1]이라고 진단했다. 그리하여 여성은 자신을 억압하는 남성에게 적극적으로 맞서야 된다고 역설했는데, 그와 같은 태도가 여성성을 추구하는 시인들의 세계관이기도 하다.

• 부음

이상준(골드라인 통상 대표), 오희용(국제 가정의학 원장), 손희준(남한 방송국), 김문수(동서대학 교수) 씨 빙모상 = 4일 오후 삼성 병원. 발인 6일 오전 5시.

누군가 실종되었음이 분명하다

다섯 명씩이나!

순교 문화의 품위를 지키면서
손수건으로 입을 막고 다소곳이

남근 신의 가족 로망스 이야기

— 김승희, 「한국식 실종자」 전문

신문에 게재된 부고란의 모습을 통해 한국 사회가 얼마나 남성 중심으로 영위되고 있는지를 신랄하게 풍자하고 있다. 또한 부고란에 쓰인 직함을 통해 남성주의와 자본주의 사회의 계급이 밀접한 관계를 맺고 있음을 보여주고 있다. 실제 한국 사회에서 부고는 남성 계급이 철저히 발현되는 문화이다. 2008년부터 남녀 차별적인 호주제가 폐지된 것을 비롯해 가족법이 대폭적으로 개정됨에 따라 여권 신장의 토대가 한

---

1) 시몬 드 보부아르, 조홍식 역, 『제2의 성』, 을유문화사, 1998, 92쪽.

충 마련되었다고 볼 수 있지만, 아직까지 여성은 불리한 위치에 있다. 따라서 여성성의 인식은 여전히 필요한데, 여성으로서의 존엄성이 여지없이 무너지는 상황이 존재하기 때문에 특히 그러하다.

> 달아오른 한 대의 석유난로를 지나
> 진찰대 옆에서 익숙하게 아랫도리를 벗는다.
> 양 다리가 벌려지고
> 고름 섞인 누런 체액이 면봉에 둘둘 감겨
> 유리관 속에 담아진다.
> 꽝꽝 얼어붙은 창 바깥에서
> 흠뻑 눈을 뒤집어쓴 나무 잔 가지들이 키들키들
> 그녀를 웃는다.
>
> 반쯤 부서진 문짝을 박살내고 아버지가 집을 나가던 날
> 그날도 함박눈 내렸다.
>
> 검진실, 이층 계단을 오르며
> 그녀의 마르고 주린 손가락들은 호주머니 속에서
> 부지런히 무엇인가를 찾아 꼬물거린다.
> 한때는 검은 머리칼 찰지던 그녀,
> 몇 번의 마른기침 뒤 뱉어내는
> 된가래에 추억들이 엉겨붙는다.
> 지독한 삶의 냄새로부터
> 쉬고 싶다.
>
> 원하는 방향으로 삶이 흘러가는 사람들은
> 어떤 사람들일까……
> 함박눈 내린다.
>
> — 이연주, 「매음녀 4」 전문

고막을 찌르는 호각소리
야음의 뒷길을 질근질근 씹으며 몰려오는
수색꾼들의 구둣발 소리
밀실에 웅크리고 있던 겁에 질린 꽃들
서너 송이 붙들려 관용 지프차에 옮겨졌다
수분을 빼앗겨 말라버린 얼굴을 차창에 구겨 넣고
가축처럼 무력하게 수송되어 갔다
빛의 난립으로 혼탁해진 이 도시의 간판을 건너
그녀들의 얼어붙은 눈빛은 어디로 이송되는 것인가
해가 떠올라 찌든 밤이 헹굼질 되면
바람 한 점의 무게로나 돌아올 수 있을까

해충이나 병원균처럼 박멸의 대상이 된 목숨
나치에 쫓기는 유태인들 마냥
암흑의 벙커나 다락방으로 숨어들어 꽃을 판다
어제는 커튼 친 차를 타고 게토를 빠져나가
몇 블록 밖에서 심장 뛰는 거래가 이루어졌다
후미진 골목에 잠복해 있던 그믐달은 들었을 것이다
본능적으로 살아남기 위해 죽음의 덫을 밟는 소리를
목재나 쇠붙이처럼 말이 없어진 그녀들의
눈알을 빼서 만든 율법을 보라
그 장님의 율법에는 구린 반어의 냄새가 난다
수색망을 피해 필사적으로 생업을 마친
오늘은 별들도 더럽게 빛난다

— 이기와, 「그녀들 비탈에 서다」 전문

한국 사회에서 성을 매매하는 여성들은 탈출구를 마련할 수 없다. 경제적인 토대가 약할 뿐만 아니라 남성들의 비인간적인 구속과 억압이 상상할 수 없을 정도로 크기 때문이다. 그 결과 성매매 여성들은 마치 "나치에 쫓기는 유태인들"(이기와) 같은 취급을 당하고 있다. 성매매의 문제는 사회적 약자인 여성을 인간 시장에 부려 놓고 사고파는 타락한 자본주의 시장의 한 전형이기 때문에 방치해서는 안 된다. 물론 현대 사회에서 성의 문제는 여성뿐만 아니라 남성의 문제이기도 하고 공적인 것이 아니라 개인적인 것이라는 견해도 있지만, 왜곡된 제도와 관습에 의해 여성의 성이 유린당하는 것은 마땅히 보호되어야 하는 것이다. 따라서 주홍글씨가 새겨진 성매매 여성들의 처절한 삶을 고백적인 눈물로써 알리고 있는 시인의 용기는 시사되는 바가 크다.

성매매는 각종 보도나 자료를 통해 알 수 있듯이 자본주의 시장을 형성하는 큰 상품이다. 여성들의 성은 남성들이 지배하는 시장에 의해 철저히 이용당하고 있다. "철저한 자본주의 논리의 실천자이면서도 자본주의 체제로부터 가장 대접받지 못하고 있는 비하된 존재"[2]자인 것이다. 따라서 "원하는 방향으로 삶이 흘러가는 사람들은/어떤 사람들일까……"(이연주)라고 탄식할 정도로 성매매의 위험에 처해 있는 여성들의 문제는 도덕적인 차원이 아니라 경제적인 차원에 의해 해결될 수 있다. 여성이 남성과 대등한 경제활동을 한다면 자신의 성을 상품화하지는 않을 것이기 때문이다. 현대 여성들의 예속은 노동시장에서도 여실하게 나타나고 있다.

> 때때로 지난 일들이 지금 진행되는 일처럼
> 생생하게 역력히 되살아난다.
> 1978년 2월 21일 대의원 선거 날
> 선거 한번 민주적으로 해보자 기대에 부풀었던 날 새벽
> 낯익은 동료들
> 술 냄새 풍기던 보전반 박씨의
> 초점 없이 하얗게 변색된 얼굴을 뒤따라

---

2) 김효선, 「매춘여성의 성과 사랑」, 『문학으로 보는 성(성과 문학 이론편)』(김종회 · 최혜실 엮음), 김영사, 2001, 258쪽.

대의원 선거장은 똥물로 아수라장
"똥 먹고 싶지 않으면 싹 나가!"
부라리며 고함지르며 덤비던 광란의 눈동자
"아저씨 진정해요. 이럴 때가 아니에요."
뜨거운 눈물 애절한 호소
"비켜! 니 년들이 뭐 잘났다고……
시키는 대로 일하지 않고 까부는 년들에게는 똥물이 약이야.
폭력 남발
악성범죄의 현장
작업은 거부되고 범죄자들은
자율을 부르짖던 모두를 몰아내기 위한 시도 단행
지부장의 자격을 박탈하고
동일방직 민주노조는 사고지부로 낙인찍고
민주노동조합을 때려잡는
조직행동대라 칭하는 200여 명의 깡패를 현장으로 난입시키고
아― 자율은 똥물 진창 속에 묻혔고
노동조합법은 권모술수의 앞잡이로 둔갑
견딜 수 없는 치욕의 날들
살아 숨만 쉬는 허깨비 아닌 우리 모두
우리의 정당성을 밝히기로 하고 단식으로 항의농성
똥물 먹고 살 수 없다
우리가 빨갱인가
자율적인 노동조합 보장하라
대의원 선거 치르게 하라
백날 같은 하루 백날 같은 한 시간
정신 잃고 들것에 실려 나가고
가족들의 아우성은 더욱 커지고
뜻을 같이하는 동지들의 동맹단식이 이어지기를 13일
사태는 급속도로 위급해지고
현장으로 복귀만 하면 모든 문제는 백지화시킨다
정부의 고급관리와 종교계 인사들께서 합의

대의원 선거도 무사히 치르게 한다
아— 가슴 터지는 승전가
얼싸안고 얼싸안고 웃고 울고 나뒹굴고
솜먼지 자욱한 일터로 가자
선진조국 잉태하는 기계 앞으로 가자
그런데 맑은 하늘에 개벼락?
무단결근으로 사칙 위반한 죄
소요를 유발시켜 회사의 위신을 추락시킨 죄
생산량을 50% 감소시키고 불량품의 급증으로 막대한 손해를
유발시킨 죄로 124명 해고
또 범쇠 유발 악성범죄 새유발
"우린 어떻게 살아요?"
"입 닥쳐"
입술은 곤봉에 짓이겨지고
"같이 살아 봅시다"
허우적거리는 손과 발은 쇠사슬에 조이고
범죄자들은 버젓이 어깨에 힘주어 행세하기를
선량한 노동자들은 전과자
피보다 진한 우리 모두의 눈물
피보다 진한 우리 모두의 한
아— 식모살이 버스 안내양 봉제공장 시다
들통 나면 가차 없이 해고 해고……
차라리 웃음 팔고 몸을 파는 창녀짓을 해서라도
목구멍에 풀칠해야 살지
질서 정연한 공단거리
찢어진 무심한 모집공고 앞에서 피를 토하는 듯한 애절한 한숨
그러나
이대로는 죽을 수 없어
죽는다면 이 세상을 떠도는 원귀라도 되어
진실을 위법한 범죄자들 가슴과 머리를 도려내고
전과자된 양심과

핏빛보다 진한 눈물로 목욕시켜
사랑 앞에 무릎 꿇고 과오를 반성시키는
이런 각오로 살아야 한다
때때로 이런 생각만 하면 나는
가슴이 뜨거워지고
맥박도 뜨거워지고
정신이 맑아지고
아— 살아야 한다
진실과 정의의 기치를 들고 끝까지 살아야 한다

— 정명자, 「잊지 못할 1978년 2월 21일」 전문

    동일방직에 근무하는 여성 노동자들이 노동조합을 결성하려고 투쟁하는 과정에서 당했던 소위 '똥물사건'을 그리고 있다.3) 회사는 여성 노동자들로 운영되는 노동조합을 무너뜨리기 위해 대의원대회를 원천봉쇄하고, 경찰에 진압을 요청해, 여성 노동자들이 40명이나 졸도하는 일이 발생되었다. 여성 노동자들은 그와 같은 상황에서도 결의를 굽히지 않고 1978년 2월 21일 대의원선거를 실시했다. 그날 회사는 여성 노동자들에게 똥물을 뒤집어씌우고 대의원 선거를 방해했는데, 시인은 그 사건 앞에서 "진실과 정의의 기치를 들고 끝까지" 대항할 것을 천명하고 있다. 여성으로서 겪는 결핍 상황을 담아내는 대다수의 여성시들과 달리 적극적으로 여성성을 추구하고 있어 의미하는 바가 크다.4) 또한 공동체 의식을 나타내고 있어 주목된다. 여성들이 주체성을 회복하고 정립시키기 위해서는 대부분의 여성들이 여성들과의 관계보다 남성들과의 관계를 중시하는 관습을 극복하고 공동체 의식을 형성하는

3) 자세한 내용은 동일방직복직투쟁위원회 엮음, 『동일방직 노동조합 운동사』(돌베개, 1985) 참조.
4) 맹문재, 「1980년대 시문학사—여성시편」(『다층』, 2005년 봄호, 176~195쪽) 참조.

일이 필요한 것이다. 그런 차원에서

> 한 여자 어떤 여자 혹은 여자 다른 여자가
>   (감추어진)
>
> 쓰러지는 것이 보였다 나는 똑똑히 보았다 왜냐하면
> 나는 내 타락한 말로 그녀를 향해 원한의 독침을
> 쏘아댔었으니까 나쁜 년 너 때문이야
> 내 썩은 침이 그녀 위로 날아갔다
>
>   (김정란, 「내가 아무렇게나 죽인 여자」 부분)

라고 여성들 간에 적대감을 내보인 자신을 반성하는 자세는 중요하다. 여성들 간에 유대감을 가질 때 남성들이 규정한 존재성을 탈피하고 여성으로서의 정체성을 확립하는 데에 유리하다. 남성의 꿈을 빌어 꿈을 꾸는 것이 아니라 주체적으로 신화를 만들어낼 수 있는 것이다.

3

> 우주의 양쪽 끝을 잡고
> 마지막 힘을 주는
> 딸의 앙다문 이빨에는
> 내 수명의 절반쯤 물려 있었다
>
> 힘을 줘! 힘을 줘!
> 머리칼을 쥐어짜는
> 초긴장의 저녁 8시
> 으앙! 하고 세상을 여는
> 새 생명의 굳건한 소리

그때

별안간 내 안에서 양수가 터지면서

생명 하나가 꿈틀거렸다

여자가 된 딸이여 눈감아 다오

나는 사타구니를 비집고 나오는

익명의 핏덩이를

내 손으로 황급히 받고 있었다.

— 신달자, 「분만실에서」 전문

겨울을 열고 들어가니

거울 안에 어머니가 앉아 계시고

거울을 열고 다시 들어가니

그 거울 안에 외할머니 앉으셨고

외할머니 앉은 거울을 밀고 문턱을 넘으니

거울 안에 외증조할머니 웃고 계시고

외증조할머니 웃으시던 입술 안으로 고개를 들이미니

그 거울 안에 나보다 젊으신 외고조할머니

돌아앉으셨고

그 거울을 열고 들어가니

또 들어가니

또다시 들어가니

점점점 어두워지는 거울 속에

모든 윗대조 어머니들 앉으셨는데

그 모든 어머니들이 나를 향해

엄마엄마 부르며 혹은 중얼거리며

입을 오물거려 젖을 달라고 외치며 달겨드는데

젖은 안 나오고 누군가 자꾸 창자에

바람을 넣고

내 배는 풍선보다

더 커져서 바다 위로

이리 둥실 저리 둥실 불리워 다니고

거울 속은 넓고 넓어
지푸라기 하나 안 잡히고
번개가 가끔 내 몸을 지나가고
바닷속에 자맥질해 들어갈 때마다
바다 밑 땅 위에선 모든 어머니들의
신발이 한가로이 녹고 있는데
청천벽력.
정전. 암흑천지.
순간 모든 거울들 내 앞으로 쏟아지며
깨어지며 한 어머니를 토해내니
흰 옷 입은 사람 여럿이 장갑 낀 손으로
거울 조각들을 치우며 피 묻고 눈 감은
모든 내 어머니들의 어머니
조그만 어머니를 들어올리며
말하길 손가락이 열 개 달린 공주요!

— 김혜순, 「딸을 낳던 날의 기억」 전문

"모성성은 전통적으로 가족 공동체를 위한 여성의 인내와 희생을 강조한다. '여자는 약하지만 어머니는 강하다'는 말은 각박한 세상을 살아가는 우리에게 사랑과 힘을 주지만 어머니로서는 독립된 존재의 삶을 잃어야 하는 비극을 전제하고 있기도 하다."[5] 그렇지만 시인들이 인식하고 지향하는 모성은 남성이 주도하는 사회가 부여한 모성과는 다르다. 사회가 부여한 모성은 여성이 사회 질서에 순종할 것을 요구하는데 반해 시인들의 모성은 주체적이다. 자식의 몸과 함께 자신의 정신과 육체를 살려낸다. "거울을 열고 들어가"는 출산 체험을 통해 자신이 어머니의 아이면서 동시에 자신이 아이의 어머니라는 정체성을

---

5) 김현자, 「적극적 창조적 모성과 삶 본능의 에너지」, 『한국 여성시학』(김현자·김현숙·이은정·황도경), 깊은샘, 1999, 43쪽.

획득하는 것이다.

따라서 시인들의 모성은 자본주의 시장에서 사고 팔리는 품목이 아니다. 페미니즘이라는 서구 담론에 일방적으로 의지한 여성성도 아니다. 바리데기 같은 화신으로서 "우주의 양쪽 끝을 잡"는 사랑인 것이다. 바리데기는 딸(여성)이라는 이유 때문에 아버지에 의해 버림당했지만 결국 포용해서 아버지를 살려낸다. 여성은 남성에게 희생당하는 존재가 아니라 종국적으로 이 세계를 구원하는 존재임을 상징하는 것이다.

세 자매가 손을 잡고 걸어온다

이제 보니 자매가 아니다
꼽추인 어미를 가운데 두고
두 딸은 키가 훌쩍 크다
어미는 얼마나 작은지 누에 같다
제 몸의 이천 배나 되는 실을
뽑아낸다는 누에,
저 등에 짊어진 혹에서
비단실 두 가닥 풀려나온 걸까
비단실 두 가닥이
이제 빈 누에고치를 감싸고 있다

그 비단실에
내 몸도 휘감겨 따라가면서
나는 만삭의 배를 가만히 쓸어안는다

— 나희덕, 「누에」 전문

내가 천사를 낳았다
배고프다고 울고
잠이 온다고 울고
안아달라고 우는

천사, 배부르면 행복하고
안아주면 그게 행복의 다인
천사, 두 눈을 말똥말똥
아무 생각 하지 않는
천사
누워 있는 이불이 새것이건 아니건
이불을 펼쳐놓은 방이 넓건 좁건
방을 담은 집이 크건 작건
아무것도 탓할 줄 모르는
천사

내 속에서 천사가 나왔다
내게 남은 것은 시커멓게 가라앉은 악의 찌끄러기뿐이다

　　　　　　　　　　　— 이선영, 「내가 천사를 낳았다」 전문

백 살까지 아기를 낳으리라

굴뚝새는 굴뚝 속에서
무너진 둑과 내장이 터진 물고기 살점
독화살이 활개 치던 물살을
하나 하나 잊을 리 없다

도토리 같은 여자 아기 낳아
다람쥐 노리개 가지고 올 즈음이면
독수리가 채가고
남자 아기는 생이 시작되는 순간에
유혹의 불을 켜
다음엔 남녀 구분 없이 생기는 대로 낳았다
내가 잃은 아기인지 빼앗긴 아기인지
매듭짓기 살그러워 맥놓아버린
혼란의 폭포수들

굴뚝새는 목에 피맺힌 열매가 맺도록
실컷 울고 난 뒤
지나쳐가는 행인들이 다 보도록
굴뚝 끝에 앉는다
쭈글쭈글해진 내 모습을 지켜보리라
주름진 얼굴과 육체로
백 살까지 아기를 낳는 산고를 치르리라

사랑 스스로가 제 입을 먹이로 던져
이천 년 왕국의 파수꾼이 되었으니

백 살까지 가랑이를 벌리고 살리라

— 박서원, 「산고(産苦)」 부분

보부아르는 여성은 출산을 통해 남성의 노예가 된다고 주장했다. 그 결과 남성은 초월로써 무한하게 투쟁하는데 비해 여성은 내재성으로써 현재에 실재하고, 남성은 의지적이고 정신적인데 비해 여성은 수동적이고 육체적이라고 보았다. 따라서 여성이 자신의 육체에 지배받지 않고 초월할 때에만 구출될 수 있다고 진단했다. 그렇지만 "내 속에서 천사가 나왔다"(이선영)거나, "백 살까지 아기를 낳는 산고를 치"(박서원)를 것이라거나, "만삭의 배를 가만히 쓸어안는"(나희덕) 시인들의 인식에서 보듯이 보부아르의 여성성은 극복되고 있다. 여성 시인들이 출산의 운명을 거부하거나 두려워하지 않고 마치 이리가라이가 "나는 (육체가) 여성으로 태어났지만 육체의 정신 혹은 영혼은 내가 되어야 한다."[6]라고 주장한 것과 같이 당당하게 감당하고 있는 것이다. 이리

---

6) L. Irigaray, "I was born a woman but I must be become the spirit or soul of this body I am.", *Je, Tu, Nous*, Editions Grasset & Fasquelle, 1990, pp.109~110.

가라이는 보부아르와 다르게 종족보존과 같은 차원을 무시하거나 배제하지 않고 그 필요성을 인정했다.

여성 시인들은 자신의 몸 안에 새로운 생명이 자라나는 운명을 긍정하고 노래한다. 자신의 몸을 내어 새로운 생명을 살리는 모성의 위대함을 끌어안은 것이다. 그것은 여성으로서 남성의 지배에 순응하는 것이라기보다 여성에 대한 연민이며 경의의 표시이다. 여성이 남성에 의해 성녀나 창녀, 천사나 악마 등과 같이 이분법으로 나뉘는 존재가 아니라 타자를 지극히 포용해서 끌어안는 존재임을 내세우고 있는 것이다. 그렇지만 그와 같은 인식이 쉽게 이루어지는 것은 아니다. 여성으로서 겪어야만 하는 고통과 갈등을 품고 극복해 나가야만 가능한 것이다.

> 혼자 있는 저녁 무렵 뱀이 들어왔다 베란다에
> 자살테러범처럼 독(毒)을 품고 잠입한 독사
> 놀란 새들은
> 새장을 떠메고 허공 높이 화르르 날아오르고
> 함께 날아올랐으나 이내 추락했던 나는
> 엉겁결에 움켜잡은 삽자루를
> 미친 듯이 휘둘러대기 시작했다 한껏
> 끌어당겼다 놓아버렸던 팽나무 가지처럼
> 탱탱하게 솟구쳤다가 떨어지는 뱀
> 그보다 조금 더 높게 솟구쳤던 삽날
> 섬뜩하게 내리꽂히는 순간 퐈리
>
> 탁! 풀어지면서 노을이 울컥울컥 쏟아졌다
> 세상에…… 세상에…… 저 진홍빛……
>
> 무장해제하고 축 늘어져 있는
> 녀석을 보고서야 나는 도망치기 시작했다
> 무서웠다 도대체

여자 나이 몇 살이면 뱀을
때려잡을 수가 있단 말인가?

뱀 한 마리
잡는 사이에 나는 부쩍 늙어버린 여자였다

— 한혜영, 「뱀 잡는 여자」 전문

말은 달리다 숨이 차면 제 목을 물어뜯어
끓는 피들을 풀어놓는다지

숨차게 달리는 말잔등에 재빨리 올라
칼날처럼 바람을 가르며
저 거친 벌판을
고삐도 재갈도 안장도 다 내던지고
바람조차 눈치 채지 못하게
편자도 말머리도 없이 달려봤으면

머리에는 새털을 꽂고
얼굴에는 바람 자국을 새기고
말 뱃가죽이 뚫어지도록 박차를 가해
말발굽 구름을 내뿜으며
달리고만 싶은데
끼야호! 창과 활을 높이 쳐들고
인디언 전사처럼
달릴 줄밖에 모르는 말 위에서
전 생을 탕진코만 싶은데
달리면 달릴수록
더 세게 내 허리를 붙잡는 다급한 소리
엄마 천천히 위험해 여보

— 정끝별, 「인디언 전사처럼」 전문

"도대체/여자 나이 몇 살이면 뱀을/때려잡을 수가 있단 말인가?"(한혜영)라는 토로에서 볼 수 있듯이 갱년기 여성으로서 겪게 되는 심리적인 혼란은 간단한 것이 아니다. 신체적 변화로 인해 젊었다고 말할 수는 없지만 늙었다고 인정할 수도 없는 심정, 그것이 뱀과 맞닥뜨린 상황이다. 그렇지만 시인은 이 세상에서 가장 혐오스러운 대상과의 싸움이 엄두가 나지 않지만 감당하고 있다. 마치 오정희의 소설「옛우물」에 등장하는 여성 주인공이 마흔다섯 살 생일날 아침 여성성을 잃지 않으려고 몸부림치면서 적응해가는 모습과 같다고 볼 수 있다.

여성으로서 겪어야 하는 갈등은 "전 생을 탕진코만 싶은데/달리면 달릴수록/더 세게 내 허리를 붙잡는 다급한 소리/엄마 천천히 위험해 여보"(정끝별)와 같은 상황이다. 따라서 남성들이 여성들에 대한 고정관념을 바꾸면 갈등은 어렵지 않게 해결될 수 있다. 그렇지만 남성들의 벽이 아주 높고 견고하기 때문에 해결은 여간 어려운 일이 아니다. 그러므로 막연히 기다리거나 기대할 것이 아니라 적극성을 띠어야 한다. "노인 요양소/칠 벗겨진 담장 아래/생의 빈자리를 찾아 여인들이/해바라기하며 앉아 있다."(노향림, 「영산홍」 부분)는 사실을 발견하면서, "나는 곧 재조명될 것이다. 밝혀질 것이다/거울같이 환하게."(천양희, 「아침마다 거울을」 부분)라는 전망을 가져야 되는 것이다

날이 저문다.
먼 곳에서 빈 뜰이 넘어진다.
무한천공(無限天空) 바람 겹겹이
사람은 혼자 펄럭이고
조금씩 파도치는 거리의 집들
끝까지 남아 있는 햇빛 하나가
어딜까 어딜까 도시(都市)를 끌고 간다.

날이 저문다.
날마다 우리 나라에

아름다운 여자들은 떨어져 쌓인다.
잠속에서도 빨리빨리 걸으며
침상 밖으로 흩어지는
모래는 끝없고
한 겹씩 벗겨지는 생사의
저 캄캄한 수세기를 향하여
아무도
자기의 살을 감출 수는 없다.

집이 흐느낀다.
날이 저문다.
바람에 갇혀
일평생이 낙과처럼 흔들린다.
높은 지붕마다 남몰래
하늘의 넓은 시계소리를 걸어놓으며
광야에 쌓이는
아, 아름다운 모래의 여자들

부서지면서 우리는
가장 긴 그림자를 뒤에 남겼다

— 강은교, 「자전 1」 전문

    "높은 지붕마다 남몰래 하늘의 넓은 시계소리를 걸어놓"고 식구들의 식사를 마련하고 빨래를 하고 청소를 하는 "모래의 여자"는 바쁘다. 그럼에도 불구하고 그 걸음걸이는 발자국을 남기지 못한다. 남편이 하는 일은 중대한 것으로서 발자국을 남기는데 비해 아내가 하는 일이란 보잘것없는 것들로 평가된다. 그렇지만 아내는 교환가치가 없는 그 하찮은 일들의 운명을 거부하지 않고 수용하며 오히려 아름답다고 노래한다. 가부장제의 제도나 관습에 순응하는 것이 아니라 주체적으로 여성의 삶을 개척해 나가는 것이다. 그리하여 "부서지면서 우리는 가장 긴 그림자를 뒤에 남"긴다고 노래하고 있다. 외면으로 보기에는 모래알 같이 작은 일들에 매달리지만 그들이야말로 인류 사회의 기초 단위인 가정을 지키는 큰일이라고 찬양하고 있는 것이다.

4

현대시에서 여성미의 추구는 또 다른 관심을 끈다. 여성미란 여성만이 지니는 특유의 아름다움이다. 여성이 화장을 하고 의복을 차려입고 머리를 꾸미고 장신구를 착용하고 건강관리를 하는 등 자신의 미를 구체적으로 표현한 것이다. 여성들이 육체를 당당하게 내보이거나 성적인 욕망을 추구하는 것도 포함시킬 수 있을 것이다.

여성미는 시대나 사회에 따라 달라 가령 여필종부(女必從夫)나 삼종지도(三從之道)를 운명적으로 수행해야만 되었던 조선시대의 여성들에게는 부수적인 것에 불과했다. 얼굴이 예쁘게 보이도록 화장을 하거나 의복을 입는 것은 여성의 자연스런 욕망이지만 정주학(程朱學)의 사유 체계에서는 허물로 보았다. 유교사회에서는 몸보다 마음을 인간의 주인으로 인정하고 몸이란 욕망과 관련이 있으므로 수신(修身)해야 할 대상으로 보았던 것이다. 그리하여 여성은 자식으로서 부모에게 효도를 다하고 아내로서 남편에게 본분을 다하고 어머니로서 자식에게 도리를 지키는 정신적인 가치[美]를 보다 중시했다. 그렇지만 근대 사회의 도래 이후에는 신장, 몸무게, 얼굴 생김새 등의 육체적인 미가 훨씬 강조되었다. 따라서 여성미란 기존의 정신적인 차원에서 육체적인 차원으로, 전체적이고 집단적인 차원에서 개인적이고 개성적인 차원으로, 규범의 차원에서 자유의 차원으로 변화한 것을 의미한다.[7] 근대 이전

---

7) 유종호 · 최동호, 『시를 어떻게 만날 것인가』, 작가, 2005, 386~387쪽.

의 여성들은 남성들이 지배하는 사회 제도와 규범의 모순을 인식하지 못했기 때문에, 혹 인식한 여성들도 남성들에 대항할 힘이 없었기 때문에 타협할 수밖에 없었다. 그러므로 여성들이 자신의 여성미를 추구한 것은 여권(女權)을 적극적으로 지향한 것으로 볼 수 있다.[8]

> 나는 날마다 화장을 한다
> 서른을 넘기면서
> 더 아름다워진 여자의 속살에도
> 후로랄 향수를 뿌린다
> 아무도 건드리지 않아
> 맑은 눈물샘에도
> 산스타 한 방울 떨어뜨린다
>
> 거울 속의 내가 울고 있구나
> 거울 밖의 나는
> 모래처럼 바싹바싹 흩날리는데
> 거울 속의 나는 호수 위에 내려앉은
> 꽃잎 같구나
>
> 나는 날마다 화장을 한다
> 세상에 믿을 것은 거울뿐인가
> 나와 내가 마주앉아 벗겨내는
> 운명의 껍질이
> 새빨간 입술 끝에 그늘을 만들고
> 조금씩 조금씩 신음하던
> 내용이

---

8) 관계된 논문은 ① 맹문재, 「일제 강점기의 여성지에 나타난 여성미용 고찰」(『한국여성학』 제19권 3호, 한국여성학회, 2003, 5~30쪽), ② 맹문재, 「해방기의 여성지에 나타난 여성미용 고찰」(『역사민속학』 제19호, 한국역사민속학회, 2004, 252~277쪽) 참조.

화장한 내 모습 속에서
활짝 열리고 있다

나는 날마다 화장을 한다
그렇게
그런 식으로

— 김상미, 「화장」 전문

    시인은 그늘을 만들 정도이던 자신의 일상생활이 "화장한 내 모습
속에서/활짝 열리"는 것을 발견하고 있다. 화장에 대해서 긍정적인 자
세를 취하고 있는데, 남성으로부터 잘 보이기 위해서라거나 시대의 유
행을 따르기 위해서라기보다 자신의 존재 가치를 높이기 위한 것으로
볼 수 있다. 단순히 미용을 위하거나 건강을 추구하는 행동이 아니라
여성다운 삶의 가치를 지향하는 행동으로 평가할 수 있는 것이다. 따
라서 화장을 통해 여성미를 추구하는 것은 여성성을 지향하는 것으로
볼 수 있다.

욕조에 누우면
하늘로 통하는 천장을 가진
사랑하는 욕조에 몸을 누이면

발 뿌리 끝부터 스며드는 열기 속으로
걸어오는 한 여자가 보인다.

먼지에 엉겨붙는 찰진 물방울이며
기어코 왼몸으로 육체를 이탈하는 터럭이며를
바라볼 때면 그렇지
알 듯도 하고 모를 듯도 하지

사포는 아니고
나혜석도 아니고
성모 마리아는 더더욱 아닌

출렁이는 젖가슴과
늘어진 둔부를 가진
닳을 대로 닳은 한 여자가,

사랑하는 욕조가 낳은 무심한 손가락 장난이
넝쿨째 타오르고
남모르게 벌어진 꽃봉오리가
스멀스멀 하초의 윤곽을 더듬을 때면
폭죽처럼 작열하는 저 물방울들

결코 눈을 떠서는 안되지
서걱서걱 홀몸으로 다산하는 잡풀들이
저물 때를 아지 못하는 오만한
해바라기가 허무는 하늘 구멍으로
노오란 불똥을 던지며 달려드는데

윤복희를 사랑하고
정윤희를 사랑하고
간통죄는 더더욱 사랑했던 한 여자가,

묻는다 으스러지라고 달려들며
너는 왜 이 순간에 여자만 떠오르는가
여자만 떠올리는가

사랑하는 나의 욕조들, 일제히
눈을 뜨고 웃음을 터뜨린다

두려운 게지 너는
거울을 에워싼 수증기가 몽땅 달아날까봐
육체를 이탈하는 터럭처럼
먼지에 집착하는 운명의 물방울처럼.
　　　— 진수미, 「아비뇽의 처녀들– 미혜 · 지혜 · 우주와 함께」 전문

　시인은 평범한 여성의 몸을 당당하게 내보이고 있다. 남성의 시선이
아니라 연대의식을 갖는 여성의 시선에 의해서, 서구 여성주의의 이론
에 의해서가 아니라 사실성을 바탕으로 아름다움을 제시하고 있는 것
이다. 사실 "출렁이는 젖가슴과/늘어진 둔부를 가진/닳을 대로 닳은
한 여자"의 모습은 남성에 의해 정립된 미의 기준으로 보면 아름다움
의 기준에 이르지 못한다. 그렇지만 시인은 어느 유명한 영화배우의
몸보다도 아름답다고 노래하고 있다. 그만큼 주체적으로 여성성을 추
구하고 있는 것이다.

　　삶이란 자신을 망치는 것과 싸우는 일이다

　　망가지지 않기 위해 일을 한다
　　지상에서 남은 나날을 사랑하기 위해
　　외로움이 지나쳐
　　괴로움이 되는 모든 것
　　마음을 폐가로 만드는 모든 것과 싸운다

　　슬픔이 지나쳐 독약이 되는 모든 것
　　가슴을 까맣게 태우는 모든 것
　　실패와 실패 끝의 치욕과
　　습자지만큼 나약한 마음과
　　저승냄새 가득한 우울과 쓸쓸함
　　줄 위를 걷는 듯한 불안과

지겨운 고통은 어서 꺼지라구!

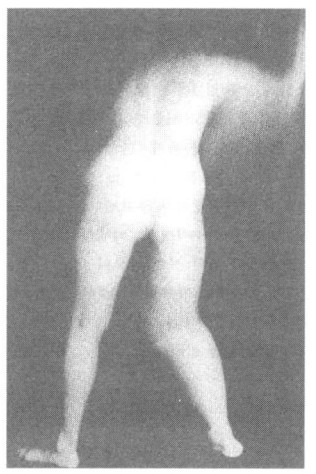

— 신현림, 「나의 싸움」 전문

　시인은 자신이 감당해야 되는 삶의 "지겨운 고통은 어서 꺼지라구!"
온몸으로써 외치고 있다. 이와 같은 제시는 분명 그 절실함의 효과를
배가시켜 주고 있다. 삶을 방해하는 대상들에게 언어적 표현 대신 온
몸이라는 이미지로써 대항의 목소리를 크게 전하고 있는 것이다. 시인
은 남성주의로 시행되고 있는 법, 제도, 관습 등을 비롯해 성차별로 인
해 왜곡되고 있는 것들에 대한 강력한 대항의 수단으로써 이전 시대에
는 금기시되었던 몸을 활용하고 있다. 그 결과 현대시의 여성성 영역
이 확대되고 있는 것이다.

　　　옛 애인이 한밤 전화를 걸어왔습니다
　　　자위를 해본 적 있느냐
　　　나는 가끔 한다고 그랬습니다
　　　누구를 생각하며 하느냐
　　　아무도 생각하지 않는다 그랬습니다
　　　벌 나비를 생각해야만 꽃이 봉오리를 열겠니

되물었지만, 그는 이해하지 못했습니다

얼레지……

남해 금산 잔설이 남아 있던 둔덕에

딴딴한 흙을 뚫고 여린 꽃대 피워내던

얼레지꽃 생각이 났습니다

꽃대에 깃드는 햇살의 감촉

해토머리 습기가 잔뿌리 간질이는

오랜 그리움이 내 젖망울 돋아나게 했습니다

얼레지의 꽃말은 바람난 여인이래

바람이 꽃대를 흔드는 줄 아니?

대궁 속의 격정이 바람을 만들어

봐, 두 다리가 풀잎처럼 눕잖니

쓰러뜨려 눕힐 상대 없이도

얼레지는 얼레지

참숯처럼 뜨거워집니다

— 김선우, 「얼레지」 전문

  시인은 여성의 성이 존재하는 의미가 남성을 상대하기 위한 것이 아님을 분명하게 표명하고 있다. 오히려 여성의 성을 재생산의 장소로서 국한시키는 남성의 여성관에 대해서 비판한다. 대부분의 남성들은 "벌나비를 생각해야만 꽃봉오리를 열겠니/되물었지만, 그는 이해하지 못"하는 것과 같이 여성의 성을 하나의 독립체로 인정하지 못한다. 시인은 그와 같은 남성들의 왜곡된 여성관을 "얼레지"를 통해 비판하고 있다. 여성의 성이란 남성을 위해서가 아니라 자신을 위해서 존재한다고 인식하고 있는 것이다.

5

현대시에서 여성성을 추구한 창작 주체가 여성 시인이라는 점은 시사되는 바가 크다. 아직까지 한국 사회에서 여성들의 사회적 지위가 남성들과 대등한 관계를 형성하지 못하고 있음을 반증하는 것이다. 그에 따라 여성 시인들이 추구하는 여성성은 페미니즘을 지향한다고 볼 수 있다.

현대시에 나타난 여성성은 서구의 여성담론을 단순히 답습한 것이 아니라 시인들의 구체적인 삶이 반영된 산물이다. 보부아르가 제시한 페미니즘에 영향을 받은 것은 사실이지만 수동적으로 따른 것이 아니라 주체적으로 수용해서 재창조한 것이다. 그리하여 남성이 지배하고 억압하는 사회의 모순을 고발하는 데에 머물지 않고 그 이상의 세계를, 즉 함께할 수 있는 사회를 제시하고 있다.

따라서 여성성을 지향하는 시인들의 세계관은 입센이 『인형의 집』에서 노라를 통해 보여주었듯이 이 세계를 초월하지 않는다. 문을 박차고 나간 노라의 행동은 자신이 살아가고 있는 현실에서 적극적으로 여성성을 추구한 것이다. 버지니아 울프가 『자기만의 방』에서 교육 받지 못하고 결혼생활에서 권리가 없고 집안일만 하도록 강요받는 자신의 상황을 극복하려고 글을 쓴 것도 마찬가지이다.[9]

현대시에 여성성이 등장한 기원은 1917년 『청춘』지에 소설 「의심의 소녀」가 당선되어 문단에 나온 뒤 1925년 시집 『생명의 과실』을 간행한 김명순까지 거슬러 올라갈 수 있다. 동시대의 나혜석과 김일엽 역시 함께 여성성을 지향했는데, 그들의 자의식과 남녀평등의식은 매우 선구적인 것이었다. 그 뒤 1930년대에 등장한 모윤숙 및 노천명 등은

---

9) 레나 린트호프, 이란표 옮김, 『페미니즘 문학이론』(인간사랑, 1998, 72~85쪽) 참조.

"남성 문인들의 '지도와 보살핌'을 받으면서 작품 활동을 하게 되는데, 그 덕분에 문단에서의 위치는 확보되었지만, 그 대신 그녀들의 여성 정체성은 오히려 선배들에 비해서 뒷걸음질 친 결과를 가져왔다."[10] 그와 같은 모습은 1945년 민족해방 이후 등장한 김남조, 홍윤숙, 허영자의 경우에도 발견된다. 작품의 표현력 등은 이전 시대의 작품들에 비해서 분명 진전되었지만 작품세계는 여전히 남성들이 바라는 여성스러움을 추구하는 차원에 머물러 있는 것이었다. 따라서 여성성을 획득하지 못했다고 평가할 수 있는데, 이는 여성 시인들만의 문제가 아니라 그들을 억압한 남성들에게도 책임이 있다고 볼 수 있다.

그렇지만 1970년대에 이르러서는 더 이상 여류시가 아니라 여성시라고 부를 수 있을 만큼 양적으로도 질적으로도 큰 발전을 가져왔다. 강은교, 고정희, 문정희, 김승희, 신달자, 유안진, 노향림, 천양희 등은 다소간 차이를 보였지만 이전 시대의 여성 시인들과는 차별되는 여성성을 추구한 것이다. 이와 같은 모습은 시대의 변화에 지대한 영향을 받은 것이었다. 1970년대의 시대적인 특징으로는 우선 1972년에 공고된 유신헌법이 상징하듯이 비민주적인 정치를 들 수 있다. 정부의 인권 탄압이 참을 수 없을 만큼 심해지자 국민들은 묵인할 수 없다고 용기를 갖고 저항했다. 그리하여 사회는 극도로 긴장되고 혼란스러웠다. 또 다른 시대적인 특징은 경제 개발 정책 및 수출 정책의 성공에 따라 국민들의 생활수준이 향상된 점이다. 그 결과 국민들은 이전 시대에 비해 다양한 사회활동을 할 수 있었다. 이와 같은 시대의 변화에 따라 여성 시인들의 자기 인식과 남성에 대한 태도는 보다 주체적이고 적극적으로 바뀌게 된 것이다.

1970년대 이후 여성 시인들의 여성성 인식은 계속 확대되고 심화되

10) 김정란, 『한국 현대 여성 시인』, 나남출판, 2001, 51쪽.

어 현재에는 몇 가지로 정리하기가 어려울 정도로 다양성을 띠고 있다. 또한 양적으로도 질적으로도 상당한 수준에 이르고 있다. 따라서 이 글에서 언급하지 않은 시인들, 가령 이진명, 박라연, 조용미, 최영미, 황인숙, 노혜경, 허혜정, 허수경, 최영숙, 김태정, 김해자, 김소연, 김윤, 한정원, 조은길, 김길나, 이선형, 김이듬, 이민하, 서안나, 신미균, 손현숙, 휘민, 권선희, 손세실리아, 손한옥, 박미산, 김월수 등의 여성성도 고찰할 필요가 있다.

여성성이란 본래 존재하는 것이 아니라 지향함으로써 생긴다. 여성들이 생물학적인 차원에서뿐만 아니라 사회적이고 역사적인 차원에서 자신을 자각할 때 여성으로서의 존재 가치를 인식하는 것이다. 따라서 여성들은 남성들의 가치판단으로부터 영향 받기보다 주체성을 가지고 여성성을 확대하고 심화시킬 필요가 있다. 물론 남성들을 위시해 사회 전체의 협조도 있어야 할 것이다.

시와 여성미

1

　여성미란 남성에서는 찾기 어려운 여성 특유의 아름다움을 일컫는다. 여성이 화장을 하고 의복을 입고 머리를 꾸미고 장신구를 착용하고 건강관리를 하는 등 자신의 미를 구체적으로 표현한 것이다. 여성미는 시대나 사회에 따라 다를 수밖에 없는데 특히 근대 사회 이후에 관심의 대상이 되었다. 가령 삼종지도(三從之道)를 운명적으로 수행했던 조선시대의 여성들에게 여성미는 부수적인 것이었다. 자신을 아름답게 보이려고 화장을 하거나 의복을 입는 것은 자연스런 욕망의 모습이지만 유교 사회에서는 허물로 보았다. 몸이란 욕망체이므로 수신해야 할 대상으로 보았던 것이다. 그리하여 여성은 자식으로서 부모에게 효도를 다하고 아내로서 남편에게 본분을 다하고 어머니로서 자식에게 도리를 지키는 것을 여성미로서 추구해야 된다고 보았다. 그렇지만 근대 사회의 도래 이후에는 신장, 몸무게, 얼굴 생김새 등의 육체적인 미가 보다 강조되었다. 따라서 여성미의 근대화란 기존의 정신적인 차원에서 육체적인 차원으로, 규범의 차원에서 자유의 차원으로 변화한 것을 의미한다.

근대 여성들의 여성미는 개조의식의 산물이라고 볼 수 있다. "우리는 문명이라는 말만 취할 것이 아니라 그 내용을 취하여야 할 것이며 우리는 개조하는 소리에만 따를 것이 아니라 개조할 거리를 장만하여야 할 것"[1]이라든가, "개조! 개조! 이 부르짖음은 전 세계의 끝으로부터 끝까지 높게 크게 외쳐납니다. 참으로 개조할 때가 온 것입니다."[2]에서 확인되듯이, 새로운 시대를 적극적으로 수용하려고 한 차원에서 여성들은 자신의 미를 표현한 것이다. 기존의 봉건질서에 얽매인 관습, 윤리, 제도, 생활 등을 과감히 벗어 던지는 개조의식의 차원에서 추구한 것이다.

근대 여성들이 여성미를 추구하게 된 데에는 신교육의 영향이 컸다. 신교육을 받은 여성들의 수가 증가함에 따라 의식개혁이 빠르게 전개되고 사회활동이 늘어난 것은 물론 각종 여성단체를 만들어 내외법(內外法) 철폐 및 장의(長衣)의 폐지 등 여권신장을 위한 활동을 펼쳤다.

따라서 여성미의 추구는 진보적이고 여권(女權)의 성격을 띤다. 근대 사회 이전의 여성들은 자신의 삶에 관한 주체성이나 결정권이 없었다. 자신의 아름다움을 추구하기 위해 화장을 하거나 의복을 구입하거나 머리를 가꾸지 못했다. 오히려 가문의 권위와 남편의 위신과 자식의 출세를 위해 자기 내면의 욕망을 억제했다. 결국 남성들이 주도하는 제도와 규범에 타협하거나 순응하면서 자신의 여성미를 포기한 것이다. 이와 같은 차원에서 보면 근대 여성들이 추구한 여성미란 페미니즘의 성격을 띤다고 볼 수 있다.

---

1) 「창간사」, 『부인』 제1권 제1호, 1922. 6, 4쪽.
2) 「창간사」, 『신여자』 제1권 제1호, 1920. 4, 5쪽.

근대 여성들의 여성미는 특히 일제 말기에 심하게 억압되었다. 일제는 민족의식을 말살하려는 차원에서 한국 여성들의 한복 착용을 억제시켰고, 사치품 제한금지령을 내려 화장이나 헤어스타일을 규제했다. 일제는 모자라는 군사력을 보충하기 위해 여성들까지 전쟁터에 동원하려고 여성미를 계몽의 차원으로 왜곡시켜 미의 표준을 아름다움이 아니라 기능적인 건강함으로 변형시켰던 것이다. 따라서 다음의 시는 새롭게 이해해야 한다.

> 하늘로 나를 듯이 길게 뽑은 부연 끝, 풍경이 운다. ―
> 처마 끝 곱게 늘이운 주렴(珠簾)에 반월(半月)이 숨어
> 아른아른 봄밤이 두견(杜鵑)의 소리처럼 깊어 가는 밤
> 곱아라 고아라 진정 아름다운지고
> 파르란 구슬빛 바탕에 자줏빛 호장을 받친 호장저고리
> 호장저고리 하얀 동정이 환하니 밝도소이다.
> 살살이 퍼져 내린 곧은 선이 스스로 돌아 곡선을 이루는 곳
> 열두 폭 긴인 치마가 사르르 물결을 친다.
> 초마 끝에 곱게 감춘 운혜 당혜(雲鞋 唐鞋)
> 발자취 소리도 없이 대청을 건너 살며시 문을 열고
> 그대는 어느 나라의 고전(古典)을 말하는 한 마리 호접(胡蝶)
> 호접인 양 사풋이 춤을 추라 아미(蛾眉)를 숙이고,
> 나는 이 밤에 옛날에 살아 눈감고 거문고줄 골라보오리니
> 가는 버들인 양 가락에 맞추어 흰 손을 흔들어지이다.
>
> ― 조지훈, 「고풍의상(古風衣裳)」 전문

　"파르란 구슬빛 바탕에 자줏빛 호장을 받친 호장저고리", "호장저고리 하얀 동정", "열두 폭 기인 치마", "초마 끝에 곱게 감춘 운혜(雲鞋) 당혜(唐鞋)" 등의 모습에서 근대적인 여성미를 발견하기는 어렵지만, 전통 의상의 고풍스러움과 우아함 속에 민족성이 들어 있기 때문에 여

제
1
부
―
47

성미를 재인식할 필요가 있다.

일제는 조선을 식민지화한 후 조선인들이 한복을 입는 것을 억제시켰다. 그 이유는 민족성을 각성시키는 역할을 한다고 생각했기 때문이다. 특히 1937년 중일전쟁 이후부터는 전면적으로 금지시켰는데, 3 · 1운동 후 조선인들이 민족의식의 차원에서 한복을 착용했던 사실을 주목하고 효과적인 전쟁 수행의 차원에서 허용하지 않았던 것이다. 이와 같은 상황을 고려해보면 "호장저고리 하얀 동정이 환하니 밝도소이다"와 같은 면은 역사성을 띤다. 민족이 유린되는 상황 속에서도 고유한 여성미를 지키려고 했던 것으로 볼 수 있는 것이다.

위의 작품에서 나타난 흰색 또한 주목된다. 1930년대의 소위 모던걸(modern girl)에게도 흰색은 미의 표준이었고 상징이었다.[3] 피부가 흰 백인은 아름답고 피부가 검은 흑인은 추하다는 인식이 일반적일 정도로 흰 얼굴과 서양의 영화배우 같은 흰 다리, 흰 팔, 흰 구두, 흰 옷 등이 아름다움과 세련미의 기준이었고 근대 여성미의 표상이었다. 흰색은 부르주아를, 검은색은 프롤레타리아를 상징하고 서구문화에 추수하는 면이기는 하지만 흰색은 근대 여성미의 확고한 척도였던 것이다. 위의 작품에 나타난 한복의 흰색은 물론 그것과는 다른 차원에서 의미를 찾을 수 있다. 순결과 결백의 민족성을 지닌 여성미를 상징한다고 볼 수 있는 것이다.

2

근대 여성들의 여성미는 1945년 일제로부터 해방됨으로 말미암아 다

---

3) 안석영의 만문만화(漫文漫畵)「흑안(黑顔)과 백묘(白描)」(『조선일보』, 1933.10.27),「여성선 전시대가 오면」(『조선일보』, 1930.1.11) 등에 잘 나타나 있다.

시 회복될 수 있었다. 해방을 착실하게 준비하지 못한 상황에서 맞이했기 때문에 합리적으로 수용하기 어려워 한국전쟁이라는 민족의 비극까지 겪게 되었지만, 해방은 한국인들에게 오랜 암흑의 시대에서 벗어나 비로소 주체적으로 역사의 장(場)을 열어나갈 수 있는 희망을 안겨주었다. 그리하여 동시대인들이 진정한 민족국가 건설에 대한 열망을 가졌던 것처럼 여성들 또한 여성해방운동에 적극성을 띠었다. 1946년 과도정부의 입법위원으로 여성 지도자들도 들어가 공창(公娼)의 폐지, 선거권의 남녀평등, 남녀 동등한 상속권, 간통죄의 쌍벌죄, 부부별산제(夫婦別産制), 중혼 금지, 축첩 금지 등 여권 옹호를 위한 운동을 펼쳤다.

물론 해방기와 한국전쟁을 치르는 동안 사회가 혼란하고 경제 상황이 어려웠기 때문에 여성미의 회복은 쉽지 않았다. 생활 전반에 남아있는 왜색(倭色)을 일소하자는 주장이 각종 저널을 통해 강조되었지만 현실적으로 물자가 부족했기 때문에 '몸빼'가 여성의 주요 의상이 된 것이 그 한 예이다. 그렇지만 비로드 치마 한 감이 25만환쯤(대학 등록금 24만환) 되는데도 불구하고 많은 여성들이 착용할 정도로 여성미의 추구는 활발하게 전개되었다. 분 화장을 하고 눈썹을 그리고 짙은 립스틱을 바르고 빨간 매니큐어를 칠하는 등 화장문화는 물론이고 퍼머(permanent wave) 헤어스타일이 여성들 사이에서 빠르게 유행되어갔다.

이러한 여성미의 흐름은 1960년대 말부터 본격적으로 산업화 및 도시화가 진행됨에 따라 더욱 확대되었다. 1970년 평화시장 재단사였던 전태일의 분신사건이나 1972년 제정된 유신헌법 등에서 볼 수 있듯이 정치의 경직화와 도시 농촌간의 불균형을 비롯하여 계층간 갈등 등 사회문제가 복잡했지만, 경제개발 정책의 성공으로 인해 청바지문화·통기타문화·생맥주문화 등의 소비문화가 형성됨으로써 여성미에도 많은 변화가 일어났다. 여성의 교육 수준이 높아지고 직업 및 사회 활동이 늘어나고 문화적 욕구가 다양해짐에 따라 여성미에 대한 관심이 높아졌다. 여성의 사회적 법적 경제적 정치적 지위를 남성과 평등하게 획득하려는 페미니즘의 차원에서 추구된 것이다. 여성미가 전적으로 페미니즘 운동과 관련이 있는 것은 아니지만, 여성미의 추구에는 자신이 여성이기 때문에 사회적으로 불합리한 대우를 받는 상황이 반영된 것이다.

어린 딸들이 받아쓰는 훈육 노트에는
여자가 되어라
여자가 되어라…… 씌어 있다
어린 딸들이 여자가 되기 위해
손발에 돋은 날개를 자르는 동안
여자 아닌 모든 것은 사자의 발톱이 된다

일하는 여자들이 받아쓰는 교양강좌 노트에는
직장의 꽃이 되어라
일터의 꽃이 되어라…… 씌어 있다
일터의 여자들이 꽃이 되기 위해
손톱을 자르고 리본을 꽂고
얼굴에 지분을 바르는 동안
꽃 아닌 모든 것은 사자의 이빨이 된다

신부들이 받아쓰는 주부교실 가훈에는
사랑의 여신이 되어라
일부종신의 여신이 되어라…… 씌어 있다
신부들이 사랑의 여신이 되기 위해
콩나물을 다듬고 새우튀김을 만들고 저잣거리를 헤매는 동안
사랑 아닌 모든 것은 사자의 기상이 된다
철학이 여자를 불러 사자가 되고
권력이 여자를 불러 사자가 되고

종교가 여자를 불러 사자로 둔갑한다

그리하여 여자가 되는 것은
한 마리 살진 사자와 사는 일이다?
여자가 되는 것은
두 마리 으르렁거리는 사자 옆에 잠들고
여자가 되는 것은
세 마리 네 마리 으르렁거리는 사자의 새끼를 낳는 일이다?

그러니 여자여
그대 여자 되는 것을 거부한다면
사자의 발톱은 평화?
사자의 이빨은 고요?
사자의 기상은 열반?

— 고정희, 「여자가 되는 것은 사자와 사는 일인가」 전문

위의 작품에 나타난 것처럼 여성들은 가부장제 가정에서부터 "여자"
가 되길 교육받고 자신의 손발에 돋은 날개를 자르는데 직장에서도 마
찬가지이다. 여성들은 자신의 전공과 업무 능력과 상관없이 "직장의
꽃이 되"길 남성들로부터 요구받고 있는 것이다. 그리하여 직장 여성
들은 일터의 "꽃이 되기 위해/손톱을 자르고 리본을 꽂고/얼굴에 지분
을 바"른다. 그렇지 않을 때 "꽃 아닌 모든 것은 사자의 이빨이 된다."
가부장제의 우월주의가 몸에 배어 있는 남성들은 자신의 요구에 따르
지 않거나 기대에 못 미친다고 생각되는 여성들을 나무라거나 흠잡거
나 불이익을 주는 것이다. 이처럼 여성들은 직장의 업무와 관련된 주
요 정책을 판단하고 결정하는 존재가 아니라 "직장의 꽃이 되"는 존재
에 불과하다. 손님 접대나 하고 사무실 분위기나 돋우고 단순한 문서
나 정리하는 존재로 머무르고 있는 것이다. 따라서 위의 작품에 나타
나는 여성미는 지극히 페미니즘을 지향하는 것으로 볼 수 있다.

여성들의 신분이 점점 향상되고 있지만 남성들 중심으로 이루어진 사회 구조가 쉽게 바뀌지 않을 것이므로, 사실 남성들은 아직도 정치적인 면에서 높은 지위를 차지하고 있고 경제적인 면에서 더 많은 보수와 승진 기회를 갖고 있다. 따라서 여성들 스스로 개척해나가야 한다. 남성들로부터 칭찬 듣는 것에 만족하는 수동성을 거부하고 함께 행동하고 판단하고 노동하는 적극성을 가져야 하는 것이다. 따라서 여성들이 자기 인식을 바탕으로 여성미를 추구하는 것은 필요한 일이다.

3

현대사회의 여성들이 추구하는 여성미는 이전 시대와는 비교할 수 없을 정도로 많은 변화를 보이고 있다. 1980년대 말 동구 사회주의의 몰락 이후 자본주의가 심화되어 개인주의, 물질주의, 정보사회 등으로 사회가 변한 데다가 문민정부의 출현, 반세기만의 정권교체, 노사문화의 변화 등 국내외 상황의 변화로 인해 한국 사회는 엄청난 변화를 겪고 있는데, 여성미도 영향을 받고 있는 것이다.

현대사회의 여성들은 자신의 어머니 세대와 비교해서 더 높은 교육 수준을 획득하고 있고, 더 많은 의사결정권을 가지고 있다. 급변하는 사회에 적응하느라 많은 어려움을 겪고 있는 것이 사실이지만 여성의 주체성이 신장되어 있는 것이다. 마치 『인형의 집』에 등장하는 주인공 노라가 기대했던 것에 비해 결혼 생활에 실망스러움을 느끼자 미련을 두지 않고 가정을 떠난 것처럼 현대사회의 여성들은 자신의 삶을 위해 계획하고 실천한다. 과거의 여성들은 가문의 권위와 가족의 안녕을 위해 개인의 욕망을 포기했지만, 현대사회의 여성들은 자신의 삶을 무엇보다 내세우는 것이다.

그렇지만 현대사회의 여성들이 자신의 욕망을 쉽게 충족할 수는 없다. 또 다른 현실 상황의 어려움으로 인해 갈등하고 절망하는 것이다. 그 이유는 여성들은 남성들로부터 완전히 독립하지 못했기 때문이고, 또 울리히 벡과 그의 부인인 엘리자베스 벡 게른샤임이 『사랑은 지독한, 그러나 너무나 정상적인 혼란』에서 진단했듯이 산업사회로부터 구속되어 있기 때문이다. 특히 산업사회의 도래로 여성들은 전통의 제도나 관습으로부터 해방되었지만, 노동시장에 구속되는 또 다른 처지에 놓이게 되었다. 여성이라는 신분의 제약으로부터는 해방되어 원하는 직업과 결혼과 이혼 등을 주체적으로 결정할 수 있지만, 자본주의가 요구하는 노동시장에 구속될 수밖에 없는 것이다.

그리하여 신현림 시인은 「나의 싸움」[4]에서 "삶이란 자신을 망치는 것과 싸우는 일"이라고 단정하고 있다. 자신이 "망가지지 않기 위해" "고통"과 싸우고 있고 또 "일"을 하고 있다고 말한다. 여기서 자신을 망치는 것이 무엇인지는 명확히 밝히고 있지 않지만, 이러저러한 삶의 조건들일 것이다. 특히 시인이 여성인 점을 고려하면 여성으로서 겪어야 하는 조건들, 즉 남성 중심으로 이루어진 사회의 제도와 법과 관습 그리고 성차(性差)가 내재한 자본주의의 사회의 조건들이라고 볼 수 있다.

따라서 이 작품에서의 나체 자신은 그와 같은 삶의 조건들에 온몸으로 맞서는 모습이다. 과거의 여성 인식으로는 상상할 수조차 없는 시적 장치이지만, 시인은 자신의 여성미로써 당당히 맞서고 있는 것이다. 결국 진정한 삶의 가치를 추구하기 위해서는 자신의 몸까지 내세울 수 있다는 주체적인 여성 인식을 보여주고 있다. 생물학적 성차(sex) 뿐만 아니라 사회적 성차(gender)를 극복하고 나아가 자본주의의 비인간적인 상황에 대해 "지겨운 고통은 어서 꺼지라고" 온몸으로 외치고 있는 것이다.

---

4) 시 작품은 37~38쪽 참조.

내가 내가 아니었어도 아무렇지도 않았을 테지, 그러면서 나는 이 끔찍한 서른 몇 살의 팅팅 불은 두부를 바라본다. 두부여, 두부여도 하나도 부끄럽지 않을 때, 사실은 나는 굉장히 무섭다. 정작 그때부터 마음 놓고 나는 두부가 되어갈지도 모르니까.

무서워 나는 작게 조바심친다

언젠가 나는 겁도 없이 그대에게 말했지. 아닌게아니라 이젠 추해지는 게 무섭지는 않아요, 라고, 나는 푹푹 썩으면서 물귀신처럼 그대를 끌어넣으려고, 뻘밭처럼. 아니, 그렇지는 않다, 사실은, 나는 내가 나인 것이 견딜 수 없어서 그냥 내다버리는 거지, 나를, 두부가 되기 싫어서, 나는 내가 아니고 싶어서 아무렇게나 내가 되는 거지.

하느님, 다시 만들어줘요.

나는 푹푹 찍어바르고, 분칠을 하고 법석을 떤다. 화장하는 두부, 아 웃기는 일이지.

나는 돌아선다, 나는 언제나 돌아선다.
— 김정란, 「화장─ 추함에 길들이기 · 2」 전문

화장을 여성미를 추구하는 데 긍정적인 수단으로 인식하고 있다. 화자는 "서른 몇 살의 팅팅 불은 두부를 바라"보는데 그것이 "하나도 부끄럽지 않을 때, 사실은 나는 굉장히 무섭다"라고 말하고 있다. 그 이유는 "정작 그 때부터 마음 놓고 나는 두부가 되어갈지도 모르"기 때문이다. 자신의 육체적인 늙음을 막기 위해 하는 화장을 숨겨야 할 일이 아니라 여성미를 추구하기 위한 일이라고 당당히 말하는 것이다. 자신의 몸을 남존여비 사상에 의해 천시 받는 대상이 아니라 자기 존재의 토대로 인식하고 기꺼이 내세우고 있는 것이다.

짐멜(Georg Simmel)은 「사랑에 관하여」[5]라는 논문에서 사랑이란 이전에 존재하는 것이 아니라 사랑함으로 인해 생겨난다고 진단했듯이, 여성미 역시 본래적으로 존재하는 것이 아니라 여성이 추구함으로써 생겨나는 것이다. 남성에게 순종하지 않고 그리고 자본주의 사회의 조건에 순응하지 않고 주체적이고 능동적으로 추구할 때 더욱 생명력을 지니는 것이다. 1990년대 이후 한국 여성 시인들의 작품에서는 그와 같은 여성미의 추구가 다양하게 나타나고 있다.

---

5) 가이 오크스 역편, 김희 역, 『게오르그 짐멜 : 여성문화와 남성문화』, 이화여자대학교 출판부, 1993.

김명순 시와 희곡의 여성성

1

김명순은 1917년 『청춘』의 현상문예 모집에 단편소설 「의심의 소녀」
가 당선, 한국 근대문학사에서 최초의 여성 소설가가 되었다. 김명순
의 등장은 한국 근대문학이 남성만이 아니라 여성에 의해서도 주도되
었음을 보여준다. 특히 1917년은 한국 근대 소설사에서 중요한 작품으
로 평가받고 있는 이광수의 「무정」이 『매일신보』에 연재된 해이기도
하므로, 그의 등장은 한층 더 주목된다. 김명순은 문단에 진출한 뒤 본
명과 망양초(望洋草, 茫洋草), 탄실(彈實), 망양생(望洋生) 등의 필명을 사용
하면서 다양한 작품 활동을 했다. 그 결과 2008년 12월 현재까지 필자
가 발굴한 바에 따르면 시 84편, 번역시 9편, 소설 19편, 번역소설 1편,
산문 20편, 희곡 1편, 각본 1편 등 총 135편의 작품을 남겼다. 작품 활
동을 제대로 할 수 없는 여건 속에서 거둔 실로 놀라운 성과이다.

김명순은 1925년 창작집 『생명의 과실』(한성도서주식회사)을 간행했
다. 이 창작집에는 시 24편 외에 감상문 4편, 소설 2편 등도 수록되어

문집이라고 볼 수도 있지만, 양적인 면에서든 성격적인 면에서든 시집이라고 보아도 무리가 없다. 『생명의 과실』은 김억의 『해파리의 노래』(1923), 주요한의 『아름다운 새벽』(1924), 박종화의 『흑방비곡(黑房秘曲)』(1924) 다음에 나온 것으로 한국 근대시의 형성에 기여한 바가 큰데, 최초의 여성 시집이라는 의의를 또한 갖는다.

　김명순의 시작 활동을 좀 더 살펴보면, 1925년에 첫 시집 『생명의 과실』을 간행했을 뿐만 아니라 13편의 시를 발표해 총 37편이나 되었다. 1926년 6편, 1927년 8편을 발표해 왕성한 작품 활동을 이어갔다. 그런데 1928년 1편밖에 발표하지 않을 정도로 큰 변화를 보였다. 그 이유는 여러 면에서 살펴보아야 하겠지만, 영화 출연이 큰 영향을 끼쳤을 것으로 보인다. 김상배가 편저한 『탄실 김명순 나는 사랑한다』에 정리된 연보에 따르면 김명순은 1927년 대륙키네마사의 〈나의 친구여〉에 김소영(金素英)과 함께 출연한 후 1928년 이경손 프로덕션이 제작하는 〈숙영낭자전〉에 조경희(趙敬姬)와 함께 출연했고, 1930년 안종화 감독의 영화 〈꽃장사〉 및 〈노래하는 시절〉, 김영환 감독의 〈젊은이의 노래〉 등에도 출연했다. 이와 같은 삶의 변화로 인해 시작 활동이 다소 주춤했다고 볼 수 있다. 1930년(추정) 10편의 시작품을 수록한 창작집 『애인의 선물』을 발간할 정도로 시작 활동의 열의가 식지 않았지만, 1933년 3편, 1934년 3편, 1936년 1편에서 보듯이 점차 줄어들었다. 1938년 6편을 발표해 시작 활동이 다시 살아나는 듯했으나, 1939년 『삼천리』에 「그믐밤」을 발표한 후 더 이상 보이지 않았다. 김명순의 마지막 작품은 1947년 10월 3일 『산업신문』에 발표한 산문 「정치 동향과 산업」이다.

2

　김명순의 시세계는 자아 인식을 바탕으로 남녀평등과 민족해방을 지향한 것이라고 정리할 수 있다.[1] 자아 인식은 그가 처음 발표한 시 작품인 「조로(朝露)의 화몽(花夢)」에서부터 여실히 나타나고 있다. 그리 하여 김여제, 최승구, 김억, 주요한 등과 마찬가지로 정형시를 극복한 형식적인 면에서뿐만 아니라 이 세계 속에 존재하는 자아를 자각한 내 용적인 면에서 자유시의 형성에 기여한 것이다. 유교주의 인습에 젖어 있는 자신을 극복하는 일은 결코 쉽지 않다. 눈물을 흘릴 정도로 고독 하고 불안하고 고통을 수반하는 것이다.

1

탄실(彈實)이는 단꿈을 깨뜨리고 서어함에 두 뺨에 고요히 굴러 내려가는 눈물을 두 주먹으로 씻으며 백설 같은 침의(寢衣)를 몸에 감은 채 어깨 위에 는 양모(羊毛)로 두텁게 직조한 흰 숄을 걸치고 십자가의 초혜(草鞋)를 신고 후원의 이슬 맺힌 잔디 위로 창랑(蒼浪)히 걸어간다. 산뜩산뜩한 맨발의 감각 ─저는 파초 그늘 아래에서 어깨에 걸쳤던 것을 잔디 위에 펴고 앉았다. 장미 화의 단 향기를 깊이깊이 호흡하며 환상을 그리면서.

동편 담 아래 두 그루의 장미화
어제 오늘 반개(半開)하며
이슬을 머금어 미(美)의 흰 대로
희고 붉게 아연(雅姸)히 피었다.

아직 세상을 못 본 무구(無垢)한 용자(容姿)
아침 바람에 더욱 연연(姸姸)히
동경하는 노래를 하는 것같이
자옥(紫玉)한 향기에 몽롱히 졸으매

---

1) 이와 같은 논지는 ① 맹문재, 「김명순 시의 주제 연구」(『한국언어문학』 제53집, 한국언어문 학회, 2004, 441~462쪽), ② 맹문재, 「조로의 화몽부터 그믐밤까지의 여성 인식─ 김명순의 생애와 시세계」(『현대시의 성숙과 지향』, 소명출판, 2005, 82~94쪽)에 나타나 있다.

아아 파도의 잔잔한 희롱이 들린다.
상냥한 물결에게
임이 오실 때를 물으매
다만 찰싹찰싹 웃으면서

파로(波路)에 멀리 사라지신 임이여
지금은 어느 곳에 ─
금년에도 5월절(五月節)이 돌아와
만물이 희희(嬉嬉)하나이다마는

오오 지난날의 미쁘신 언약 지나들
비록 천만 대(代)를
한없는 영원을 아시는 임이시니
감히 저버리리까마는

오오 거문고의 줄이 끊어지나이다
나의 눈물은 다만
꽃에서 꽃으로 방황하는
호접(胡蝶)의 마음을 옮이오니

　　　2
백(白), "오오 홍장미화! 나는 동생을 위하여 꿈을 꾸었소."
홍(紅), "무슨 꿈? 언니 나도 언니를 위하여 꿈을 꾸었소."
백, "저어 동생이 혼인하는 꿈."
홍은 더 빨개지며 "언니는" 하고 상냥히 눈을 흘긴다.
백, "동생은 무슨 꿈을 꾸었나?"
묻는데 홍은 초연하여지며 "저어, 아시지요? 남호접(藍胡蝶)을? 그가" 하
고는 감히 말을 하지 못하며 머뭇머뭇하는데 백장미는 더 궁금한 표정을 짓
는다. 홍은 웃으며,
홍, "언니 내 이야기는 할 터이니 아무런 일이라도 노하지 않으시죠?"
백, "대체 무슨 꿈일까?"
홍, "꿈이니 노여워 마시오. 네? 언니, 저어, 꿈에 으응, 남호접 아시지요?

언니 왜 생각이 안 나시오. 내가 아는 나비들 중에 그 중 화려하게 생긴 이, 왜 내가 더 피거든 온다고 약속하고 가신 이 말이요. 그이가 왔는데 제게는 아니 오고 저어, 언니께로 왔어요. 그리고 저를 돌아다도 안 보았어요. 그럴 동안에 언니도 저를 돌아다도 안 보시고 아주 득의(得意)스럽게 미소하시지요?" 하고 세상에 있지 않을 일같이, "호호호."

"호호호!" 하고 웃다가 백장미가 "그래 동생이 노여웠나?" 하고 묻는데 홍장미는, "설마!" 하고 더욱 소리쳐 웃는다. 웃음을 그치고는

백, "어디선지 아주 참을 수 없는 슬픈 노래가 들리는구려." 하고 한층 더 귀를 기울이매 홍장미는 영리하게

"언니, 그 노래 누가 하는지 아시오? 저어 해변에 절하듯이 굽어진 산이 보이지요? 거기 망양초(望洋草)라는 이가 창백한 얼굴을 하여 가지고 매일 노래한다오. 나는 그의 목소리만 들어도 어쩐지 눈물이 쏟아져요."

백, "아, 동생 우리 오늘 심심하니 그를 찾아가볼까?"

하는데 홍은 곧 동의하였다. 백장미의 정(精)과 홍장미의 정(精)은 전후하여 나란히 걸어서 망양초에게 날아 들어갔다.

망양초는 아주 쾌활히 웃으며 그들을 맞았다. 잠깐 보기에는 아주 비가(悲歌)를 부르던 이로는 보이지 않는다.

망(望), "오, 향기로우신 백씨, 정열가이신 홍씨, 두 분이 잘 오셨소. 당신들은 젊고 아름답기도 하시오." 하고 손을 대하여 흔연히 탄미한다.

백, "망양초 씨, 어쩌면 그런 비창한 노래를 하십니까? 그 이야기를 우리에게 들려주시고 또!"

홍, "노래도 들려주세요," 하고 청한다.

"퍽 황송합니다." 하는 망양초는 아주 적막에 제친[2] 빛이 보인다. 홍장미는 귓속말로 백장미에게,

홍, "언니, 망양초 씨는 웃어도 웃는 것 같지가 않고 우는 것 같아요."

망양초는 깊은 한숨을 지으며 눈물을 흘린다. 홍장미는 또 백장미에게 쏘개질[3]을 한다.

홍, "언니 저이 눈에서 피눈물이 떨어져요."

---

2) 정확한 의미를 알기 어려움.
3) 있는 일을 없는 일을 얽어서 몰래 일러바치어 방해하는 것.

백장미는 새파랗게 질리어 망양초에게 "우십니까?" 하고 묻는데 머리를 숙이고 부끄러워하며

"어쩐지 눈물이 흐릅니다 그려, 당신들을 대하매 내가 꽃을 피웠던 때를 회억(回憶)하여지는구려."

하고 소리 없이 운다. 홍장미는 또한 쏘개질로

"언니, 나는 저를 이해할 수가 없소."

백, "네가 좀 더 자라 시를 많이 보면 알아진다."

하고 위로한다. 백은 다시 망양초에게

"망양초 형님, 우리들을 위하여 형님의 노래의 이야기나 들려주셨으면 소원이외다. 우리들은 형님이 그 심히 슬퍼하는 것을 보매 차마 발길이 돌아서지 않는구려." 한다.

망양초는 백장미와 홍장미를 가까이 앉히고 그가 젊었을 때에 담홍색의 꽃을 피웠을 때 한 옛적의 이야기를 시작하려 한다. 아주 감개 깊은 듯이,

"내가 꽃을 피웠을 때 담홍의 웃는 듯하던 꽃을 탐스럽게 피웠을 때 하루는 남호접이 와서 내 꽃에 머무르고 말하기를 너는 천심(天心) 난만히 울고 웃고 '자기'를 정직히 표현한다고 일러주며 후일에 또 올 터이니 이 해변에서 기다리라고 하시지요? 그래서 저는 10년째 하루와 같이 거문고를 타며 매일 기다리지요. 그렇지만 조금도 그가 더디 오신다고 원망도 의심도 아니합니다. 그러나 적적하니까 매일 노래를 합니다." 하고 머리를 숙이며 눈물을 씻는다. 백장미도 홍장미도 연고를 모르면서 눈물을 흘린다.

해로(海路)로 오실 줄 알았던 임이
산을 넘어 뒤도 안 돌아다보고
장미화 핀 곳을 향하여
춤추며 날아드니……

망양초는 창백하였다가 이연(怡然)히[4] 합장하고 천공을 우러러 기도한다.

홍장미는 전신의 혈조(血潮)를[5] 끓으며 백장미에게

---

4) 기쁘고 좋다.
5) 치솟거나 쏟아져 나오는 피를 비유적으로 일컬음.

"언니 저기 남호접이 산을 넘어 나를 찾아오나이다. 속히 돌아가십시다."

사랑하는 이여
나의 넓은 화원에서
오색으로 화환을 지어
그대의 결혼식에
예물을 드리려 하오니
오히려 부족하시면
당신의 마음대로
색색의 꽃을 꺾어서
뜻대로 쓰소서
그러나 나의 화원은
사상의 화원이오니
그대를 위하여
세련된 것이오니
아끼지 마소서

탄실이는 눈을 번쩍 떴다. 저는 이같이 환상을 그려본 것이다.

5월 아침 바람이 산들산들 분다. 잔파(潺波)6)를 띄우고 미소하는 청공(靑
空), 상쾌히 관현악을 아뢰는 대지!

불치의 병에 우는 탄실의 눈물…… 초엽(草葉)에 맺힌 이슬이 조일(朝日)의
광채를 받아 진주(珍珠)같이 빛난다.

　　　　　　　　　—「조로(朝露)의 화몽(花夢)」 전문 『창조』 제7호, 1920년 7월)

　시인의 자아 인식은 "단 꿈을 깨뜨리고 서어함에 두 뺨에 고요히 굴
러 내려가는 눈물을" 흘리는 주인공의 모습에서 확인된다. '망양초'가
'백장미'와 '홍장미'에게 '나비'가 돌아온다고 약속해 10년째 노래를
부르며 기다리고 있다는 얘기를 꿈속에서 들은 뒤 깨어난 '탄실이'는

─────────────────

6) 잔잔한 물결.

가슴 아파하며 '눈물'을 흘리는데, 슬픔의 표현을 넘어 자아 인식을 표상한 것이다.

1920년대 초의 자유시에서 눈물은 중요한 의미를 갖는다. 주요한, 황석우, 홍사용 등의 작품에도 눈물이 지배하고 있는데, 3·1운동의 실패로 말미암아 시인들이 절망감을 나타낸 것이기도 하지만, 한 개인으로는 감당할 수 없는 세계를 정직하게 인식한 모습이기도 하다. 따라서 눈물을 흘린 것은 좌절이나 절망만이 아니라 좀 더 절실하게 자아를 응시한 모습으로 볼 수 있다.

매 1 형님의 말이면 그이는 들을 것이외다. 영호 씨를 내게로 전하여주시오 형님 같은 병 앓는 이는 그를 행복하게 할 수 없습니다.

성실 (입을 감쳐물고) 나는 영호 씨를 내 소유로 알지는 않는다. 그는 절대로 큰 힘을 가진 한 사람이다 나는 그를 좌우할 모책(謀策)을 쓸 수가 없다.

(중략)

매 1 아아 그러면 나는 형님을 천대 만대 저주할 수밖에 없습니다. 사람이 이렇게 곤궁하여졌을 때 조고만 힘도 안 빌린다는 것은 인정이 아니외다.

성실 나는 네 연애 혹 결혼문제에는 방해자는 아니나 무능력자이다 다만 네 눈이 더 밝아지고 네 귀가 더 밝아지기를 바랄 뿐이다.

매 1 나는 장님이나 귀머거리가 아니외다.

성실 너는 고요히 너 홀로 생각하면 내가 말하지 않아도 다 알 것이다.

매 1 나는 그런 불안한 생각을 하려고는 아니합니다.

성실 먼저도 말했거니와 자기가 누릴 행복은 자기가 얻어야 할 것이다 제3자에게 구할 것은 아니다.

— 「의붓자식」 부분

김명순이 남긴 유일한 희곡인 「의붓자식」에서도 자아 인식은 확인된다. 이 작품에서 주인공인 '성실'은 폐병을 앓고 있는데, 어머니를 여읜 후 새어머니와 이복 자매로부터 자신이 사랑하는 사람까지 포기하기를 강요받을 정도로 차별을 받고 있다. 김명순이 어린 시절 서자 출신으로서 집안에서 받았던 서러움이 반영된 것으로 보인다. 그렇지만 '성실'은 그 환경에서 눈물을 흘리면서도 자신을 포기하지 않고 있다. 사랑하는 사람을 자신에게 넘겨달라고 억지스럽게 요청하는 이복동생에게 "먼저도 말했거니와 자기가 누릴 행복은 자기가 얻어야 할 것이다 제3자에게 구할 것은 아니다."라고 입장을 분명하게 전하고 있는 것이다.

3

김명순의 자아 인식은 개인 차원에 국한되지 않고 사회적인 영역으로 확대되었다는 점에서 의의가 크다. 그것은 김명순이 여성이라는 신분이었기 때문에 여성성의 자각을, 즉 남녀평등을 자각한 점으로 요약할 수 있다.

> 조선아 내가 너를 영결(永訣)할 때
> 개천가에 고꾸라졌던지 들에 피 뽑았던지
> 죽은 시체에게라도 더 학대해다오.
> 그래도 부족하거든
> 이다음에 나 같은 사람이 나더라도
> 할 수만 있는 대로 또 학대해보아라
> 그러면 서로 미워하는 우리는 영영 작별된다
> 이 사나운 곳아 사나운 곳아.
>
> —「유언」 전문

김명순은 자신이 살아가던 조선 사회를 "이 사나운 곳아 사나운 곳아."라고 경멸할 정도로 비판하고 있다. 한 여성으로서 겪어야 하는 사회적인 불평등 내지 불이익에 대항하고 있는 것이다. 김명순이 살아가던 시대는 남성 중심의 관습과 윤리가 지배해 여성은 평등한 삶을 영위할 수 없었다. 그것을 개선할 수 있는 사회적 분위기나 제도를 마련할 수도 없었다. 그리하여 시인은 '유언'이라는 극단적인 행동을 내보이면서 여성성을 추구하고 있는 것이다.

김명순은 남성에게 종속된 여성들의 실체를 고발하고 있는데, 주체성을 가져야만 자신에게는 물론이고 남성들과 인격적이고 평등한 관계를 가질 수 있다고 생각했다. 그것은 동시대의 남성 작가들과는 분명 다른 자세였다. 가령 이해조가 「자유종」에서, 이광수가 『무정』에서 자유연애를 제시했지만, 남성의 기득권을 포기하지 않은 것이었기에 김명순이 추구한 여성성에 비해서는 진정성이 부족할 수밖에 없었다.

그와 같은 모습은 김동인이 "아직 어떤 레벨까지 올라갔던 사람은 여류에서는 김명순이 유일인이었다."(「적막한 예원」)라고 김명순의 작품 세계를 높이 평가하면서도, 「김연실전」에서는 그를 연애와 문학과 선각자의 의미를 제대로 이해하지 못한 채 혼동된 생활을 하는 무능하고 비도덕적인 인물로 그리고 있는 데서도 확인된다. 전영택도 「김탄실과 그 아들」에서 김명순이 남자들에게 버림당하고 무능한 경제 활동을 한 결과 정신이상자가 되었다고, 그에게 책임을 전가하고 있다. 팔봉 김기진의 경우는 더욱 원색적으로 왜곡했다.

> 그로 하여금 '일개의 멜랑콜릭한 여성'을 만든 것이 의붓자식이라는 처지였으며 얼마간 퇴폐적 기분을 가지고 있게 한 것이 그의 가정 안의 환경이 아니었을까? (중략)

이것들 제요소를 층층이 쌓아 놓은 그 중간을 꿰뚫고 흐르는 것이 외가의 어머니편의 불순한 부정(不淨)한 혈액이다. 이 혈액이 때로 잠자고 때로 굽이치며 흐름을 따라서 그 동정(動靜)이 일관되지 못한다. 그리하여 이 동, 정이, 그의 시에, 소설에, 또한 그의 인격에 나타난다.

— 김기진, 「김명순 씨에 대한 공개장」 부분

1925년에 결성되어 1935년 해체되기까지 카프문학을 이끌었던 김기진이 김명순의 "부정(不淨)한 혈액"이 "그의 인격에 나타"났다고 주장한 사실은 충격적이다. 프롤레타리아 문학을 통해 민중해방을 목표로 삼은 그였지만 여성 인식은 매우 얕았음을 보여주는 것이다. 이는 한 개인의 문제가 아니라 동시대 남성들의 보편적인 여성 인식이었음을 확인시켜주는 것이다. 그렇지만 김명순은 그와 같이 열악한 환경 속에서도 좌절하지 않고 여성성을 추구했다.

남편 (유모의 뒷모양을 바라보다가) 당신은 그래도 나를 의지하여 살아갈 마음은 없구려. 이런 때에도 나는 당신에게 소용이 없습니까?
아내 (면목 없는 듯이 머리를 숙이고) 이날 이때껏 당신을 의지하고만 살아오지 않았습니까? 그래서 퍽 미안한 때가 많았답니다. 그런데 지금은 나리께서도 자신의 행복을 따로 찾으신 바에야 내가 더 괴로움을 끼칠 수가 있겠어요? 당신의 영원한 행복을 빌 뿐입니다.

— 「두 애인」 부분

위의 각본은 김명순의 두 번째 창작집인 『애인의 선물』에 수록되어 있는 것인데, 남편이 새로운 여자를 알게 되자 아내는 그 사실을 문제 삼기보다 오히려 자신의 자유를 얻는 기회로 삼는다는 내용을 담고 있다. 그와 같은 주제는 실로 획기적인 것이었다. 그만큼 김명순은 주체성을 바탕으로 철저하게 남녀평등을 추구했던 것이다. 김명순이 동시대의 남성 작가들에 비해 결코 뒤지지 않은 작품 활동을 할 수 있었던 것은 그와 같은 자세를 견지했기 때문이다.

4

사회적 차원으로 확대된 김명순의 자아 인식은 민족 해방의 추구까지 나아갔다. 그가 살아간 시대가 일제 강점기였기 때문에 민족 문제는 중요할 수밖에 없었다. 주지하다시피 일제는 식민지 지배를 정당화하고 또 세계전쟁의 병참기지로 만들기 위해 조선을 갖가지로 수탈했다. 토지 조사 사업을 통해 국토를 약탈하고, 회사령을 공고해 민족 산업을 억제시키고, 학교 교육을 통해 역사를 유린하고, 그리고 언론을 탄압해 정세를 철저히 왜곡시켰다. 따라서 주체성을 가진 조선인으로서 취할 수 있는 태도는 총독부의 관료가 되는 것이 아니라 일제에 대항하는 것이었다.

귀여운 내 수리
사람들의 머리를 지나
산을 기고 바다를 헤어
골 속에 숨은 내 맘에 오라.

맑아 가는 내 눈물과
식어 가는 네 한숨,
또 구르는 나뭇잎과
설운 춤추는 가을 나비,
그대가 세상에 없었던들
자연의 노래 무엇이 새로우랴.

귀여운 내 수리 내 수리
힘써서 아프다는 말을 말고

곱게 참아 겟세마네를 넘으면
극락의 문은 자유로 열리리라.

귀여운 내 수리 내 수리
흘린 땀과 피를 다 씻고
하늘 웃고 땅 녹는 곳에
골엔 노래 흘리고 들엔 꽃 피자
그대가 세상에 없었던들
무엇으로 승리를 바라랴.

그때까지 조선의 민중
너희는 피땀을 흘리면서
같이 살길을 준비하고
너희의 귀한 벗들을 맞아라.

—「귀여운 내수리」 전문

　'수리'는 부리와 발톱이 날카롭고 힘이 센 맹금이다. 김명순이 그 '수리'를 자신과 동일시한 것은 강한 민족의식의 표출이라고 볼 수 있다. 다시 말해 민족이 결코 추락하지 않고 언젠가는 수리와 같이 창공으로 날아오를 것이라고 믿은 것이다. "곱게 참아 겟세마네를 넘으면/ 극락의 문은 자유로 열리리라."는 것이 그 희망의 집약이다. 일제의 학정이 고통스럽지만 준비하면서 참고 있으면 반드시 민족 해방이 이루어진다고 확신하고 있는 것이다.

　김명순의 민족 해방 인식은 이육사가 「광야」에서 "백마 타고 오는 초인이 있어/이 광야에서 목놓아 부르게 하리라"라고 예견한 것을 연상시키는데, 동시대의 시단에서는 주목되는 일이다. 김여제나 최승구, 그리고 단재 신채호 등이 민족 해방을 추구한 시를 쓰고 있었지만 여성으로서는 선구적인 것이었기 때문이다. 따라서 김명순의 민족 해방

인식은 한국 근대 시문학사에서 중요한 의미를 띤다.

5

김명순은 1896년 평안남도 평양군 융덕면에서 김희경과 김인숙(또는 김인정) 사이에서 장녀로 태어나 서울 진명여학교를 졸업했다. 졸업 후 일본으로 건너가 수학했다. 1917년 『청춘』을 통해 작품 활동을 시작해 근대 문학의 토대를 형성하는 데 기여했다.

김명순은 1919년 김동인, 진영택, 주요한 등과 『창조』 동인으로 활동한 것은 물론 활발하게 작품 활동을 했는데, 1920년 『창조』 7호에 발표한 「조로의 화몽」은 근대 자유시의 형성에 기여한 바가 크다. 1922년 번역시 9편을 발표했고, 1923년 희곡작품 「의붓자식」을 『신천지』 7호에 발표했으며, 1924년 자전 소설인 「탄실이와 주영이」를 『조선일보』에 연재했다. 1925년에는 매일신보사에 입사해 기자 생활을 했고, 첫 창작집 『생명의 과실』을 간행했다.

> 이 단편집은 오해받아온 젊은 생명의 고통과 비탄과 저주의 여름으로 세상에 내놓음이다.
>
> —『생명의 과실』 머리말

위의 인용에서 볼 수 있듯이 김명순의 첫 시집 서문은 단 한 문장으로 되어 있는데, '오해' '고통' '비탄' '저주' 등의 어휘들이 놓인 데서 확인되듯이 분위기가 밝지 않다. 여성이라는 이유로 유교주의에 젖어 있는 남성 중심의 사회로부터 "오해받"을 정도로 심한 상처를 받았기 때문이다. 그렇지만 김명순은 좌절하거나 포기하지 않고 나서서 자신의 '여름'을, 즉 열매를 "세상에 내놓"은 것이다.

김명순은 1926년 조선통신중학관에서 발행한 『조선시인 선집』에
「추억」「거룩한 노래」「만년청(萬年青)」「5월의 노래」「언니의 생각」 등
5편을 발표했다. 1927년 이후에는 영화에 출연했고, 1930년(추정)에는
두 번째 창작집 『애인의 선물』을 간행했다. 이 창작집에는 시 10편, 산
문 2편, 소설 2편, 각본 1편이 수록되어 있다. 그리고 1947년(52세) 산
문 「정치 동향과 산업」을 마지막 작품으로 발표했다. 김명순의 그 후
행적은 알 수 없는데, 동시대 문인들의 회고를 종합해 볼 때 일본에 건
너가 생활하다가 타계했을 것으로 추정된다.

김명순이 조선인으로서 증오했던 적국에서 생을 마쳤다는 사실은
나라 잃은 민족이 겪어야만 했던 비극의 전형이다. 더욱이 여성으로서
남성주의가 지배한 사회에 적응할 수 없어 쫓겨난 것이기에 안타깝기
가 그지없다. 두계 이병도 박사의 회고에 따르면 김명순은 1938년 무렵
부터 자신의 집에 기거하면서 『조선유학사』 원고를 정리하는 일을 도
왔다. 순전히 생계를 유지하기 위한 것이었는데, 그만큼 동시대에는 여
성으로서 살아가기가 힘들었던 것이다. 그리하여 김명순은 자존심에
상처를 받으면서 더 이상 조국에서는 살 수 없다고 생각한 것이었다.

그동안 김명순의 작품세계를 연구한 학위논문(석사)으로는 김미교
의 「김명순 문학 연구」, 김주의 「김명순 소설의 자기심리학적 연구」,
문미령의 「김명순 문학 연구」, 심기혜의 「김명순 소설 연구」, 조옥순의
「김명순 문학 연구」 등이 있다.

기타 논문 및 평론으로는 김정자의 「김명순 문학의 여성학적 접근」
및 「김명순 그 사랑과 어둠의 은변가」, 맹문재의 「김명순 시의 주제 연
구」 및 「조로의 화몽부터 그믐밤까지의 여성 인식 – 김명순의 생애와
시세계」, 박명진의 「김명순의 〈어붓 자식〉」 및 「김명순 희곡 연구」, 서
정자의 「김명순의 창작집 『애인의 선물』」, 송호숙의 「식민지 근대화와
신여성 최초의 여류 소설가 김명순 – 자유연애주의의 비극」, 신지연의

「1920년대 여성담론과 김명순의 글쓰기」, 안숙원의 「김명순과 의심의 소녀 다시 읽기」, 이덕화의 「신여성에 나타난 근대 체험과 타자 의식 : 김명순을 중심으로」, 정영자의 『김명순 소설 연구』, 황재군의 「김명순 시의 근대성 연구」 등이 있다.

그리고 김명순의 작품을 정리한 전집으로는 1981년 김상배가 펴낸 『탄실 김명순 나는 사랑한다』, 2011년 서정자 · 남은혜가 펴낸 『김명순 문학전집』이 있다.

여성 미용문화사

1. 개화기~1920년대의 미용문화

이 시기의 여성들이 미용을 자각하는 데에는 복식이나 자녀교육 분야와 마찬가지로 근대교육의 영향이 컸고, 동시대에 발간된 여성지들의 역할이 또한 컸다. 이 시기의 여성지는 1906년 『가뎡잡지(家庭雜誌)』가 발간된 이후 『가뎡잡지』(1907), 『녀ㅈ지남(女子指南)』(1908), 『자선부인회잡지』(1908), 『우리의 가뎡』(1913), 『여자계(女子界)』(1917), 『여자시론(女子時論)』(1920), 『신가정(新家庭)』(1921), 『부인(婦人)』(1922), 『신여성(新女性)』(1923), 『부녀지광(婦女之光)』(1924), 『부녀세계(婦女世界)』(1927), 『장한(長恨)』(1927), 『현대부인(現代婦人)』(1928), 『근우(槿友)』(1929), 『여성지우』(1929) 등이 간행되어 여권신장과 사회참여, 가정생활, 연애와 결혼, 위생, 음식, 문화, 자녀교육뿐만 아니라 미용에도 큰 기여를 했다.

이 시기의 미용문화는 주로 단발문제가 관심사였다. 단발은 마치 초가지붕처럼 뭉툭하고 투박한 것이었지만 기존의 보수적인 관습을 반발하고 나온 것으로 여성들의 인격과 주체 의식이 강하게 들어 있는 것이었다. 단발이 풍속을 파괴하는 것이 아니라 시대의 변화에 적극적으로 동참하는 행동이라고 주장한 것이다.

여성의 단발에 대해서 신학문을 한 지식인들은 대체로 용인하고 있었지만 일반인들 사이에는 여전히 논란이 되고 있었다. 즉 기생 출신인 강향란(姜香蘭)을 시작으로 해서 많은 신여성들이 단발을 하고 있었지만 결발이 오랫동안 고착되어온 유교문화였기 때문에 쉽게 용인될 수 없었던 것이다. 그리하여 『신여성』은 「우리의 머리 깎던 유래를 들어 우리 일천만 여성의 심기일선을 축(促)함」(1925. 8)이나 「단발문제의 시비」(1925. 8), 「나의 단발과 단발 전후」(1925. 10) 등을 통해 단발이 시대적으로 필요함을 과감하게 내세웠다. 동시대의 기생들을 상대로 한 『장한』도 「여자의 단발」(1927. 1), 「기생과 단발」(1927. 1), 「단발과 자살」(1927. 1) 등을 통해 동시대의 미용문화에 있어서 가장 중요한 단발 문제에 많은 관심을 보였다.

2. 1930~1936년의 미용문화

1930년대 초부터 1937년 중일전쟁이 발발하기 전까지 일제가 조선의 식민지화를 공고히 하기 위해 도시화와 산업화를 본격적으로 추진함에 따라 소위 '모던 걸' '모던 보이'가 유행할 정도로 여성미용이 확산되었다. 이전 시대에 지배적이었던 계몽의식 대신 일상의 틈새로 모던 의식이 채워지기 시작한 것이다.

이 시기의 미용문화는 『신여성』에 수록되어 있는 「부인 화장 선택에 대하여」(1931. 3), 「미인 제조 교과서」(1931. 3), 「삼분간에 될 수 있는 여학생 화장법」(1931. 4), 「미용강좌」(1932. 10), 「적백발(赤白髮) 염색법」(1933. 2), 「초하(初夏)의 화장」(1933. 5), 「겨울 화장 훈(訓)」(1933. 1)

등에서 확인할 수 있듯이 단발, 염색, 퍼머(permanent wave) 등 헤어스
타일에 계속 관심을 보이고 있다. 또한 이전 시대에 보이지 않던 화장
에 대한 관심이 기획 글이나 각종 광고를 통해 많이 나타나고 있다. 화
장의 내용은 계절별 화장법, 졸업을 앞둔 여학생들의 화장법, 연지 사
용하는 법, 결혼할 때의 화장법 등 일상생활에서 필요한 것들이고, 크
림 사용법, 분 사용법, 눈썹 그리는 법, 립스틱 칠하는 법, 마사지하는
법 등 아주 구체적이다. 화장품은 파우더, 립스틱, 아이 섀도, 펜슬 등
다양했고 일반인들에게도 크림이 유행했다. 또한 피부색이 뽀얗고 창
백한 느낌이 되도록 표현했고, 눈썹은 밀어버리고 펜슬로 가늘게 활
모양으로 그렸다. 립스틱은 윗입술은 얇고 작게 아랫입술은 도톰하게
그렸는데 빨간색이 유행했다. 이러한 화장법은 일본풍과 인기 있는 영
화배우들로부터 영향받은 바가 큰 것이었지만 일방적으로 추수한 것
이 아니라 여성들 나름대로 창의력을 발휘한 것이었다.

『여인(女人)』도 「봄 화장」(1936. 4), 「5월 여성의 화장은」(1936. 5), 「미
인과 그 심성」(1936. 6), 「화장 문답」(1936. 6), 「화장 비결」(1936. 7),
「미인과 나체미」(1936. 8), 「여름 성적은」(1936. 8), 「9월 화장」(1936. 9),
「모델과 여성의 미」(1936. 9), 「12월의 미용」(1936. 12), 「미인과 사교」
(1936. 12) 등과 같이 화장에 관한 글들을 많이 싣고 있다. 여성의 자연
적인 미가 좋지만 다소간 인공적인 미를 가하는 것도 좋다고 주장할
정도로 화장에 대해서 적극성을 띠고 있는 것이다. 이밖에 『신가정(新
家庭)』도 「검은살에 맞는 화장법」(1934. 4), 「바쁘신 분의 삼분간의 화장
법」(1934. 10) 등 실용적이고 구체적인 화장법을 소개하고 있다.

3. 1937~1945년의 미용문화

1937년의 중일전쟁에 이어 1939년 9월 제2차 세계대전을 발발시킨

일제는 전시체제로 전환하면서 국민징용령 실시(1939. 10), 중등학교 이상에 학교총력대 결성 지시(1941. 9), 창씨개명(1940) 강요, 국어 수업 및 사용 금지(1942), 총동원법(1944) 실시, 여자정신대근로령(1944)을 시행하는 등 이루 말할 수 없는 만행을 저질렀다. 따라서 이 시기의 미용문화 역시 전시체제의 영향으로부터 벗어날 수 없었다.

> 건전한 신체, 우아(優雅)한 정신현상을 가지랴면 영양(榮養)이 완전한 음식물과, 충분한 수면(睡眠), 적당한 운동, 그리고 끊임없는 수양(修養), 이 네 가지 조건이 요구됩니다.
>
> — 오숙근, 「미용과 영양」, 『여성』 제3권 제3호, 1938. 3, 90쪽.

> 오늘 현대여성의 미의 표준은 부분부분을 종합한 즉 윤곽의 아름다움 건전한 체질 발육된근육 이것이 잘 조화되고 여성 독특의 곡선미를 표현하는 대 잇다고 할 것이다 (중략)
>
> 운동으로 닥고 치고 만든 몸이래야 어떤 일터에서던지 무슨 일감이던지 내 손으로 만들기에 주저하지 안을 것입니다 그럼으로 우리 우리 체질붙어 완전히 만들고 그리고 시대가 요구하는 여성이 스사로 되기에 힘쓰는 것입니다
>
> — 박봉애, 「여성 체격 향상에 대하야」,
> 『여성』 제2권 제1호, 1937. 1, 32~34쪽.

이상에서 보듯이 일제는 모자라는 군사력을 마련하기 위해 여성까지 전쟁터에 동원할 필요를 느끼고 여성 미용을 다분히 왜곡시켰다. 여성들이 전쟁터에서 제대로 싸울 수 있도록 미(美)의 표준을 일반적으로 인지하고 있는 아름다움이 아니라 건강함으로 바꾼 것이다. 따라서 여성의 건강과 영양과 운동을 강조한 이 시기의 글들은 모두 일제의 전시체제 수단으로 씌어진 것으로 볼 수 있다.

일제 말기에 영양과 건강과 미용의 관계를 논한 글들은 민족 현실과 동떨어진 것이었다. 일제는 1912년 토지조사사업을 실시해 조선의 농

토를 막대하게 빼앗아갔고, 1920년 산미증산계획을 실시해 조선의 쌀을 다시 약탈해갔다. 그리하여 1930년대에 일본으로 건너간 쌀의 양은 1910년대에 비해 8배 이상이나 되어 조선인들의 식량난이 매우 심각했는데 전시 상황으로 인해 더욱 어려웠다. 조선인들은 잡곡밥이나 죽으로 연명하는 경우가 대부분이었고, 흉년이 든 때에는 초목으로 연명했고 심지어 백점토를 먹거나 아내와 딸자식을 팔기까지 했다.

따라서 이 시기의 여성지들이 영양과 건강과 미용을 논한 글들은 다분히 왜곡된 것이다. 미용을 잘 가꾸고 유지하기 위해서는 적당한 영양과 운동과 수면 그리고 정신의 수양이 있어야 된다거나 자기 직업에 취미를 가지고 과로하지 않을 정도로 생활을 할 것을 권유했지만, 징용과 징병의 불안감을 안고 살아가는 조선인들의 실제 삶과는 거리가 있었다. 편식을 금하고 혼식을 하고 신선한 과일을 많이 섭취하고 탄산수를 섭취하고 매일 우유를 마시고 변비를 막고 과음 및 과식을 금하고 잡곡을 섞어 밥을 지을 것을 권유한 사항도 마찬가지였다.

그리하여 『여성』에 실린 「여성 체격 향상에 대하여」(1937. 1), 「화장품은 손수 만들어 씁시다」(1937. 2), 「미용과 영양」(1938. 3), 「박래품 금지의 화장품계 타진」(1938. 5), 「미용 제1과」(1939. 4), 「미의 표준은 건강에」(1939. 11), 「신식이 미용법」(1939. 11), 「생활과 신체제」(1940. 11), 「행보와 건강」(1940. 12) 등은 미용의 기준을 왜곡시킨 것이었다.

그렇지만 조선 여성들의 미용문화는 꾸준히 이어지고 있었다. 『여성』에 실린 「5월 여인의 성적은」(1937. 5)에서는 크림의 종류와 사용법을, 「제복을 갓 벗은 분의 화장 비법」(1937. 5)에서는 학교를 졸업한 젊은 여성들이 간단하게 할 수 있는 화장법을, 「결혼 화장법」(1937. 7) 및 「해수욕장에서의 화장법」(1937. 8)에서는 실생활에 필요한 화장법을 소개하고 있다. 또한 「초추(初秋)의 화장」(1937. 10), 「가을의 모발 위생」(1937. 11), 「첫 여름의 화장」(1939. 6)에서는 계절별 화장법을, 「보매 고상한 현대식 화장의 비결은 연지를 매력 있게 찍는 데 있다」
(1938. 2), 「머리는 이렇게 손질」(1939. 5), 「주체적 화장법」(1940. 1) 등
에서는 적극적인 미용을 제시하고 있다.

4. 1945년 8월~1953년 7월의 여성 미용

1) 화장

해방기의 역사는 ㄱ 어느 시대보다도 격정적이고 혼란스러워 분단
과 6·25전쟁이라는 비극을 가져왔지만, 진정한 민족국가를 이루려고
하는 열망은 대단했다. 여성들의 미용의식도 그와 같은 시대의 흐름을
반영한 것으로 이전 시대보다 훨씬 적극적이었다. 그러한 면은 "一, 여
성이여 방탕하여라. 육체적으로 자유미(自由美)는 발산할 수 있는 것이
오. 여성으로의 동적미(動的美)가 그 속에 있을 것이다. (중략) 一, 꿈을
이겨서는 아니된다. 자기를 위하야 자기를 가장 아름답게 맨들려 하는
정렬을 이겨서는 아니된다. 一, 화장의 변화— 이것은 여성으로서의
가장 고상한 창작 생활이야 한다. 一, 수영, 일광욕, 목욕……미워할
수 있는 데까지 미워하다가 실징이 나서 죽어야하다. 웨 그런고 하니
이제가지는 근대여성미의 가장 효과적이라고 세상이 떠드는 까닭이
다."[1]와 같은 글에서 여실히 확인할 수 있다. 또한 다음에서도 볼 수
있다.

화장을 외출할 때나 손님이 있을 때만 필요하다고 생각하는 것은 큰 잘못
이다. 안해의 미(美)는 남편에게 빛내지 않으면 안된다. 밤 화장은 매춘부들

---

[1] 「미용 십화(十話)」, 『부인』 제3권 제3호, 1948. 8, 15쪽.

이나 하는 추행으로 생각하는 사람이 있는데 그러나 화장이란 것이 모두가
낮분것만은 아니다.

— 각산학인(胳山學人), 「부인 교양론」, 『부인』 제2권 제1호,
1947. 1, 20~23쪽.

신부 화장은 평상시보다 퍽진하게 화려하게 하는 것이 좋습니다. (중략) 윤
곽을 확실히 낳아내고 선을 확실히 그리도록 노력하십시오.

— 최소경, 「결혼과 미용」, 『부인』 제2권 제6호, 1947. 1, 44~45쪽.

얼굴은 마음의 거울이라는 말과 같이 세련된 표정은 인격의 표시(表示)어
야 하고 화장은 또한 개성(個性)을 살리는 동시에 미의 가치(價値)를 나타내
는 기술이어야 합니다.

— 최소정, 「젊은 여성을 위한 몸단장 독본–얼굴과 화장」,
『부인경향』 창간호, 1950. 1, 34~38쪽.

해방기의 여성 화장은 위에서 볼 수 있듯이 매우 적극적이었다. 그
렇지만 서구의 영향이나 유행에 무조건 따른 것이 아니라 근검과 조화
를 중시하고 또 일상생활에서 찾고자 했다. 근검을 중시한 것은 동시
대의 경제상황이 여유롭지 못한 것을 극복하려고 한 자세였고, 조화를
중시한 것은 동시대의 전통문화가 급격히 서구의 문물에 휩쓸려가는
것에 대한 대항이었다.

또한 해방기의 여성 화장은 일상생활에서 실질적으로 찾고자 하였
다. 「야채와 과일을 가지고 화장품 만드는 법」(『부인』, 1947. 6), 다양
한 화장법을 소개하고 있는 「미용수첩」(『부인』, 1946. 11), 연령과 복장
에 맞는 연지의 빛깔을 논하고 있는 「부인교양론」(『부인』, 1947. 1), 계
란이나 쌀겨나 수박속으로 화장품을 만드는 법을 소개하고 있는 「미용
강좌」(『부인』, 1946. 6) 등이 그 모습이다.

그리고 해방기의 여성 화장은 "1. 이마가 좁고 눈과 눈 사이가 좁은

얼굴 전체가 길게 생긴 사람은 눈썹을 길고 둥글게 그린다. 너무 가늘게 그리면 신경질로 뵈고 히스테리해서 흉하다. 2. 얼굴이 둥글고 이마가 좁고 얼굴이 짧은 사람은 좀 굵고 짧게 그릴 것이다. 3. 눈이 작든지 광대뼈가 나온 사람은 눈의 윤곽을 따러 무지개처럼 둥글게 그리면 눈이 좀 커 뵌다."(「첫 화장」, 『여학생』, 1950. 5)에서 보듯이 매우 구체적으로 소개되었다. 화장을 어떤 관념적이고 형식적인 것이 아니라 실생활에서 빼놓을 수 없는 주요 부분으로 인식한 것이었다.

2) 헤어스타일

해방이 되자 일제 말기에 금지되었던 퍼머(permanent wave) 헤어스타일이 다시 등장했다. 여성들의 퍼머에 대해서 보수적인 사람들은 여전히 비판적이었지만, 그 흐름을 막을 수는 없는 것이었다. 퍼머 헤어스타일은 전통적인 조선 여성들의 장발(長髮)을 짧게 한 것으로 의복이 양장으로 변화되어감에 따라 보다 어울렸고 또 실용적이었다. 퍼머 헤어스타일은 6·25전쟁 중에도 계속 유행되었다.

당시에 유행한 헤어스타일은 해방 후에는 어깨 정도 길이의 퍼머머리에 앞머리를 세운 형이 유행되었는데, 점점 더 다양해져 1950년대에는 아주 많은 스타일이 선보였다. 1950년 3월호 『부인경향』(40쪽)에 보면 최신 유행하는 양발(洋髮)의 스타일이 12가지나 된다고 소개하고 있다.

3) 신발 및 장신구

광복 직후 생활용품의 부족은 신발의 경우에도 예외가 아니어서 고무신이나 운동화의 가격이 폭등했다. 구두는 대체로 앞이 둥근 형태로 발등에 끈이 있는 모양이나 옥스포드 스타일이 유행했다. 그렇지만

6 · 25전쟁으로 인해 양화점이나 신발제조 공장이 파괴됨으로 인해 신발이 절대적으로 부족했다. 학생들 사이에는 고무신과 운동화가 귀해 군용 자동차 타이어의 안팎을 분해해서 만든 타이어신이 질긴 것으로 유명했다.[2) 또한 모자의 착용도 경제적인 차원에서 여유롭지 못했기 때문에 대신 스카프를 많이 썼다.

5. 1953년 8월~1961년 4월의 여성 미용

1) 화장

6 · 25전쟁이 끝나고 사회가 어느 정도 안정을 이루면서 여성들의 화장에 대한 인식이 되살아났다. 이전 시대까지 경제적인 면을 남성들에게 의존하던 여성들이 전쟁 후 직접 자신이 책임져야만 되는 상황으로 말미암아 사회활동이 늘어나게 되었는데, 그에 따라 양장과 화장문화가 보다 필요하게 된 것이었다. 또한 미국을 통한 각종 상품의 수입과 대중매체의 활성화 역시 여성들의 화장에 영향을 끼쳤다.

> 어쨌든 여성들의 화장은 오늘날 여성들의 몸단장에 있어서 없어서는 아니될 필수적 조건으로 변했읍니다. 화장을 하면 천하게 보인다는 것 같은 의식은 인제 추호도 없어졌읍니다. 도리어 화장을 하지 않은 젊은 여성을 대하게 될 때, 어딘가 한 구석이 허수루하게 느낄 만큼 시대는 변했읍니다.
> ― 김래성, 「여성과 화장」, 『여원』, 1956. 10, 56~59쪽.

> 개성적인 미(美)에서 매력을 찾는 것이 현대인의 미에 대한 감각이다. 용모가 아름다워야 미인이라고 찬양하든 시대는 바뀌었다. 이마가 벗어지고 광대

---

2) 유수경, 『한국여성양장변천사』, 일지사, 1990, 277쪽.

뼈가 나오고 입이 쭉 째졌어도 당신은 훌륭히 미인이라고 자처할 수 있다. 자기 스스로가 자기의 아름다움을 발견하여 개성미를 발휘할 줄 알므로서 누구나 미인이 될 수 있는 것이다.

— 오엽단, 「눈, 코, 입, 가슴, 키, 다리 등에 대한 특수한 미용법」,
『여성계』, 1957. 5, 273~275쪽.

一, 나는 늙었다는 생각부터 털어버릴 것
二, 피부 바탕을 젊고 싱싱하게 함이 근본
三, 음식과 기호(嗜好)는 미용에 큰 영향
四, 충분한 수면과 목욕은 미용에 좋다
五, 젊게 보이도록 기술적인 화장을
六, 몸을 젊게 하는 쉬운 운동
七, 옷차림을 젊게 보이도록

— 이명희, 「중년 화장의 일곱 가지 비결」, 『여원』, 1959. 5, 222~224쪽.

위의 글들에서 보듯이 여성들의 화장에 대한 인식은 이전시대보다 적극적이었다. 화장을 "필수적 조건"으로 인식하고 있고, "개성미를 발휘"하는 데에 필요한 것으로 여겼다. 그리고 "나는 늙었다는 생각부터 털어버릴 것"과 같은 인식을 갖기를 제의했다. 그리하여 여성 화장은 이전시대보다 훨씬 다양했고 또 구체적이었다. 「때에 따른 여러 가지 화장」(『여원』, 1957. 5), 「임부(姙婦)의 미용법」(『여성계』, 1955. 2), 「신부 화장은 이렇게」(『여원』, 1956. 11), 「하니·문의 밤 미용」(『여원』, 1960. 5) 등에서 여성들의 생리나 임신 중의 화장, 교제 및 약혼 중의 화장, 결혼 전후의 화장, 신혼여행 의 화장을 등을 그리고 있는 것이다.

동시대의 여성 미용에 있어서는 특히 피부 보호에 대한 관심이 많았다. 「가을의 피부 손질·화장」(『여성계』, 1955. 11), 「피부에 맞는 화장품 선택의 비결」(『여성계』, 1955. 11), 「봄 화장과 피부 미용법」(『여성계』, 1956. 4), 「여름 햇빛과 피부 보호」(『여원』, 1957. 7), 「해수욕장과 낮잠」(『여원』, 1957. 7), 「미용실」(『여원』, 1957. 9), 「추위와 피부」(『여원』, 1958. 1), 「연령에 따르는 피부 손질」(『여원』, 1958. 3), 「산과 바다에서의 미용」(『여원』, 1957. 7), 「피부 손질과 화장품 사용의 요령」(『여원』, 1958. 10), 「겨울철 피부 미용」(『여원』, 1958. 12), 「교문을 갓 나온 이들의 미용」(『여원』, 1959. 4), 「화장 약용(藥用) 크림의 진화」(『여원』, 1959. 6), 「여성의 피로와 미용」(『여원』, 1959. 11), 「겨울에도 윤택한 살결을」(『여원』, 1959. 12), 「얼굴 표백과 『카라벨』 헤어」(『여성계』, 1958. 11), 「맛사─지에 있어서의 「팍크」 미안법(美顏法)」(『여성계』, 1956. 8), 「맛사지와 빡크」(『여원』, 1957. 5), 「여름철의 화장」(『여원』, 1960. 7) 등이 피부 보호를 위한 마사지나 팩에 관해서 소개하고 있다.

또한 동시대에는 직업여성들의 화장에 대한 관심을 많이 보였다. 「개성을 살리는 직업여성의 화장」(『여성계』, 1954. 1), 「직업여성을 위한 하루의 미용」(『여성계』, 1955. 4), 「직업여성의 화장과 의상」(『여성계』, 1956. 9), 「파티에 갈 때의 화장」(『여원』, 1959. 1) 등은 사회생활을 하는 여성들에게 필요한 화장법을 소개하고 있다.

이외에 「기초 수정(修整) 화장」(『여원』, 1957. 5)은 처음으로 화장을 하는 여성에 대한 가이드 역할을, 「아침점심저녁의 화장」(『여원』, 1960. 9)은 하루의 화장법을, 「얼굴에 맞는 화장품」(『여원』, 1958. 5)과 「화장품에 대한 상식」(『여성계』, 1955. 4)은 화장수나 크림, 로션, 루주 등의 사용법을 알려주고 있다.

2) 헤어스타일

전쟁이 끝나고 사회가 안정됨에 따라 여성의 의복뿐만 아니라 헤어스타일도 대단히 다양해졌다. 전기퍼머, 콜드 퍼머 등 각종 퍼머법이 소개되었고, "(一) 「카우 · 보─이」형, (二) 크레스트형, (三) 카운트 ·

포인트형, (四) 스푼·슈-가형"3) 등의 헤어스타일이 소개되었다. 그리고 「콜드파-마란 무엇인가」(『여성계』, 1956. 1)나 「집에서 할수 있는 콜드·파-마」(『여원』, 1958. 4) 등과 같이 스스로 할 수 있는 퍼머에 대해서도 소개하고 있다.

동시대의 헤어스타일이 다양화되는 데에는 여성들의 사회활동이 증가한 것이 가장 큰 역할을 했겠지만 영화와 같은 대중문화 역시 중요한 역할을 했다. 특히 1950년대 중반에 상영되었던 〈로마의 휴일〉은 여성들의 의복뿐만 아니라 헤어스타일에 있어서도 선풍적인 유행을 일으켰다. 그것은 「한 여름의 머리 「스타일」」(『여원』, 1957. 5), 「신춘 머리 스타일」(『여성계』, 1956. 3), 「헤어·스타일과 화장, 피부에 관한 이달의 주의」(『여성계』, 1958. 2) 등에 나타나 있는데 헵번 스타일로 뒷머리가 짧았다. 뿐만 아니라 동시대에는 "한때 활동적이고 남성적이었던 「오-도리·헵반」 스타일이 꼬리를 감춘 후부터는 다시 드렛시한 스타일이 등장"4) 했다는 글에서 볼 수 있듯이 헤어스타일이 다양하게 유행했음을 알 수 있다. "대체적으로 머리길이는 쇼트이면서도 양감(量感)을 갖게 하여 유행 헤어라인을 처리하는 데 있어서 젊은이면 싸이드를 훨씬 「샤프」하게 하고 중년이면 「쏘프트」하게 다루는 것이 요령입니다."(「스카후를 썼을 때의 헤어스타일」(『여원』, 1958. 12)에서 볼 수 있듯이 여성들의 머리는 1950년대 후반으로 올수록 짧게 변화되었음을 알 수 있다.

한편 1950년대 후반부터는 미장원이 상당히 늘어나고 머리의 염색에도 많은 관심들이 있었다. 「머리의 손질과 여러 가지 염색법」(『여원』, 1958. 11), 「화장에 앞서서 알아둘 일」(『여원』, 1959. 10), 「다양적인 헤

---

3) 임향선, 「최신 유행 머리 스타일」, 『여원』, 1955. 11, 142~143쪽.
4) 권정희, 「1958년의 머리 스타일」, 『여원』, 1958. 2, 229~231쪽.

어 · 다이」(『여원』, 1960. 6) 등에 그러한 면들이 소개되고 있다.

3) 신발 및 장신구

1950년대 초반의 구두형은 끈 달린 단화가 일반적이었고, 1950년대 중반에는 장식이 없는 형이 일반적이었다. 모양은 앞이 뭉툭했는데 1950년대 후반이 될수록 굽이 가늘어지는 경향을 보였다. 구두의 가죽은 송아지 가죽인 카프(calf)가 많이 쓰였다.[5]

구두뿐만 아니라 핸드백, 목걸이, 브로치, 귀고리, 안경, 장갑, 파라솔, 스카프 등의 장신구 착용도 늘어났다. "핸드빽이 다시 유행되고부터 외래품의 모양에 뒤떨어지지 않는 예쁜 핸드빽이 많이 나왔습니다. 더욱 비닐의 만능시대라고 할가 편리하게 여러모로 쓰이게 된 비닐은 또한 각가지 모양과 색채로 핸드 · 빽에도 응용되었습니다."[6]와 같은 글에서 잘 볼 수 있다.

5) 유수경, 앞의 책, 309~310쪽.
6) 「물건을 쓰는 사람의 메이커—에 대한 주문」, 『여원』, 1959. 6, 238~240쪽.

여성 복식사

1. 개화기~1920년대의 복식문화

이 시기의 복식문제는 단발문제와 마찬가지로 시대에 필요한 의복이 어떤 것인가 하는 차원에서 논의되었다. 그리하여 개조의식의 차원에서 여성의 의복을 제작하는 강습회가 경신학교나 YMCA 등에서 열렸고, 각종 옷 만드는 법과 염색법, 편물법, 옷 수선하는 법 등이 신문과 여성지에 많이 소개되었다.

> 우리네의 의복은 신체 발육과 자유 동작에 장애가 업지 안타 예를 들면 여자의 옷은 제일 중요한 부분인 유방을 속박하여 왔다. 그것은 위생에도 다대(多大)한 해독이 밋칠 뿐더러 육체미에도 적지 안은 손실이다. 그쌘 아니라 풀을 먹여서 죽어라 하고 다듸미질을 하야 풀칠한 백지장 가튼 옷을 걸치는 것이 공기 유통에는 이해관계가 밋친다 할지라도 제일 몸을 동작하는 데에 거북살스럽고 쉽게 상하는 폐(弊)가 있다.
> — 안석주, 「미관상으로 본 조선 의복」,
> 『신여성』 제2권 제11호, 1924. 11, 9쪽.

나는 의복 개량에 대해서 세 가지 관견(管見)을 가지엿다. 첫재는 선미(線美)를 가질 것과 둘재는 색채미를 가질 것과 셋재는 위생적이야만 되겟짜고 생각한다.

― 김일엽, 「의복과 미감」, 『신여성』 제2권 제11호, 1924. 11, 24쪽.

위의 글에서 보듯이 여성의 의복을 개량하는 문제는 대체로 미용, 위생, 경제성 등의 차원에서 논의되었다. 주로 가슴을 겹겹이 동여매어 호흡기에 지장을 주는 착의 관습이 위생의 차원에서 비판되었고, 치마, 단속곳, 바지, 속옷 등 적어도 네 가지를 입거나 많게는 일곱 가지를 입는 관습이 미용의 차원에서 비판되었다. 그리고 옷감을 부드럽고 가벼운 것으로 사용하되 낭비해서는 안 된다고 경제성의 차원에서 지적되었다.

이밖에 저고리의 길이가 과도하게 짧은 점과 색채미가 단순한 점과 선의 미가 약한 점이 지적되었다. 그리고 선의 미에 대해서는 비교적 아름다움을 갖추고 있지만 변화가 적어 단순해 보이므로 레이스나 리본이나 자수 같은 것으로 살릴 필요가 있고, 저고리의 깃과 동정이 흰색이어서 쉽게 때가 타므로 개량할 것과 겨울에 입는 두루마기의 길이를 좀 더 짧게 하고 많은 시간을 허비하는 다듬이질을 없앨 것 등이 제안되었다. 의복개량 운동은 실제 영향을 끼쳐 저고리의 길이가 가슴 아래까지 내려졌고 치마 길이가 활동하기에 편리하도록 줄어들었다.

이 시기의 여성들이 복식미를 자각하는 데에는 미용이나 자녀교육 분야와 마찬가지로 근대교육의 영향이 컸고, 동시대에 발간된 여성지들의 역할이 컸다. 1906년 『가뎡잡지(家庭雜誌)』가 발간된 이후 여러 잡지들이 간행되어 여권신장과 사회참여, 가정생활, 연애와 결혼, 위생, 음식, 문화, 자녀교육뿐만 아니라 복식문화에도 지대한 기여를 한 것이다.

이 시기 복식문화의 특징으로는 여학생과 신여성을 중심으로 한 의복 개량에 많은 관심을 보였다는 점이다. 그리하여 여학생들과 신여성들 사이에서는 흰 선을 두른 통치마나 치맛단까지 주름을 잡은 통치마가 인기가 있었다. 여학생들의 교복은 상의는 희고 하의는 검은 색으로 통일되었는데, 치마에 층을 만들거나 줄을 넣거나 주름의 폭을 조절하여 각 학교의 개성과 표식을 나타내었다. 겨울에는 검은 두루마기를 입었으며, 양말은 겨울에는 검은색을 여름에는 흰색을 신었다. 또한 다양한 색상과 문양을 넣은 스웨터가 등장했고, 코트는 스커트의 길이가 짧아짐에 따라 함께 짧아졌다. 또한 넓은 플랫칼라(flat collar)를 단 케이프(cape)가 등장했고, 속적삼·단속곳·속속곳·너른바지 등의 전통적인 친의(襯衣)는 짧은 치마에 어울리지 않기 때문에 '사루마다'라고 불린 무명으로 된 짧은 팬티가 착용되었다.

이 시기의 여성지는 이와 같은 여성들의 복식미에 많은 관심을 가졌다. 「여학생 제복과 교표(校標) 문제」(『신여성』, 1923. 10)에서는 여학생들의 제복이 특성이 있어야 함이, 「여학생의 목도리 시비」(『여성』, 1924. 3)에서는 목도리의 길이가 너무 긴 점과 빛깔이 너무 단조로운 점이 지적되었다. 「女學生·부인네 아모나 하기 쉬운 녀름철에 어린애 옷」(『신여성』, 1924. 7)에서는 의복개량을 도모할 필요가, 「여학생발뒤꿈치 양말 구녁 역는 법」(『신여성』, 1924. 3)에서는 구멍 뚫린 양말을 깁는 법이, 「여자 의복 개량 문제에 대하야」(『신여성』, 1924. 11)에서는 옷감이 가볍고 부드럽고 곱고 위생상 해를 끼치지 않을 것이 각각 제시되었다. 「외국인의 눈으로 본 조선 의복의 장처단처(長處短處)」(『신여성』, 1924. 11)에서는 프랑스, 영국, 러시아, 중국 등 외국인 입장에서 조선옷을 평가하고 좋은 점과 아울러 단점이 논의되었다. 그리고 「의복 개량 문제 경제와 시간 문제」(『신여성』, 1924. 11)에서는 흰옷이 겨울 세탁에 있어서 어려운 점이, 「이럿케 편하게 세 가지 개량」(『신여성」, 1924. 11)에서는 십자바지 밑과 두루마기와 양복 하의를 개량할 필요가, 「이러케 개량한 것 두 가지」(『신여성』, 1923. 11)에서는 속옷 개량의 필요가 각각 논의되었다.

이 시기의 여성 의복에서 세인들의 관심을 크게 불러일으킨 것은 수영복이었다. 1920년대 초에 등장한 수영복은 무릎과 팔꿈치까지 노출시킨 것이었는데, 1928년경부터는 어깨, 겨드랑이, 넓적다리까지 노출시켜 남성들에게 놀라움을 준 것이다. 이밖에 정구복, 야구복, 기계체조복 등의 여성 운동복도 세인들로부터 관심을 받았다.

2. 1930~1936년의 복식문화

1930년대에 들어 장옷과 쓰개치마는 거의 자취를 감추었고 내외법역시 무용했으며 양장이 일반적이었다. 여학생들의 교복도 1920년대는 한복이 대부분이었지만 1930년대에 들어서는 양장으로 바뀌었다. 일제가 조선인들의 민족의식을 약화시키기 위해 한복을 버리고 양장을 입도록 강요한 면도 있었지만, 퍼머가 유행하고 화장에 대해 관심이 높아지자 양장 차림이 늘어난 것이었다.

그리하여 1934년에는 조선직업부인회 주최로 여의감상회가 인사동 태화여자관 내의 종로청년회관에서 개최되기도 했다. 이 감상회는 오늘날의 패션쇼에 해당하는 것인데 가정에서 입는 옷, 일할 때 입는 옷, 나들이 갈 때 입는 옷, 연회 때 입는 옷, 조상갈 때 입는 옷, 수영복, 운동복, 한복을 개량한 옷 등이 선보였다.

봄에 오면 이상 야릇한 무늬 있는 치마에 역시 이상 야릇한 비깔에 울룩 불룩한 무늬가 있는 목도리를 걸치고 (중략) 여름철이 되니까 「보이루」란 양반이 출세하기를 시작하는데 (중략) 눈코를 바로 뜰 새 없이 급변하는 유행계라 어느 것을 잡아서 「요놈-」하고 유행의 표준을 잡을 수는 도저이 없으매 따는 타령 옮기도 여간 힘이 드는 것이 아니다.

— 「삼사년 유행 타령」, 『신가정』, 1934. 12, 347~348쪽.

이상에서 보듯이 이 시기에는 여성 의복의 유행이 활발했다. 여성들은 이전 시대에 비해 비교적 밝고 강한 빛깔의 옷들을 입었는데, 그만큼 새로운 복식미의 창출에 적극적이었던 것이다. 그러한 바는 "외국의 풍조가 많아진 탓인지 종래에는 같은 식으로 조촐하게 문의 놓인 옷감을 좋아하던 것이 금년에 와서는 얼룽덜룽 여러 가지 빛으로 문의 놓은 것 혹은 줄진 것은 이 왓삭성하야 금년 유행의 크라이막쓰에 날 하였었다"[1]와 같은 진단이나, 양복 빛깔이 다서색(茶鼠色) 유행하므로 모자, 장갑, 숄, 파라솔, 구두 등의 색도 조화를 취하는 경향이라는 것을 논한 「봄과 유행·유행과 봄…」(『여성』, 1936. 4)에서 여실히 나타난다. 이 시기에는 여성들이 양장을 하고 하의가 점점 짧아지자 각선미에 대해서도 관심을 가지기 시작했다.

3. 1937~1945년의 복식문화

1937년 중일전쟁을 시작으로 해서 일제가 전시체제로 전환함에 따라 여성의 복식문화는 급속히 위축되고 말았다. 일제는 석탄 등 18개 품목을 수출 통제품으로 결정(1940. 2)하는 등 조선의 경제를 전시체제의 수단으로 이용함에 따라 시장 활동이 위축될 수밖에 없었다. 그리하여 어른의 헌 옷을 재생해서 어린이옷으로 만들어 입는 것이 일반화되었고, 의복미의 경제성이 대두되었다. 1930년대 초에 보였던 의복의

---

1) 「여자 유계(流界)의 일 년」, 『신가정』, 1933. 12, 42쪽.

유행은 더 이상 찾아볼 수 없었고 기능성만 중시된 것이었다.

「부인과 여학생 부라우쓰」(『여성』, 1937. 1)에서는 블라우스 짜는 법을, 「여성과 의복미」(『여성』, 1937. 2)에서는 직업적으로 또 사회적으로 활동하는데 필요한 면을, 「미인과 의상미」(『여성』, 1937. 5)에서는 개인 또는 사회생활상 분에 넘치는 치장을 자제할 것을 각각 논의하고 있다. 그리고 「핸드빽은 이렇게 손수 맨드러 가집시다」(『여성』, 1937. 6)에서는 핸드백 만드는 법을, 「부인과 여학생 외출복 겸 가정복」(『여성』, 1937. 6)에서는 운동이나 산보할 때 필요한 가정복 만드는 법을, 「개량형 속치마와 속바지」(『여성』, 1937. 8)에서는 위생상 또는 경제상 필요한 속바지와 속치마 짓는 법을, 「우리의 의복은 무엇을 암시하나」(『여성』, 1937. 9)에서는 연령이나 직업이나 신분에 맞는 의복을, 「부인 여학생용 자리옷 만드는 법」(『여성』, 1937. 10)에서는 잠옷 만드는 법을, 「부인의 의복과 색채의 조화」(『여성』, 1937. 11)에서는 양장 만드는 법을 각각 소개하고 있다. 또한 「부인과 의상」(『여성』, 1938. 3)에서는 색조와 모양에 있어서 첨단으로 변해가는 상황을, 「가정 염색법」(『가정지우』, 1938. 8~10)에서는 염색상 주의 사항, 염색 기구, 염료 푸는 법, 직물 종류에 따른 염색법 등을 소개하고 있다. 「양재 강좌」(『가정지우』, 1939. 5~9)에서는 아동복 짓는 법이며 앞치마 짓는 법을, 「편물교과서」(『여성』, 1939. 12)에서는 양말과 장갑을 뜨개질하는 법을, 「여름에 편한 양장」(『여성』, 1940. 8~9)에서는 스커트와 블라우스 만드는 법을 또한 소개하고 있다.

그런데 의복의 경계성을 추구하는 글들에는 지극히 왜곡된 역사관이 들어 있음을 주시할 필요가 있다.

그러니 여인들이어 화장 값 줄고 시간 경제되고 정말 아름다워질 수 있는,
신체제(新體制) 의도(意圖)에 만만 감사할 것이지 화장 못하고 사치 못해서

병날 일은 아니외다.

— 윤실령, 「생활과 신체제 – 연지와 신체제」,
『여성』 제5권 제11호, 1940. 11, 64쪽.

지금 사회를 보라! 우리 녀성들이 질머짐이 얼마나 크며 몸에 가리울 것이
없이 우는 자에게 힘이 없어 구원의 손을 못 펴고 눈감고 있는 우리들이 삼십
원이란 돈을 치마에 감고 있을 때에 우리는 사회에 대하야 의무를 배반한 죄
가 있다.

— 고황경, 「의장미(衣粧美)와 사치」, 『여성』 제5권 2호, 1940. 2, 63쪽.

그리하여 이 시기에 등장한 대표적인 여성복이 '몸뻬'였다. 몸뻬는
원래 일본의 북해도와 동북지방의 촌부들이 들에 일하러 나갈 때 입던
바지였는데, 일제는 검소하고 활동이 편리하다는 이유로 조선 여성들
에게 입기를 강요했던 것이다. 일제는 몸뻬 입는 것에 대한 조선 여성
들의 반발을 한편으로는 신문이나 잡지를 통해 설득하면서 다른 한편
으로는 쌀 배급이나 노력동원 및 징용 등으로 위협하며 강요했다. 그
리하여 몸뻬는 여학생을 비롯하여 일반 부녀자에 이르기까지의 의복
이 되어 조선의 거리를 메웠다.

또한 일제는 민족의식을 말살하고 전쟁에 필요한 물자를 제공하기
위한 차원에서 한복 착용을 억제했고 사치품 제한금지령을 내렸다. 그
결과 한창 유행하던 빌로드의 생산이 전면 금지되었고, 양장은 어깨,
깃, 소매, 포켓의 선이 직선인 남성 스타일로 변해 소위 밀리터리 룩
(military look)이 지배적이었다. 그리고 전시 상황으로 말미암아 양장모
는 사라졌고 대신 머리수건이 등장했다. 생고무를 구하기 힘들어 헌
고무신을 재생한 신발이 착용되었고, 직포를 이용한 운동화와 작업화
가 경성방직의 영등포공장에서 제조되었다.

4. 1945년 8월~1953년 7월의 여성 복식

1) 여성 복식의 변화

분단시대가 진행되고 있는 지금까지 줄곧 '광복(光復)'이라는 말을 한국인들이 쓰고 있는 데서도 볼 수 있듯이, 1945년의 해방은 한국인들에게 오랜 암흑의 시대에서 벗어나 비로소 주체성을 가지고 새로운 역사의 장을 열어갈 수 있는 희망을 안겨주었다. 어둠을 뚫고 나온 한 줄기 빛의 회복은 한국의 역사가 밝게 전개될 것이라는 상징성을 띠는 것이다. 해방 직후 진정한 민족국가 건설을 위한 한국인들의 열정은 여성 복식 분야에도 영향을 주었다.

> 우리 조선은 삼십육년이란 장구한 동안 일제의 탄압으로 모—든 것이 정상적으로 발전을 못하고 시드러버렸읍니다.
> 이런 속에서도 특히 우리 여성은 이중삼중으로 생활의 구속을 받어왔읍니다. 이리하야 우리는 생활의 절대적 필수품인 의복에 대해서도 관심할 여지가 없었고 발전할 기회가 없었읍니다.
>
> 이제 우리는 해방되여 앞으로는 자유로 발전할 수 있으며 신국가 건설이란 위대한 과업을 수행할 의무를 갖게 되였읍니다.
> 우리는 이 엄숙한 과업을 위하야 또 우리 여성의 생활향상을 위하야 새로운 마음으로 취할 것은 취하고 버릴 것은 버려서 고도로 발달해가는 현대생활에 상부(相符)하도록 우리 의복도 연구하고 개선해야 겠읍니다.
> — 석주선, 「부인들 의복 개선에 대하야」,
> 『부인』 제1권 제3호, 1946. 10, 15~17쪽.

해방기 여성들의 복식인식은 이처럼 "이엄숙한 과업을 위하야 또 우리 여성의 생활향상을 위하야 새로운 마음으로 취할 것은 취하고 버릴 것은 버려서 고도로 발달해가는 현대생활에 상부(相符)하"겠다는 다짐을 토대로 삼고 있다. 그리하여 그 토대 위에서 이전 시대까지의 여성복식에 대한 단점과 장점을 파악하고 개선점을 찾으려고 했다.

해방기의 복식 개선에 대한 논의는 지극히 새로운 시대에 필요한 차원에서 제시되었다. 복식은 시대에 따라 변하는 것이므로 옷감이라든지 색깔이라든지 바느질 등이 변해야 한다고 인식한 것이다. 그리하여 기존 의복의 비활동적인 점, 빨래를 자주 하게 되어 경제적으로나 시간적으로 낭비하는 점, 생활의 건실성을 잃게 되는 점 등을 들었고 다음과 같은 개선점을 제시했다.

1. 의복의 고름을 없이 할 것. 즉 우리 조선 의복에는 분화(分化)가 절대로 필요합니다. 외출복 평상복 작업복으로(경제력이 허락하는 최저한도를 의미함) 나노아 조절할 것입니다.

2. 다드미질 않고 만들 수 있게 할 것. 즉 겨울옷은 주로 비단 것이 많아 일일이 뜨더 빨아서 풀을 하며 다드머야 하니 시간과 노력으로 보아 낭비가 많으며 능률적이 아닙니다.

3. 겨울옷도 여름옷과 같이 일일이 뜻지 말고 세탁하고 취급할 수 있도록 할 것. 즉 드라이크리닝 세탁하는 법을 많이 발전시켜 생활의 과학화를 꾀하고 세탁에 쓰는 시간과 노력을 다른 방면에 이용하도록 해야 할 것입니다.

4. 솜을 빨아도 떨어지지 않도록 연구할 것. 즉 조선은 기후 관계로 솜이 절대로 필요함으로 빨기도 편하고 질(質)이 변하지 않도록 연구할 것입니다.

5. 조선 의복에도 여러 가지 「포켙」을 붙이도록 할 것. 즉 조선 의복에는 「포켙」이 없어 참으로 불편하며 길가는 부인을 보면 한곳에 핸드백을 또 한손에 양산을 드러 부자유하게 보입니다.

6. 색의(色衣)에 대하야 연구할 것. 즉 고래로 우리 민족은 흰 옷을 조와하는 결백한 국민성을 갖인 만큼 조급히 고칠 수는 없으나 노력과 시간상으로 보아 현대생활에 적합하지 않음이다.

— 석주선, 위의 글, 16~17쪽.

위와 같은 내용은 동시대의 여성지에 공통적으로 보이는 의견들인데, 복식의 시대적인 변화의 필요성을 반영한 것으로 상당히 구체적이고 실용적인 것이다. 그리하여 "경제적 결점뿐만 아니라 몸의 제일 중요한 옷가슴을 졸라메서 발육상으로나 보건상으로의 결함은 적지 않은 것"[2]과 같은 진단은 분명 수용할 가치가 있다. 또한 "의복의 고름을 없이 할 것"이나, "다드미질 않고 만들 수 있게 할 것", "일일이 뜯지 말고 세탁하고 취급할 수 있도록 할 것", "조선 의복에도 여러 가지「포켙」을 붙이도록 할 것", "색의(色衣)에 대하야 연구할 것" 등도 필요한 실용안들이다.

2) '몸뻬'의 일상화

광복이 이루어짐에 따라 여성들은 국권 회복에 대한 기쁨과 더불어 일제에 의해 강요된 몸뻬와 간단복(簡單服, 간땅후꾸)을 벗어버리고 전통적인 한복을 다시 입을 수 있게 되었다. 그리하여 재래식 한복뿐만 아니라 개량한복도 입었는데, 대체로 여대생이나 사회활동을 하는 여성들이 개량한복을 입었고, 일반 여성들은 전통 한복인 치마저고리를 입었다. 생활전반에 남아 있는 왜색(倭色)을 일소하자는 주장이 각종 저널을 통해 강조되기도 했지만, 현실적으로 물자가 부족했기 때문에 이루어질 수는 없었다.

이러한 상황에서 일반적으로 착용된 여성 의복이 '몸뻬'였다. 일제 강점기 동안 경제권을 쥐고 있던 일본인들이 조선의 해방과 함께 급속히 귀국하는 바람에 생필품조차 품귀현상을 빚었고 물가가 폭등했는데, 그에 따라 몸뻬는 일제 말기에 이어 해방기에도 여성의 주요 의상

2) 유영춘, 「조선 의복의 장점과 단점」, 『부인』 제2권 제4호, 1947. 6, 15쪽.

이 되었다.

아름다운 것에 대한 시대의 해석은 확실히 변하였습니다. 그보다도 먹고 살아야 하는 시대입니다. 우리의 온갖 생각과 온갖 행위는 이 「먹고, 살아야 한다」는 간단한 그러나, 엄숙한 문제에서 시작하고 또 거기에서 끝칩니다. (중략) 의복은 시대를 반영합니다. 그보다도 그것을 시대를 반영하는 인간의 표현이 아닐 수 없습니다. (중략)

몸빼(일바지라고, 고쳤습니다)와 같은 양복바지가 행결 편리 할 것은 두말 할 필요도 없습니다. 허리가 잘 나오시면 기―ㅅ다란 족끼로 덮어 모양과 보온을 얻으시니 이것이 한 개의 돌맹이로 두 마리 새를 잡는 셈이지요.

— 김호덕, 「신여성에게 보내는 신생활 교서(敎書)—간결·복장미에 대하여」,
『부인』 제4권 제1호, 1949. 1, 18쪽.

"온갖 생각과 온갖 행위는 이 「먹고, 살어야 한다」는 간단한 그러나, 엄숙한 문제에서 시작하고 또 거기에서 끝"칠 정도로 동시대인들은 경제적으로 매우 어려운 삶을 살아야만 했다. 그러한 상황 속에서도 여성들은 미용에 대한 의식을 새롭게 가져 복식의 실용성과 미용성을 추구했다. 그리하여 열악한 경제 상황으로 인해 몸빼가 여성들의 일상복으로 자리잡았다.

3) 양장의 보편화

해방기의 복식문화는 국내의 의료산업(衣料産業)이 절대적으로 허약해서 미군 계통을 통해 흘러나오는 각종 구호품과 밀수품으로 형성되었다. 그에 따라 미군부대 주변을 중심으로 수입되는 섬유제품이 늘어나기 시작했다. 미국으로부터 각종 구호물자가 들어옴과 아울러 섬유제품도 도착했는데, 그 종류는 각종 수직물(手織物), 교직물(交織物), 양복바지, 양장, 사쓰지, 스타킹 등이었다. 그 중에서 밀수품인 마카오

(macao) 복지와 비로드(veludo) 옷감이 당시 남녀 멋쟁이들의 최고 품목이었다.

일제 말에 선보이기 시작한 비로드 의복은 해방기에 퍼지기 시작해 6·25전쟁을 거치면서 전성기를 맞이했는데, 촉감이 부드럽고 아름다울 뿐만 아니라 따뜻해서 여성들의 외출복으로 애용되었다. 동시대에는 여성들의 고급 의복재료로 구할 수 있는 것이 비로드를 제외하고는 달리 없었기 때문이기도 했지만, 비로드 치마 한 감이 25만환쯤(대학등록금 24만환)이 될 정도로 매우 비싼 편이었는데도 많은 여성들이 착용한 것이다.[3)

비로드가 해방기에 유행한 것은 여성의 복식이 새로운 방향을 찾아가는 과정으로 보아야 할 일이다. 변화하는 시대에 적극적으로 적응하는 모습으로 긍정할 수 있는데, 그만큼 동시대에는 양장이 보편화되어갔다. 새로운 양장의 유행은 여성 복식이 새로운 방향을 찾아가는 과정으로서 현재는 양장에 미숙하지만 무조건 비판할 것은 아니라는 의견들이 표명되었다.[4)

> 나는 집안에 있을 때나 외출할 때나 늘 양복만 입기 때문에 한복과 달라 주목을 끌기 쉽고 자칫하면 천한 인상을 주기 쉬운 양장을 여러 가지로 주의한다.
> — 최소정, 「교양 있는 양장을」, 『부인경향』 제1권 제7호, 1950. 7, 31쪽.

"집안에 있을 때나 외출할 때나 늘 양복만 입"었다는 사실에서 볼 수 있듯이 해방기에는 여성들의 양장이 점차 일상화되어갔다. 양장의 재료는 미군 계통에서 흘러나오는 사지(serge), 낙하산감 등이었고, 양장의 스타일은 해방 전부터 이어져온 밀리터리 스타일이 계속되었다.

---

3) 유수경, 『한국여성양장변천사』, 일지사, 1990, 275쪽.
4) 이화매, 「여성풍속에 대한 견해」, 『부인』, 1948. 4, 36쪽.

그리고 여성 바지의 착용도 많이 늘어났다. "쓰봉 같은 것도 얼마나 좋습니까. 일하는데 활발하고 활동적이고 또 진취적이 아닙니까. 그렇다고 해서 조선옷을 극단으로 배격하는 것은 아니나 조선옷은 아주들 도덕적으로 보아서는 얼리고 좋으나 진취적이 못되고 가정적이라고 할 수 있지요."5)와 같은 글에서 그 상황을 잘 볼 수 있다.

또한 양재강습회가 자주 개최되었고, 각종 양복에 대한 광고가 신문이나 잡지에 실리기 시작했다. "현대의 유행은 어떻게 해서 발생하나? 이것을 한 말로 말한다면 유명한 「디자이나-」에 의하여 발생하게 됩니다. 봄이면 봄, 가을이면 가을, 그 씨-즌에 있어서 마치 자기의 작품을 공개하는 전람회를 갖듯이 의상 「디자이나-」도 창조적 예술적 작품을 맨들어 발표회를 엽니다."6)와 같은 인식이 본격화된 것이다.

> 무교양의 야만적인 색 또는 단순하고 적식적 깊음이 없는 색 또는 단순하고 적식적 깊음이 없는 색 또는 야비하고 들뜬 색 등은 우리들에게서 일소식히지 않으면 아니 될 것입니다. 그것은 한 국가의 문화 수준은 단 녀성의 의복 색채로만 표현할 수도 있다고 말하여도 과언이 아닌 까닭입니다.
> 그럼으로 우리 녀성들은 아름다운 색의 조화미를 찾아내여 새 시대에 적합된 품 있는 것을 창안하도록 힘써야 할 것입니다.
> — 박래현, 「여성과 색의 조화」, 『부인』 제1권 제3호, 1946. 10, 38쪽.

위의 글은 동시대에 필요하고 품위를 유지할 수 있는 여성 복식을 제안하고 있어 관심이 간다. "아름다운색의 조화미를 찾아내여 새 시대에 적합된 품 있는 것을 창안하도록 힘써야 할 것"이라는 데서 볼 수 있듯이 새로운 시대에 필요한 복식미를 나름대로 추구했다.

---

5) 최소정·장추화 대담, 「여름 화장과 몸단장 대담회」, 『부인』 제2권 제5호, 1947. 8, 31쪽.
6) 김란공, 「유행과 의상」, 『부인경향』 창간호, 1950. 1, 34쪽.

한편 광복 후 여학교에서는 새로운 교복을 제정하기 시작했다. 숙명 (淑明)은 1946년에, 동덕(同德)은 1953년에, 배화(培花)는 1954년에 교복을 개정하였다. 광복 후에는 여대생들의 교복도 제정되어 이화여대와 숙명여대는 흰 블라우스와 플리츠 스커트(pleats skirt), 자켓(jacket)의 교복을 입었다. 때로는 체크(check) 무늬나 무지(無地)의 투피스 차림이었다. 그렇지만 개화기 때나 일제 강점기에서와 같이 여학생복이 동시대의 유행을 선도하지는 못했다. 신교육을 받은 일반 여성층이 늘어났기 때문에 오히려 그들이 복식의 유행을 선도하게 된 것이었다.

한편 서울을 중심으로 한 대도시에서 거주하는 젊은 여성은 양장을 착용하기 시작했으나, 시골에서 거주하거나 젊지 않은 여성들은 여전히 한복을 착용했다. 그렇지만 6·25전쟁을 치르는 동안 크게 바뀌게 되었다. 전쟁기간 동안 생활하는 데에 한복이 편안하지 않음을 깨닫고 치마저고리 대신 양장을 본격적으로 입게 된 것이다. 또한 전쟁 중 물자가 절대적으로 부족했기 때문에 한복 대신 양장을 착용하게 되었다. 결국 6·25전쟁은 한국 여성들의 일상복을 한복에서 양장으로 전환시키는 계기가 되었는데, 이때부터 한복은 일상복보다는 예복으로 입게 되는 경우가 많아지게 되었다.

5. 1953년 8월~1961년 4월의 여성 복식

1) 나일론의 등장

6·25전쟁 이후 복구작업이 진전됨에 따라 여성 복식도 많은 변화가 일어나기 시작했다. 1953년 휴전과 더불어 남성들에게만 의존해 오던 여성들이 직업전선에 뛰어들면서 활동이 편리한 양장을 본격적으로 착용하기 시작한 것이다. 또한 각종 대중매체가 활성화됨에 따라 외국

의 유행이 소개되기 시작했고, 디자이너들의 활동도 활발해졌다.

이 시기에 특기할 사항은 나일론의 수입이다. 1953년경 일본에서 처음 수입된 나일론은 질기고 손이 덜 간다는 장점으로 양말에서부터 샤쓰, 블라우스, 한복감 등 순식간에 보급되어 가히 혁명적이라 할 만큼 복식의 변화를 가져왔다.[7] 그런데 나일론은 국내에서 생산이 안 되어 전량 수입하는 것이어서 사치품이냐 아니냐 하는 논란이 있어 수입 허가가 보류되기도 했는데, 정부에서 비사치품으로 규정하는 바람에 선풍적인 인기를 끌게 되었다.

2) 양장의 다양화

1955년 당시 여성 종합지가 『여성계(女性界)』 하나뿐이었으나 새로운 여성지 『여원(女苑)』이 창간되면서 여성 복식의 패션에 큰 영향을 주었다. 또한 시각적 전달 효과가 큰 텔레비전이 1956년부터 방송되기 시작함으로써 여성의 패션에 자극을 주었다. 한편 영화도 복식의 유행에 영향을 주어 「로마의 휴일」에서 번지기 시작한 '헵번 스타일'은 많은 여성들에게 유행되었다. 짧은 머리와 함께 폭넓은 플레어 스커트가 유행한 것이다.

그리하여 1950년대 후반에 들어서는 '송옥' '엘리제' '한' '아리사' '국제양장사' 등의 양장점이 들어섰다. 그리고 노라 노, 최경자, 서수정, 서수연, 김경애, 석주선 등의 디자이너가 활동하기 시작했다.

그 사람의 특징, 제일 아름다운 점, 제일 좋은 점을 「데자인」 속에 강조하여 그 한 점에 그 사람의 주의를 끌 수 있게 또 결점을 가리어 보이지 않게 노

---

7) 유수경, 앞의 책, 279쪽.

력해야 하겠다. 체형적으로 볼 때, 뚱뚱한 사람은 보기 싫다고 하지만, 뚱뚱한 점을 우리는 당당한 감을 주는 데자인으로 강조하여 보자. 또 어디인가 촌티를 봇지 못한 사람이라도 성실해 보이는 점이 있겠고 또 가련하게 보이는 사람, 이지적인 사람, 미인은 아니라도 어디인가 애교가 많은 사람, 체격적인 표현뿐만 아니라 내면적인 정신적 표현이 그 사람의 개성적 표현으로서 나타나 있을 터이니 어느 것이나 우리는 그 특징을 잘 캣취할 수 있는 것이 중요하다.

— 최만실, 「당신은 어떤 스타일이십니까」,
『여원』 제2권 제2호, 1956. 2, 260쪽.

위의 인용문에서 볼 수 있듯이 디자이너들은 복식을 통한 여성미의 창출에 대해 아주 적극적이었다. 디자이너들은 "유행은 사치품이 아니다"[8]라고 강조하고 여성의 아름다운 몸차림이야 말로 본능적인 것이고 또 시대의 유행에 함께하는 것이라고 강조했다. 한편 동시대에는 오버코트가 유행했다. "춥고 긴 한겨울 동안 오바코오트는 우리의 의생활(衣生活)에서 없이는 지낼 수 없는 옷이며 거리의 찬바람에서 우리의 체온(體溫)을 보호해 주는 것도 이 오바코오트 입니다."[9]에서 볼 수 있듯이 6·25전쟁 동안은 물론이고 전쟁이 끝난 후에도 여성들의 복식으로 인기가 많았다. 옷감은 군용담요를 검은색으로 물들인 것이 대부분이었다. 또한 동시대에는 몸에 달라붙는 맘보바지가 유행했다.

정말 요즈음에 와서는 여성들의 바지 착용에 있어 전성기라 해도 과언이 아닐 만큼 젊은 여성이면 너도 나도 할 것 없이 바지를 많이 입은 것을 볼 수 있다. (중략)
요사이 유행하는 「맘보바지」를 생각할 때 바지 이름은 「맘보바지」이건 「나

---

8) 노라 노, 「유행은 사치품이 아니다」, 『여원』 제6권 제1호, 1960. 2, 312~314쪽.
9) 최경자, 「오바코오트 맞출 때의 주의」, 『여원』, 1959. 12, 298쪽.

팔바지」이건 활동하기에는 매우 편리한 복장이고 우리나라는 겨울이 추우니
만큼 속옷을 많이 입고 「나이론」 양말 대신 두꺼운 양말을 신을 수가 있으니
보건상 도움이 되고 더우기 직장에서 바지를 착용하면 타이트스커트나 치마
저고리보다는 훨씬 일의 능률을 올리리라고 생각 된다.

— 석주선, 「바지를 입는 여성들이 늘어간다」, 『여원』 1958. 2, 258~259쪽.

위에서 보듯이 맘보바지의 일대 유행은 여성의 바지 착용을 자연스
럽게 이끌었다. 맘보바지는 춤과 함께 젊은 세대의 반항심을 상징하는
것이기도 했는데, 맘보춤의 율동을 충분히 살리도록 고안되었다. 따라
서 보수적인 사람들은 섬잖지 못하다고 비판했지만 젊은 여성들 사이
에서 인기가 매우 높았다.

여성의 자녀 교육사

1. 개화기~1920년대의 자녀교육

이 시기의 자녀 교육은 약육강식이 여실히 지배하는 세계의 질서를 바라보면서 조선이 정복당하지 않기 위해서는 문물을 발달시켜야 한다고 생각하고, 기존의 봉건질서에 얽매여 있는 관습이나 의식을 극복하고자 제기되었다. 하루가 다르게 침탈해 들어오는 서구 열강들로부터 민족의 주체성을 지키기 위해 "우리의 가명들은 너무도 전제적(專制的)이엇고 너무도 보수적(保守的)이엇음니다. 그리하야 여간의 신녀자의 현신(現身)도 가명의 전제 쏘는 보수의 완고(頑固)로 인하야 쟈긔의 수완과 능력을 들어내지 못하고 다갓치 비운의 참혹의 쌔지고 말게 됨니다."[1]와 같이 진단하고 그 극복을 시도한 것이다.

근대 여성들이 자녀 교육의 필요성을 자각하는 데에는 신교육의 영향이 컸다. 1886년 이화학당이 설립되고 1895년 학교설립과 인재양성

---

1) 「신가정 발간에 대하야」, 『신가정』 제1호, 1921. 7.

에 관한 조치가 발표되고 그리고 1996년 『독립신문』이 발행되는 등 여성교육론이 제기되었는데, 1905년 일본과의 을사조약 체결로 인해 외교권이 박탈당하자 구국운동의 차원에서 자녀 교육에 대해 많은 관심이 생겼다. 그 결과 근대 교육을 받은 여성의 수가 증가하게 되었고, 그에 따라 여성의 의식개혁과 사회활동이 빠르게 전개되어 여자교육회, 대한부인회, 대한여자흥학회 등 각종 여성단체를 만들어 활동을 하면서 내외법(內外法) 철폐를 주장했고, 장의(長衣)의 폐지 등 의복개량운동을 펼쳐나갔으며, 자녀 교육에 적극성을 띠었던 것이다.

이 시기에 발간된 여성지들 또한 여성들의 자녀 교육 의식을 이끌었다. 1906년 『가뎡잡지(家庭雜誌)』가 발간된 이후 상당한 잡지들이 간행되어[2] 여권신장과 사회참여, 가정생활, 연애와 결혼, 위생, 음식, 문학, 미용, 예술 등을 비롯하여 자녀 교육에 지대한 기여를 한 것이다.

이 시기에 발표된 글은 「녀주 교육의 필요」(『녀자지남』, 1908. 5), 「어린아히 교육론」(『자선부인회잡지』, 1908), 「자식을 실상으로 사랑흘 일」(『자선부인회잡지』, 1908. 8), 「소아(小兒)를 엇지 대접할가」(『여자계』, 1918. 9), 「가정의 힘과 그 개량의 필요」(『가뎡잡지』, 1922. 5), 「우리 가뎡에 급히 고칠 일 몃 가지」(『부인』, 1922. 10), 「입학 년령의 자녀를 둔 가정에게」(『신여성』, 1924. 3), 「가정교육」(『부녀지광』, 1924. 7), 「여자 교육의 석금관(昔今觀)」(『신여성』, 1926. 4), 「어린이를 엇써케 양육할까?」(『부녀세계』, 1927. 4) 등인데, 대체로 남녀의 불평등한 사회적 구조를 비판하면서 남자 아이뿐만 아니라 여자 아이에 대한 교육의

---

2) 가령 『가뎡잡지』(1907), 『녀주지남(女子指南)』(1908), 『자선부인회잡지』(1908), 『우리의 가뎡』(1913), 『여자계(女子界)』(1917), 『여자시론(女子時論)』(1920), 『신가정(新家庭)』(1921), 『부인(婦人)』(1922), 『신여성(新女性)』(1923), 『부녀지광(婦女之光)』(1924), 『부녀세계(婦女世界)』(1927), 『장한(長恨)』(1927), 『현대부인(現代婦人)』(1928), 『근우(槿友)』(1929), 『여성지우』(1929) 등.

필요성을 제기했다.

> 녀주 교육의 필요홈이 이 갓흐니 우리 동포는 깁히 주의ᄒ야 교육ᄒ시오.
> 교육ᄒ시는 이는 급급히 녀주를 가라치고 녀주가 잇는 이는 그 녀주를 속속히
> 학교로 보너여 남주와 녀주가 일반교육을 밧아 ᄒ 가지로 손을 씌을고 문명세
> 계로 나아가기를 힘쓸지어다.
>
> — 「녀주 교육의 필요」, 『녀자지남』, 1908. 5, 15쪽.

그리하여 1886년 5월에는 이화학당이, 동년 6월에는 배제학당이, 동년 9월에는 육영공원이 설립되었듯이 근대식 여성 교육에 대한 열의가 점차 확대되었다. "지금은 가장 여자 교육 긔관에 경향에 만치는 못하나 수십 교가 잇고 교과셔를 손에 쥐고 학창생활을 하는 즁등 뎡도 여자 생도의 슈효도 삼천 인을 헤아리게되엿슥즉 누구든지 그럴듯하게 생각하겟지요."(「녀주 교육의 필요」, 1926. 4)와 같은 성장을 이룬 것이다.

2. 1930~1936년의 자녀 교육

이 시기에 발표된 글들 중에서 「입학시험과 어머니의 주의」(『신여성』, 1932. 3)는 학교 선택에 있어서 주의할 사항, 학과 준비 사항, 위생상 주의 사항 등을 논하고 있고, 「부모는 자녀를 자본으로 하지 마라」(『부녀세계』, 1932. 3)는 "자녀를 둔 부모가 된 이상에는 그 교육함이 부모의 책임일 것은 사실일 것이다"라는 첫 문장에서 볼 수 있듯이 자녀 교육을 강조하고 있다. 「모성의 속박」(『여인』, 1932. 6)은 여성의 임신, 출산뿐만 아니라 육아에 대한 권리와 의무의 면을 그리고 있고, 「육아 문제 이동 좌담회」(『신여성』, 1932. 10)는 젖 떼이는 법, 아기의 영양·수면·체중·체온·언어·심리 문제 등을 논의하고 있고, 「아가를 우하야」(『신여성』, 1933. 7)는 아이들 형제간의 싸움을 예로 들면

서 자식을 공정하게 사랑할 것을 제안하고 있다. 「이상의 어린이와 현실의 어린이」(『신여성』, 1933. 10)는 1) 어린이의 유희에 신경 쓸 일, 2) 밥 먹을 때의 위생, 군것질의 폐지, 의복, 방안의 소제, 취침 및 기상에 관계된 위생, 3) 윗사람에 대한 예절, 4) 친애, 성실, 용감, 경건 등의 정신적인 면에 대해서 가르칠 것 등을 제의하고 있다. 「조흔 자녀를 기릅시다」(『신여성』, 1934. 1)는 자녀들의 싸움과 거짓말에 대해 무조건 때리거나 욕하는 것보다 깨닫도록 자세하게 타이르는 것이 필요함을 일러주고 있다.

한편 「학교에 다니는 아동을 두신 부모에게」(『우리가정』, 1936. 10)는 자녀의 학교 교육 과정에 있어서 필요한 면들을 잘 정리해주고 있다.

> 1) 1, 2학년 때 − 아이들이 한창 발육할 때이므로 공부는 학교에서 배운 것을 복습하는 정도로 하고 신체발육에 힘쓰도록 할 것. 좋은 친구들과 놀게 할 것. 시간을 잘 지키고, 몸을 깨끗이 씻기고, 몸가짐을 단정하게 하고, 근면하고, 남에게 피해가 되는 일을 안 하고, 윗사람을 존경하고, 아랫사람을 사랑하는 습관을 가질 것.
>
> 2) 3, 4학년 때 − 아이들의 신장이 커지는 때이므로 신체가 허약해지지 않도록 할 것. 가사 가운데 적당한 일 한두 가지는 떼여서 맡길 것. 아이들 앞에서 부부싸움을 하지 않을 것. 하찮은 일에 너무 책망하지 않을 것. 바른 일에 언제든지 복종하도록 교훈할 것.
>
> 3) 5, 6학년 때 − 아이의 장래를 생각하며 지도할 것. 아이들에게는 각기의 장기가 있으므로 그것을 잘 살리도록 할 것. 상급학교에 보낼 수 없는 아이를 낙심시키지 않도록 할 것.

3. 1937~1945년의 자녀교육

1939년 9월 제2차 세계대전이 발발하자 전시체제로 전환한 일제는 국민징용령 실시(1939. 10), 중등학교 이상에 학교총력대 결성 지시

(1941. 9), 창씨개명 강요(1940), 국어의 수업 및 사용 금지(1942) 등을 전면적으로 시행했다. 또한 전쟁의 장기화에 따른 국내의 노동력 부족을 보충하기 위해 조선인들을 강제로 끌고 가 광산, 철도건설, 토목공사, 조선소, 철강소 등에서 노예 노동을 시켰다. 그리고 1944년에는 총동원법으로 조선인 징용을 전면적으로 실시했고, 학도동원규정을 공포하여 초등학교 4학년 이상 학생의 강제 동원체제를 확립했다. 따라서 이 시기의 자녀 교육 역시 일제에 의한 전시체제의 영향으로부터 벗어날 수 없었다.

시국 하에 있어서 가장 중요한 문제는 인적 자원입니다. 특히 금후의 일본을 등에 지고 나아갈 차대 국민(次代國民)을 건전하게 길러내인다는 것은 금회의 시국이 장기에 단한 건설 작업인 이상 국민 최대한 관심사가 아니여서는 않됩니다. 여기에는 어떠한 교육 기관임을 막론하고 이 목적을 위하야 일층 그 기릉을 발휘하기에 애를 쓸 필요가 있는 것은 다시 말할 필요도 없는 것이지만 어쨋든 가정이라는 것은 국민의 심신육성(心身育成)의 온상(溫床)이라는 깊은 의의를 충분이 인식하여 그 교육 기릉의 발양에 유감이 없기를 기하지 않아서는 않될 것입니다.
　　　　— 김의순, 「시국과 가정교육」, 『가정지우』 제5권 제1호, 1940. 1, 21쪽.

출정군인(出征軍人)의 그 수많은 통신을 통해서 엿보드라도 집에 두고 온 자녀의 육성에 여간 마음을 두는 것이 아닙니다. 이런 것을 보고 생각하드라도 총후의 가정을 지키는 어머니의 로력 그것이 겨을너서는 안될 것입니다. 어디까지든지 자녀를 염두에 두고 국가 유용의 재료로 만드는 것은 남자들의 출정에 결코 지지 않을 국가에의 최대 봉공일 것입니다.
　　　　— 박영숙, 「이세(二世) 국민의 전시(戰時) 교육」,
　　　　　『여성』 제5권 제1호, 1940. 1, 22쪽.

신동아건설(新東亞建設)의 숭구(崇高)한 성업(聖業)은 날로 수행되여 오거니와 여기에 중대한 책임을 앞으로 걸머지고 나아갈 자녀들! 말하자면 차대

(次代)의 황국신민의 육성이라는 것을 가정에 있어서 더욱이 힘써저야 할 것
입니다.

— 「시국과 가정교육」, 『여성』 제5권 제8호, 1940. 8, 16쪽.

이처럼 이 시기의 자녀 교육은 전쟁에 필요한 인력을 만드는 것 외
에 아무것도 아니었다. 일제는 조선인들의 자녀 교육이 전시 하의 임
무를 수행하는 것으로 보았고 그에 따라 한 가정도 낙오가 되어서는
안 된다고 내세웠다. 결국 미래의 일제를 떠받들고 나갈 2세 국민의 양
성에 있는 것이었다.

그렇지만 그 암흑의 시기에도 조선인들의 자녀 교육 의식은 결코 사
멸되지 않았다. 전시체제 하에서도 조선인들은 민족의식을 지키려는
차원에서 적극적으로 자녀 교육을 시행한 것이다. 「모성애와 가정교
육」(『여성』, 1937. 4)에서는 세살 적 버릇이 여든까지 간다는 말을 거울
로 삼고 있고, 「어머니 독본」(『가정지우』, 1938. 8~1939. 1)에서는 자장
가 불러주는 의미와 방법, 편애의 금지 등을 논하고 있다. 「아동의 금
전 교육」(『가정지우』, 1939. 2)에서는 금전의 의미와 가치를 어린아이
에게 가르쳐주고 있고, 「어린이와 작난감」(『여성』, 1939. 3)에서는 장난
감놀이가 판단력과 주의력을 기르는 것에 도움이 됨을 알려주고 있다.
「어린이 지도」(『가정지우』, 1939. 4~1939. 7)는 난폭한 어린이, 조숙한
어린이, 심보틀린 어린이, 고집 센 어린이에 대한 지도법을, 「취학 아
동을 두신 부형(父兄)에게」(『가정지우』, 1939. 4)에서는 몸을 튼튼히 할
것, 자기 일은 자기가 하도록 할 것, 학용품에 대해 주의할 것, 통학로
(通學路)에 주의할 것 등을 제시하고 있다. 그리고 「육아 강좌」(『가정지
우』, 1939. 11~1940. 4)는 고대 중국, 인도, 애급, 유대, 헬나, 로마의
아동생활과 교육을 소개하고 아울러 중세의 가정교육과 근대의 가정
교육에 대해서도 소개하고 있다. 아동 학대의 경우와 문화의 발달에

따른 아동 관심의 증가, 가정훈육의 내용 및 시기 등도 알려주고 있다.

4. 1945년 8월~1953년 7월의 자녀 교육

> 학년 초가 삼월 환원(還元)됨에 따라 금년은 임시 조치로 오월에 모든 학교
> 의 입학시험이 실시될 것이다. 그러므로 자녀를 입학시킬 부모의 관심은 요
> 새에 더욱 커지게 되었다. 해방 후에는 교육기관이 많이 생겼기 때문에 그 학
> 교들의 차(差)만 없다면 지금 우리가 보는 현상과 같은 입학난(入學難)은 없
> 을 것이다. 그러나 입학난의 소리는 여전히 높아 있고 입학시험 준비 교육과
> 입학 운동은 여전히 성행되어 있어 뜻있는 사람들의 근심을 사고 있다.
> ― 김원규, 「허영심보다 실력으로」, 『부인경향』, 1950. 4, 10쪽.

해방 후의 자녀 교육은 위의 글에서 보듯이 주로 자녀의 입학, 수업,
진학 등 학교교육에 관심이 집중되었다. 그것은 학문을 숭상하는 유교
적 전통과 일제의 분할지배정책으로 야기된 고학력자들에 대한 엄청
난 차별대우, 봉건적·식민지적 신분체제의 해체로 인한 새로운 신분
증명서적 역할의 요구, 6·25전쟁 기간의 대학생 병역 혜택 조치, 대학
입학에 대한 열풍 등의[3] 시대상황에 영향 받은 것으로 보인다. 1948년
대한민국 정부가 남한에서 수립되고 정부조직법에 의해 문교부가 창
설됨으로 인해 비로소 교육이 국가적으로 정착되기 시작했다. 또한 자
유주의 및 실용주의적 사고를 토대로 한 미국식 교육제도가 사회에 정
착되면서 전통적인 교육열이 한층 자극받게 되었다. 그와 같은 흐름은
6·25전쟁이 진행되는 동안에도 지속되어 학교와 학생 수가 꾸준히 증
가해 결국 가정교육에도 강하게 영향을 주었던 것이다.

---

3) 김혜영, 「과잉 교육화 문제」, 임희섭·박길성 편, 『오늘의 한국사회』, 사회비평사, 1995,
394쪽.

우리 조선 가정에 있어서의 자녀 교육을 엇지하겠느냐 하면 나는 민주주의적인 자녀 교육을 들고 싶습니다. 원체 민주주의를 내걸고 무엇이든 하는가 싶으나 그런 것이 아니라 실상 우리 자녀들의 앞으로의 교육은 무엇보담 민주주의적이라야 하겠습니다.

이제야말로 우리 자녀들도 생활상으로 보나 교육상으로 보나 탄압적인 일본의 철쇄 밑에서 버서나 바야흐로 온전하고 새로운 생활을 건설하여야 될 줄 압니다. 그런 의미에서 우리 조선 자녀 교육은 조선적인 밑에서 민주주의 원측을 발휘하여야 하겠습니다.

— 김활란, 「자녀들의 가정교육」, 『부인』, 1946. 11, 10쪽.

위의 글에서 보듯이 해방기의 자녀 교육은 "민주주의적"인 것이 강조되었는데, 그런 차원에서 가정과 학교 간의 이해와 협력이 많이 제시되었다. 「서로 부탁」(『부인경향』, 1950. 1~3) 등에서는 학부모가 유치원의 보모나 초등학교 교사에게 아이들을 잘 보살펴주고 지도해주길 바라고 있고, 보모나 초등학교 교사 역시 부모에게 유치원 교육과 학교 교육을 이해해주고 또 가정에서의 지도를 바라고 있다. 그리하여 「모범 학생들의 가정을 찾아서」(『부인』, 1950. 6)와 같은 기획을 통해 학업과 품행이 우수한 학생들을 방문해서 가정교육의 본보기가 되는 모습을 소개하고 있다. 또한 자식에 대한 지나친 기대를 걸기보다 아이의 형편에 맞는 교육을 당부하고 있다. "진심으로 자녀를 사랑하고 교육시키려는 부모라면은 먼저 자기네 자녀들의 실력을 똑바로 파악하십시오. 그리고 쑥스러운 허영을 던져버리십시오. 그래야만 올바른 자녀의 교육도 될 것이오. 힘에 부치는 무리가 없으니 가정에도 평화가 올 것입니다."(「자녀 교육」(『부인경향』, 1950. 4)과 같은 견해가 제시된 것이다.)

한편 해방기에는 진정한 민족국가의 건설을 위한 정신적 지향이 강조되어 한글쓰기 운동이 강조되었다. 일제 강점기 때 상실한 민족성을 되살리기 위해 한글 깨치기 운동이 신문이나 잡지에서 일어난 것이다. "오래 동안 암흑한 전제정치 교육 제도 하에서 해방된 우리 조선은 방방곡곡(放々谷谷)에 새로운 호흡과 환희로운 글 소리가 우렁차고 자유롭게 충일(充溢)하고 있다. 과거에 우리가 받아온 일본 제국주의 교육은 일종의 정책적인 교육인 황민화 교육이었다. 때문에 우리들의 뇌수는 흡사히 아편에 마취된 것처럼 민족성을 상실한 상태에까지 이르게도 되었다."(「신여성 교육론」, 『여성문화』, 1946. 8)와 같이 진단하며 한글 쓰기를 내세운 것이다. 중등학교에 다니는 여학생들이 한글을 될 수 있는 대로 쉽게 쓸 수 있도록 하기 위해 씌어진 「한말 어법 깨치기」(『여학원』, 1946. 창간호)가 한 예이다. 또한 "귀여운 어린 아기를 낳으시거든 아름다운 우리의 말 우리글 이름을 지어 주십시다. 어려운 한문말 한문 글자로 이름을 지어서 쓰기도 어렵고 뜻도 분명하지 아니한 반벙어리 모양으로 이름을 지어 줄 게이 아니라, 아름다운 것리와 똑똑한 뜻을 나타내는 우리말 우리글로 이름을 짓는다면 얼마나 더 귀엽겠읍니다?"(「귀여운 아기를 낳으시거든」, 『부인』, 1948. 1)도 같은 인식이다. 「해방 조선의 과학교육 진흥책」(『여학원』, 1946. 3)에서 보듯이 해방 후 과학진흥 교육정책을 강조한 것도 상통한다.

해방기의 자녀 교육 분야에서 특이한 점은 자녀들의 성교육이 제시된 것이다. 그러한 면은 "팔·일오를 계기로 성문제(性問題)는 하나의 커다란 사회 문제로 우리들 눈앞에 나타났으며 커다란 진전과 새로운 단계에 들어선 감이 없지 않다. 세대의 끊임없는 유동 진전을 이런 영역에서도 볼 수 있으며 언제까지나 진부한 울타리 속에만 감추어 둘 수는 없게 된 것 같다."(「여학생의 성교육 문제」(『부인』, 1950. 6)와 같은 글에서 볼 수 있다. 이전 시대와 다르게 자녀의 성교육에 대한 필요성을 인정하고 있는 것이다.

5. 1953년 8월~1961년 4월의 자녀 교육

현재 우리나라에서 교육은 「인간」을 기르는 교육이기 보다는 기계적인 동물을 제조하는 교육이며 그것조차 완성교육이란 존재하지 않고 전부가 다 준비교육뿐입니다. 국민학교는 마땅히 명실상부하게 국민 즉 훌륭한 공민을 양성하는 교육이여야 할 것입니다. 따라서 좋은 국민학교라는 것은 좋은 공민을 양성하기 위한 교육을 잘 실시하는 학교여야 할 것입니다만 현실은 그와 반대로 시험 준비를 잘 시키는 학교, 입학률이 좋은 학교를 가라쳐 말하고 있습니다. 중학교는 물론 준비교육이니 준비를 잘 시키면 되겠지요. 그러나 중등정도교육으로 끝마쳐야 할 형편인 사람들을 위하여 마련된 고등공민학교도 현실은 역시 중학교와 별 다름없는 준비 교육의 학교입니다. 고등학교도 물론 오늘의 현실은 대학을 가기위한 사람들을 위한 준비교육이며 대학도 대학원을 가기위한 준비교육에 지나지 않습니다. 심지어 대학원까지도 그것은 하나의 싸라리를 제조하기 위한 준비 교육이라는 점에는 틀림없습니다.

― 하천봉, 「우리나라 교육에 대한 어버이로서의 절규」,
『새가정』 제1권 제9호, 1954. 9, 24~26쪽.

위에서 볼 수 있듯이 자녀들의 학교교육에 대한 사회적 관심은 6·25전쟁과 같은 험난한 시대를 겪는 동안에도 줄어들지 않았다. 중등교육의 평준화를 바라는 사회적 기대와 교육을 숭상하는 유교적 전통이 맞물렸기 때문이었고, 이른바 일류학교들이 부상하게 되어 이들을 거점으로 학연이 형성되는 사회적 현상 때문이었다.

그리하여 새로 입학하는 아이가 학교생활에 잘 적응할 수 있도록 지도하거나 질병을 고쳐줄 것을 제시하고 있고 신주머니, 필통, 연필, 칼이나 연필깎이, 크레용과 크레파스, 통학복과 레인코트 등의 준비물을 알려주고 있다(「새로 학교에 들어가는 어린이의 지도와 준비」, 『여성계』, 1958. 4). 또한 입학 전의 지능을 테스트하거나(「엄마가 할 수 있는 입학 전의 지능 테스트」, 『새가정』, 1957. 3), 어린이들의 열등감을

극복시키려고 했고(「어린이의 열등감과 그 지도」, 『여성계』, 1957. 12),
독서 자세에 대한 교육(「책을 어떻게 읽힐 것인가」, 『새가정』, 1961. 3),
학교 교육의 기초에 대한 안내(「여섯 살에서 아홉 살까지의 가정교육」,
『새가정』, 1954. 3), 중학생들의 육체적 · 정신적 변화를 반영한 정서
교육(「중학생의 정서 교육」, 『새가정』, 1961. 4), 주입식 교육이 아니라
계발 교육을 강조했다(『새가정』, 1954. 11). 이외에 어머니의 학교 방
문, 숙제 내주는 것, 친구 사귀기, 만화책 독서, 좋은 책 읽히기 등에도
관심을 내보였다. 그리하여 다음의 글들에서 볼 수 있듯이 학교와 가
정의 협력관계를 강조했다.

> 가정과 학교가 힘을 같이하고, 뜻을 같이하여 그 자녀와 그 학생을 지도하
> 게 되면 결코 불량한 자녀와 불량한 학생이 되지 않을 것이다. 그렇게 하려
> 면, 가정에서도 노력을 하여야하고 학교에서도 노력을 하여야 한다. 세상에
> 노력 없이 되는 일은 하나도 없다. 가정의 보배이며, 국가의 희망인 우리의
> 청소년들을 위하여 가정이나 학교가 다같이 노력하자.
>
> — 김원규, 「학교와 가정」, 『새가정』 제1권 제9호, 1954. 9, 12쪽.

> 학교에서도 책임자 되는 교장이 곧고 발라야 교원이 그렇게 되고 학생이
> 그렇게 됩니다. 교장이 솔선하여 일을 하여야 교원도 일을 잘하고 학생도 일
> 을 잘합니다. 그와 마찬가지로 가정 에서도 부모가 바른 사람이라야 자녀들이
> 바른 사람이 됩니다. 부모가 먼저 일을 하여야 자녀들이 거기에 따라갑니다.
>
> — 「우리들의 현실과 과제와 진로 자녀 교육을 어떻게 지도할 것인가」,
> 『여성계』 제5권 제3호, 1956. 4, 59쪽.

> 어린이의 개성은, 가정에서는 부모에게서, 학교에서는 교사에게서, 사회에
> 서는 지도자로 말미암아 조화되고 동화되면서 발달 육성된다는 점입니다. 자
> 기 자신을 살피지 않으면서 자기의 자녀의 개성, 자기의 제자의 논의함은 무
> 모한 계획이 된다고 생각하여야 하겠읍니다.
> 그러므로, 어린이의 개성의 발전은, 어른이 어린이를 충분히 이해하며, 어

린이의 참된 자유와 요구를 들어 주며 자기표현의 길을 활짝 열어 줌에 있다고 생각합니다.

— 박창해, 「어린이의 개성을 살펴 주는 교육」, 『여원』, 1956. 9, 234쪽.

한편 성교육에 대한 강조가 계속되어 "성교육이란 반드시 사춘기(思春期)에 이르렀을 적에 비로소 시작된다고 생각하기 쉬우나 이것은 편견이며 실은 애기 시절부터 시작해야 될 문제일 것이다."(「교육의 실제 면에서 느끼는 여러 가지」, 『새가정』, 1957. 3)와 같이 적극성을 띠었다. 첫 월경을 갖는 딸아이에 대한 교육(「첫 월경을 갖는 딸아이의 취급」, 『여원』, 1956. 9)이나 어린이에 대한 성교육('성교육을 위한 가장 좋은 방법」, 『여원』, 1956. 9)도 마찬가지이다. 또한 "이 시절에 가장 자녀들이 관심을 기울이는 것은 이성의 문제인데 이성으로부터 연애편지가 왔을 경우 예로 들면 더퍼놓고 꾸짖어 버릴 것이 아니라 그 편지 내용을 서로 함께 검토하여 조금도 공포심과 억압감을 가지지 않도록"(위의 글) 자녀의 이성 문제에도 관심을 기울였다.

이외에 거짓말하는 어린이에 대한 교육, 청소년기의 반항심을 다스리는 교육, 칭찬과 꾸지람, 장난감과, 어린이 오락, 어린이의 성장에 필요한 영양과 간식 등에 대해서도 관심을 보였다.

제2부

대문자의 시학

— 김선영의 『작파하다』론

1

시인이 "말들이 죽으면서 내는 희미한 울음을"(「시인」) 듣는 동안 말들의 존재성은 유예된다. 시인은 죽어가면서 내는 말들의 울음에 온몸을 굽혀 귀를 기울인다. 자신이 간직해온 입장이나 기호나 습성을 거두어들이고 멀어져 가는 말들을 기꺼이 껴안는 것이다. 시인은 그 순간, 말들이 여는 우주에 몸을 담근다.

시인은 어두컴컴한 우주 속에서 조용히 숨 쉬고 있는 말들을 발견한다. 가늠할 수 없을 정도로 깊고 아득한 곳에 자리 잡고 있는 말들. 시인은 그 말들이 자신의 이념이나 잣대로써 가둘 수 없는 존재자임을 깨닫는다. 그만큼 말들은 지상에서 울음을 내던 모습과 달리 염결하고 평온하고 자유로운 것이다. 그리하여 시인은 지상에 딛고 있는 자신의 발을 떼고 그 말들에 다가갈까 생각한다. 그렇지만 자신을 와해시킬 수는 없다고 생각을 바꾼다. 자신을 와해시키는 행동이야말로 얼마나 회복되기 어려운 나락으로 떨어지는 일인지를 시인으로서 잘 알고 있기 때문이다. 그리하여 시인은 지상의 발을 떼지 않은 채 우주의 심연에 존재하는 말들에게 내려간다. 자신의 그림자를 지상에 단단히 비끄러매고 시인으로서의 감수성과 인식력을 최대한 펼치는 것이다.

시인은 우주 속에 자리 잡은 말들이 평온하게 잠잘 수 있는 상태임을 발견한다. 그렇지만 그 모습이 죽음의 본능을 자극하는 것이 아님을 깨닫는다. 이분법이나 편견이나 선호에 의해 이끌리는 것이 아님도 깨닫는다. 오히려 말들의 주체성이 살아나고 생명력이 성장하는 것임을 본다. 따라서 시인은 말들과 함께하는 한 자신이 결코 함몰되지 않을 것이라고 확신한다. 나아가 자신이 명랑하게 생성되고 우주의 수평선을 넘을 수 있을 것이라고 자신한다. 시인은 그와 같은 마음으로 서두르지 않고 말들이 거주하는 우주의 강물을 건너 자신이 발을 딛고 있는 이 세계를 굽어본다.

가만히 물속에 들어가
기도하듯 앉아 있는 돌이 있다
흐르는 물과 인연 놓치고
떠나는 물 바라만 보다가
엎드려 우는 돌이 있다
통곡하는 돌이 있다
늙어 등 굽은 막돌도 있다
어떤 돌은 누워서 별만 쳐다보고
어떤 돌은 누워서 달을 안고 산다
또 어떤 돌은 움푹 패인 가슴에
산철쭉 한 그루 안고 있다

어떤 돌은 움직인다
밤에도 눈뜨고 움직인다
결박한 끈을 풀며 새처럼 날아가는 꿈꾼다

그러나 한 지점, 천년이고 만년이고
깊이 뿌리박은 돌도 있다
뿌리를 뽑으려 해도 말뚝을 박고
고향과 본적을 그 자리에
깊이 묻어둔 돌이 있다

— 「돌―하동균을 추모하며」 전문

일생을 거의 돌만 그리다가 타계한 여성 서양화가 하동균을 그리고 있는 위의 작품에서 시인이 바라보는 "돌"은 결코 정지된 실체가 아니다. 고정된 의미니 이미지도 아니다. 무관심하거나 예외적이거나 소외된 존재자도 아니다. 작업 수단이나 실험 재료나 자료의 목록으로 국한되지도 않는다. 시인은 "돌"이 살아 움직이는 존재자임을 인식하고 있다. 익명적이거나 주체성 없이 빌붙어 있는 존재자가 아니라 우주의 한 얼굴을 하고 있음을 발견한 것이다. 그리하여 시인은 "돌"의 얼굴을 대문자로 새기고 있는 것이다.

"돌"은 숨 쉬고 있다. 뿐만 아니라 "기도하듯 앉아 있"기도 하고 "움직"이기도 한다. 밤낮을 가리지 않고 날씨에 구애받지 않고 위치에 흔들리지 않고 움직이는 것이다. "돌"은 흐르는 물과의 인연을 놓친 뒤 "떠나는 물 바라만 보다가/엎드려" 울기도 하고 "늙어 등 굽은" 쓸쓸한 모습을 보이기도 한다. 자신과 인연이 된 얼굴들을 소중히 품기도 하고 앞날에 대한 전망을 펼치기도 한다. "별만 쳐다"보기도 하고 "달을 안고" 살아가기도 한다. "산철쭉 한 그루 안고" 있기도 하고 새를 품고 있기도 하다. "깊이 뿌리 박"기도 하고 "새처럼 날아가는 꿈"을 꾸기도 한다. 자신의 고향이며 본적이며 주소를 깊이 "묻어"두기도 한다.

시인은 우주적 존재인 "돌"과 함께하기 위해 자신의 시간이며 인연이며 산물들을 다가가 얹는다. 음악을 켜기도 하고 "모음과 자음의 짝을 맞춰 부딪"(「보이지 않는 것의 축제―시를 위하여」)치기도 한다. 이

제
2
부

119

삭을 물어다가 "돌"의 "영혼에게 먹이"(「말의 농토」)기도 하고 "마술 지팡이로 별을 때"(「시인의 마술 지팡이」)리기도 한다. 시간이며 인연이며 산물들의 싹을 틔우고 꽃을 피우고 바람을 불러들여 휴식을 취하고 거두어들이기도 한다. "돌"의 지향을 용인하고 기다림을 이해하고 선택을 응원하고 의외의 인상을 즐거워한다. "돌"의 기도를 위해 손을 모으고 슬픔을 나누고 결박한 끈을 풀어준다. 그리고 시인은 자신의 결핍을 "돌"에게 펼쳐 보이기도 한다.

시인은 계속해서 자신을 바라보는 "돌"의 숨소리를 듣는다. 빨아들이듯 조용하게 숨 쉬는 "돌"의 숨소리는 우주적 존재답게 엄청나다. 시인은 그 소리를 온몸으로 귀 기울여 듣는다. 그리고 "돌"의 숨쉬기를 따라한다. 명백하게 보인다고 여겼던 길을 내려놓고, 날카롭게 드러냈던 차이를 거두어들이고, 들썩했던 오만을 가라앉히고 우주적 호흡을 나누는 것이다. 결국 시인은 명석한 돌이 된다.

2

명석한 돌이
안으로 안으로 빛을 품어서
별이 된다

백 번, 천 번 인내해
빛을 꿈꾸면
드디어 누구나 별이 되리라

그분이 보내시는 빛을
되받아 쏘는 별이나 달 같은 우리들
어둠 속에서 허둥거리는 바람을 자리에 앉히고
제대로 빛을 쏜다

어둠에서 두 손으로 더듬어 찾은 빛을 쏜다

명석한 돌이
아름다운 빛을
품어서 품어서
날개를 달아주고
희망을 달아준 뒤
지상에서 기다리는 사람들 가슴으로
날아가게 한다

—「명석한 돌이」 전문

　"명석한 돌"이란 광고 전단지처럼 시장에서 휘날리는 것이 아니라 "안으로 안으로 빛을 품"는 존재자이다. 피 흘리는 상처들을 "가만히 쓸어 주"(「강」)고, 어둠을 "검은 가슴으로 안아서/새싹 틔워주"는 손길을 뻗는 존재자이다. "발등에 꽃이 필 때까지"(「별」) 걷고, 희망의 "메아리를 밀며 일렬로 들어서는"(「호명」) 존재자이다. "명석한 돌"은 우주의 숨소리를 들으며 "별"과 동화되기 위해 자신의 얼굴을 기꺼이 밝힌다. 그 결과 "별"이 되는 것이다.

　얼굴을 밝히는 일은 한순간에 이루어지는 것이 아니다. 우연으로도 요행으로도 감언으로도 이루어지지 않는다. 깊은 사색과 오랜 시간과 두터운 신뢰가 바탕이 되어야 한다. "백 번, 천 번 인내해"야만 되고, "누구나 별이 되리라"고 자신을 믿어야 된다. 결국 "빛을 꿈꾸"는 자신을 대문자로 새겨야만 되는 것이다. 자신을 대문자로 새기는 일은 우주의 중심에 자기가 존재한다는 자기애를 발휘하는 것이다. 자신의 중심에 우주가 존재한다는 대상애를 지향하는 것이기도 하다. 자신의 몸에 우주의 정신이 들어 있고 자신의 정신에 우주의 몸이 들어 있다고 인식하는 것이기도 하다. 그 결과 "명석한 돌"과 "별"은 "어둠 속에서 허둥거리는 바람을 자리에 앉히고/제대로 빛을" 비춘다. 어둠 속에서 더듬어 찾은 빛으로 우주를 밝히는 것이다.

"명석한 돌"은 "별"의 "아름다운 빛을" 기꺼이 품고, 그 온기를 우주로 넓히고, 마침내 "지상"에 닿는다. 자기 자신도 포용하는 것이다. 그 결과 "명석한 돌"은 이 세계를 변화시키는 힘을 갖는다. 바람을 흔들고 꽃을 피우고 표식을 지우고 그리고 "지상에서 기다리는 사람들 가슴"을 성숙시키는 것이다. "품어서 품어서/날개를 달아주고/희망을 달아"주는 것이다.

"명석한 돌"은 곧 시인의 자화상이다. 시인은 빛을 내는 별이 되고자, 별이 되어 우주를 밝히고 지상에 있는 사람들을 밝히고자, "명석한 돌"과 동행한다. 지상에 거주하는 "사람들"이 우주로부터 고립되어서는 안 된다고 절실히 여기고 있는 것이다. 그리하여 시인은 별빛과 달빛을 껴안듯이 지상의 사람들을 포용한다. 그 구체적인 대상이 어머니인 것이다.

3

하나 하나 짚어가는
별 사이로
문득 어머니 만납니다

별에서 별을 건너
내게로 오십니다
어머니는 별들의 마을에 사십니다

그러나 진실로 어머니는
반짝이지 않는 것에 더 있습니다

반짝이지 않는 것에 더 삽니다

내가 깜깜한 어둠에 걸려 넘어졌을 때
그곳에서 더 잘 보이시니까요

—「어머니」전문

　시인은 우주의 "별 사이"에서 "어머니"와 조우한다. "별에서 별을 건
너/내게로 오"시는 어머니. 망각의 강에서조차 잊어버리지 않으리라고
다짐하고 있는데, 마침내 "별들의 마을에 사"는 당신을 발견한 것이다.
　그렇지만 별이 빛나는 곳에만 있지 않듯이 어머니가 "반짝이지 않는
것에 더 있"음을 발견한다. 별이 어두운 곳에서 제 몸을 밝히듯 어머니
또한 당신의 몸을 낮은 곳으로 향하고 있다. "내가 깜깜한 어둠에 걸려
넘어졌을 때/그곳에서 더 잘 보이시"기 위해 어머니는 어두운 우주의
한 귀퉁이를 지키고 있는 것이다. 그것이 어머니의 사랑이다. 우주가 내
는 별빛이다. 우주적인 차원으로 승화된 어머니란 이름의 대문자이다.
　시인은 어머니의 사랑을 품기 위해 시를 쓴다. 나뭇가지마다 앉아
"어머니의 젖망울을/물고 있"(「어머니의 계절」)는 예쁜 꽃들과 같은 얼
굴을 내보이며 쓴다. 밤에도 안 주무시고 빛나는 눈으로 "지켜보는 선
한 눈동자"(「그분」)를 떠올리며 쓴다. 당신 자식의 뿌리가 든든하게 자
라나기를 기도하는 음성을 들으며 쓴다. 결국 시인은 어머니를 대문자
로 새기고 있는 것이다.
　어머니를 품는 시인의 시선에는 부정이 없다. 배척이나 무시나 왜곡
이나 편견이나 폄하도 없다. 시인은 긍정과 포용과 희망으로써 어머니
를 받아들인다. 별빛을 맞는다. 몸과 마음을 구름처럼 풀고 우주의 질
서를 따른다. 어머니의 사랑을 싹 틔우고 농작물처럼 키우고 거두어들
이는 것이다. 어머니를 끌어안는 것은 증명이나 보증의 차원을 넘어서
는 일이다. 우주적 인식을 확장하고 심화시키고 나아가 자신을 변화시

키는 것이다.

4

시인은 천천히 돌의 이름을 새긴다. 별의 이름을 새긴다. 어머니의 이름을 새긴다. 마침내 우주의 별빛을 안은 존재자들을 모두 새긴다. 순결하거나 선명하거나 따스하거나 아름답거나 명석하거나 진실한 자들을 새긴다. 슬퍼하거나 외로워하거나 헐벗었거나 상처 입었거나 흠집 있거나 무서워하는 존재자들도 새긴다. 거칠거나 투박하거나 난삽하거나 파동 치거나 부릅뜬 존재들도 새긴다. 시인은 우주의 존재자들을 어설프게 품어서는 안 된다고 생각하고 자신의 이름처럼 새긴다. 대문자로 새기는 것이다.

아무나 우주의 강물에 몸을 담글 수 있는 것이 아니다. 그것은 "세계의 모든 존재는 대문자로 씌어진 말을 받을 만한 자격이 있"[1]음을 인정하고 행동하는 사람만이 할 수 있는 것이다. 인간의 몸을 뜯어먹는 좀비(zombie)들이 넘쳐나는 이 자본주의 시장을 누비는 자들은 자격이 없다. 좀비들을 만들어내고 좀비들을 키우고 좀비들을 수단으로 사용하고 좀비들을 사고파는 자들은 할 수 없는 것이다. 그들은 우주에 몸을 담그는 시인의 행동을 퇴행이라고까지 야유하고 평가하고 비난한다. 그렇지만 우주의 별빛을 품은 어머니를 망각하고 있는 그들이야말로 타락하고 무서운 속물들이다.

우주의 몸을 무시할 때 인간은 몰락할 수밖에 없다. 우주의 정신을 폄하할 때 인간은 살육의 본능으로 파멸할 수밖에 없다. 시인은 우주

---

1) 가스통 바슐라르, 김현 역, 『몽상의 시학』, 홍성사, 1978, 223쪽.

의 정신과 몸을 심연에 있는 어머니를 통해 발견하고 있다. 모든 존재
자들의 우주적 성을 전형으로써 깨달은 것이다. 그리하여 시인은 어머
니에게 다가가고자 한다. 겸손하면서도 부단하게 또 자신의 운명으로
여기고 품으려는 것이다. 결국 대문자로 새기는 것이다.

햇빛의 시학

― 노향림의 시세계

1

노향림의 작품들에서 "햇빛"은 시인이 궁극적으로 지향하는 푯대이다. 햇빛은 햇살이나 햇볕뿐만 아니라 환함, 기쁨, 생명력, 행복, 열매, 싱싱함, 축제, 장엄, 좋음, 희망 등으로 변주 혹은 확장되는데, 추상적이거나 관념적인 것이 아니라 동적인 것이다. 또한 유형화된 것이 아니라 존재론적인 것이다.

시인의 시세계를 밝히고 있는 햇빛의 토대는 예상을 뛰어넘는 거리에 있는 "아픔"이다. 아픔은 슬픔, 시름, 수심, 눈물, 비애, 쓸쓸함, 통한, 폐쇄, 공포, 상처, 절망, 폐허, 막막함, 죽음 등으로 변주되고 있다. 따라서 시인의 시세계는 햇빛과 아픔이, 어두움과 밝음이, 슬픔과 기쁨이, 절망과 희망이, 실재와 상상이 결합관계를 이루고 있다.

햇빛이 아픔과 결합하기란 쉽지 않다. 그렇지만 시인은 대조적인 관계로 이해되는 관습을 극복하고 "슬픔을 하나의 보석으로 마음의 블랙홀에 켜놓"(「강변 마을」)는다. 아픔과 햇빛을 분리하거나 배제하지 않고 서로의 토대로 또는 거울로 삼고 있는 것이다. 그와 같은 세계관은 시인이 선입견으로 배제하거나 인위적으로 선택하지 않고 체득한 것이다.

시인이 아픔을 품는 이유는 자신을 지키기 위해서이다. 둘러싸고 있는 환경이 자신을 보호해 줄 조건이 못 된다고 파악하고 평탄하지 않은 길을 걷는 것이다. 그리하여 "슬픔이 배어 있는 나의 오관을 파고드는 소리엔 수천 수만의 날개 뜯는 소리가 켜"(「음악」)지는 것을 듣는다. 시인은 그 과정에서 환경과 적당하게 타협하거나 수정하지 않는다. 진정성을 가져야만 주체성을 지킬 수 있다고 믿는 것이다.

2

어스름이 오면 피가 잘 돌지 않는다.
가로등이 불빛 안에 야윈 등짝을 걸어두고 있다.
비좁고 낡은 터널 안에다 나를 밀어넣는다.
삼십촉 알전구가 흐릿한 눈을 뜬 출입문을 나서면
넓은 세상의 하루가 나를 기다리는 걸까.
고수부지의 바람이 차다.
하안동―이대앞이라 쓴 버스 한 대가
홍조처럼 휘익 고가 위로 날아간다.
마악 일어선 갈대들이 일렬횡대로 서서
서걱서걱 차렷 자세로 집합한다.
삼삼오오 짝지어 안전모를 쓴 인부들
다 떠난 뒤 반쯤 고개 숙인
삽차와 기중기들 한가하게
마포강 물빛에 기대어 앉아 졸고 있다.
무심한 강물은 수심이 자꾸 내려간다.
두 손 가득히 물은 돌고 돌아 소용돌이에서 내려가야 한다는 듯
저희끼리만 깔깔대며 내려간다.

강 하류 어디쯤서 두꺼운 모래톱 걷어내고
물을 떠 모았으나
내가 다다를 곳 두리번거려 찾아보아도
나를 흐르게 할 피가 없다.
어스름이 오면.

—「병」 전문¹⁾

　시인은 "어스름이 오면 피가 잘 돌지 않는"는 아픔을 토로하고 있다. 그와 같은 심정으로 어두운 골목길을 비춰주는 "가로등이 불빛 안에 야윈 등짝을 걸어"두었다고, 또 퇴근하는 시민들을 태운 시내버스가 "홍조처럼" 날아가고 있다고 인식한다. 하루의 노동을 끝낸 "안전모를 쓴 인부들"이며 "삽차와 기중기들"을 "마포강 물빛에 기대어 앉아 졸고 있"는 것으로도 바라본다. 하루의 일과를 마친 노동자라면 식구들이 기다리는 집으로 돌아가는 것이 마땅한데, 밖에서 졸고 있는 모습은 아무리 한가하게 보인다고 할지라도 따스한 것일 수 없다. 시인은 "내가 다다를 곳 두리번거려 찾아보아도/나를 흐르게 할 피가 없다."고 또다시 아픔을 토로하고 있다. 그리하여 "비좁고 낡은 터널 안에다" 자신을 밀어 넣는다.

　시인은 왜 "어스름이 오는" 무렵, 자신을 둘러싸고 있는 세계를 아프게 바라보고 있는 것일까? 반가워하거나 평온하게 여기지 않고 슬퍼하거나 쓸쓸하게 여기는 것일까? 그것은 작품의 제목이 "병"인 데서 알 수 있듯이 자신이 아프기 때문이다. 시인은 피가 돌지 않을 정도로 육체적으로도 정신적으로도 아픔을 겪고 있다. "야윈 등짝" "비좁고" "흐

---

1) 1999년 『내일을 여는 작가』 봄호에 발표했는데 시집 『해에게선 깨진 종소리가 난다』(창비, 2005)에 수록하면서 다소 수정했다. 이에 따라 필자의 해당 작품론(「적응을 위한 깊은 슬픔」, 『패스카드 시대의 휴머니즘 시』, 모아드림, 2002, 14~21쪽) 역시 수정이 필요하다고 생각되어 전면적으로 개작했다.

릿한 "차다" "홍조" "고개 숙인" "졸고 있다" "저희끼리만" 등의 시어 들이 그것을 확인시켜준다.

시인이 아파하는 이유는 환경에 제대로 적응하지 못하기 때문이다. "물은 돌고 돌아 소용돌이에서 내려가야 한다고/저희끼리만 깔깔대며 내려"가는데 비해 자신은 환경으로부터도 그리고 자신으로부터도 소외당하고 있다고 진단하는 것이다.

그렇지만 시인이 점점 물질주의의 심화로 인해 비인간화된 사회에 적응하지 못하는 것은 불가피한 일이다. 대부분의 사람들은 소외당하지 않으려고 환경의 요구에 무조건 몸을 맞추지만, 그와 같은 행동은 인간 가치를 실현시킬 수 있는 환경을 만드는 일이 아니기 때문에 바람직하다고 볼 수 없다. 따라서 시인이 아파하는 모습이 오히려 적응의 본보기로 볼 수 있다. 시인은 자신의 삶을 지배하고 조종하는 물질주의며 경쟁주의 등의 거대한 벽을 넘을 수 없음에 절망한다. 그렇지만 그 앞에서 무너질 수밖에 없다고 할지라도 한 인간 존재로서 대항하려고 한다. "저희끼리만 깔깔대며 내려가는" 강물을 바라보며 아파하는 것이 그 모습이다. 단순히 시샘하는 것이 아니라 강물과 같이 실천하지 못하는 자신을 반성하는 한편, 생명력이 강한 강물처럼 끝까지 지향하겠다는 의지를 표명하고 있는 것이다.

뿐만 아니라 시인은 "피가 돌지 않는" 처지를 자신만의 문제로 인식하지 않는다. 자신을 "터널 안에다" 밀어 넣는 아픈 마음으로 "넓은 세상"을 포용한다. "하얀동—이대앞이라 쓴 버스"며 "안전모를 쓴 인부들"을 품는 것이다. 시인은 순응의 요구에 대항하기 위해 유리한 환경에 있지 않는 그들과 연대를 추구하고 있는 것이다.

르네 듀보는 현대인들이 환경에 너무 잘 적응하고 있음을 우려한다. 환경에 제대로 적응하지 못해서가 아니라 너무 잘 적응해서 문제라는 것이다. 듀보는 산업화된 영국의 도시에 공장이 가득 들어선 이후 황사가 날리고 스모그가 뒤덮였지만 사람들이 잘 살아간 사실을 예로 들고 있다. "수백만의 도시인들은 도시 환경과 산업 환경에 너무나 잘 적응되어 있기 때문에, 자동차 배기가스의 악취나 도시 환경의 무질서로 인해서 생긴 볼꼴 사나운 것들에 더 이상 개의치 않는다. 그들은 교통 혼잡으로 인해서 묶여 있거나, 이름 모를 무질서한 차량 행렬의 삭막함을 맞으며 화창한 오후 시간의 대부분을 콘크리트 고가도로 위에서 보내야 하는 사실을 당연한 일로 여긴다. 현대의 도시 생활은 별이 빛나지 않는 하늘, 가로수 없는 길, 모양이 없는 건물, 맛이 없는 빵, 즐거움이 없는 축하행사, 정신이 없는 희열— 즉 과거에 대한 동경, 현재에 대한 애정, 미래에 대한 희망이 없는 생활에 인간은 적응할 수 있다는 사실이 상징화되어 버렸다."[2]

실제로 도시인들은 환경오염에 아랑곳하지 않고 활기차고 풍요롭게 삶을 영위한다. 신체적으로나 지적으로 매우 활발하고 생산력이 높고 수명 또한 짧지 않다. 이전의 사람들이 산업사회가 도래하면 자동차의 증대로 인해 교통 체증이 심해지고 공기가 오염되고 소음으로 시끄럽고 치열한 경쟁으로 고통 받을 것이라고 예견했지만, 도시인들은 잘 적응하고 있다. 수질 오염에는 생수를 사 마시는 것으로, 자동차의 소음에는 방음장치를 설치하는 것으로, 충격적인 살인 사건에는 반복적인 인지와 망각으로 이겨낸다. 자동차의 배기가스에 말라 죽는 가로수, 거짓말투성이로 꾸며진 광고, 대중 속의 고독들에도 상처받지 않고 살아간다.

그렇지만 그와 같은 적응은 바람직하다고 볼 수 없다. 환경이 병들어 가는데 몸을 맞추는 행동은 자신의 안정감을 추구하는 것일 뿐, 그리고 인간 가치를 파괴하는 일에 동참하는 것일 뿐이다. 한 개인이 이

2) 르네 듀보, 김숙희 옮김, 『적응하는 인간』, 이화여자대학교 출판부, 1987, 433~434쪽.

세계에 어떠한 자세를 취하느냐에 따라 능동적인 적응과 수동적인 적응으로 나눌 수 있는데, 후자에 놓이는 것이다. 적응은 한 개인이 주어진 환경에 몸을 맞추는 행동이 아니라 삶을 영위할 만한 환경을 만들어가는 것이다. 따라서 자신을 반성하는 차원을 넘어 다른 사람과 연대하는 자세가 필요하다.

3

> 해에게서는
> 언제부턴가 종소리가 난다.
> 은은히 울려 퍼지는 소리 앞에
> 무릎 꿇고 한데 모으는 헌 손들
> 배고픈 영혼들을 위한 한끼의 양식이오니
> 고개 숙이고 낮은 데로 임하소서
> 하늘이 지상의 빈 터에다 간판을 내걸었다.
> 무료 급식소,
> 무성한 생명력의 소리 받아먹으려고
> 고적함을 견디며 서 있는 길고 긴 행렬
> 깃털처럼 야윈 몸들을 데리고
> 될 수 있는 한 웅크린다.
> 아무것도 움직여본 적 없고
> 스스로를 쳐서 소리 낸 적 없는 몸짓이다.
> 바람이 조금만 불어도 파동치는
> 해에게서는
> 수세기의 깨진 종소리가 난다.
> ─「해에게선 깨진 종소리가 난다」 전문

"해"가 따스하게 느껴지는 차원을 넘어 숭고하게 인식되는 연유는 "깨진 종소리"를 울리고 있기 때문이다. 깨진 종소리는 "헌 손들" "배

고픈 영혼들” “야윈 몸들” 등으로 변주되다가 “한끼의 양식” “무료 급
식소” “무성한 생명력” 등과 결합되고 있다. 시인 자신이 아픔의 그림
자에 함몰되지 않고 햇빛으로 끌어안고 있는 구체적인 모습이다. 그러
므로 깨진 종소리는 가볍거나 공허하지 않고 단단하다. 큰 울림을 내
는 것은 아니지만 “은은하게 울려 퍼지는 소리”로써 아픈 세상을 열고
있는 것이다.

시인이 푯대로 삼고 있는 햇빛의 세계는 아픔들이 단순하게 합산되
거나 종합된 것이 아니다. 아픔들이 논리를 위한 구성 요소로, 다시 말
해 낙관주의의 결론을 위해 추상화되고 관념화된 요소로 인식된 것도
아니다. 오히려 유형화의 함정에 빠져들지 않고 개별화된 것이다. 시
인은 실존적인 고통의 과정에 몸을 담그고 순응하려는 자신을 경계하
고 있는 것이다.

저개발 국가의 빈곤 문제에 많은 관심을 보였던 갈브레이드는 농민
들이 가난한 이유로 순응을 들고 있다. “몇 세대 몇 세기나 걸쳐 자기
들을 해치는 형태로 되어 있는 사태에 대해 사람들은 거역하지 않는
다. 그들은 오히려 그것을 받아들이는 것이다. 그리고 이렇게 쉽게 받
아들이는 태도는 성격이 약하기 때문만은 아니다. 오히려 그것은 극히
합리적인 반응인 것이다. 그들이 말려들고 있는 빈곤의 균형 속의 무
서운 지배력을 주어진 것이라고 한다면 순응은 최적의 해결책이다.”[3]
라고 진단하고 있는 것이다.

실제로 빈곤이 지속되는 상황 속에서 사람들은 순응이 최선의 해결
책이라고 생각하는 경향이 있다. 빈곤을 극복하려고 시도하지만 대부
분 좌절하고 말기 때문이다. 그리하여 갈브레이드는 순응의 거부를,

---

3) J. K. 갈브레이드, 최광렬 옮김, 『대중은 왜 빈곤한가』, 홍성사, 1986, 64쪽.

다시 말해 기초 교육의 보급을 늘려 순응을 거부하는 사람들을 늘려야 한다고 제시했다. 순응을 거부하는 사람들과 연대해 "소득이 증가하면 그 결과로서 그 소득 증대를 상쇄하는 것 같은 움직임이 생겨나, 원래의 빈곤상태로 전체가 돌아가는 경향이 있는 것"[4]인 '빈곤의 균형'으로부터 탈출해야 된다고 역설한 것이다.

갈브레이드가 바람직한 적응을 위해 사람들과 연대를 제시한 것은 주목된다. 연대의 의미는 노향림의 시세계에서도 마찬가지이다. "배고픈 영혼들을 위한 한끼의 양식이오니/고개 숙이고 낮은 데로 임하소서/하늘이 지상의 빈 터에다 간판을 내걸었다 /무료 급식소,"는 물론이고,

"매캐하게 쓰레기더미를 태우던/새벽 인부들도 떠나가고/구석의 팬티처럼 벌판 한장 구겨져 있다."(「내 마음의 벌판」),

"산동네 폐업한 의원 건물 옆 쓰러져 있는/유모차 한대 어디선가 온 어둠들도/망가진 채 쓰러져 나뒹군다."(「살아 있는 날의 슬픔」),

"언제부턴가 부서진 휠체어 한대/햇빛만 쬐고 앉았다."(「낯익은 봄」)

등에서도 볼 수 있다.

이 세계를 아픈 마음으로 끌어안고 햇빛을 지향하는 시인의 인식은 견고하다. 시인은 햇빛과 아픔의 결합이 용이하거나 요행으로 이루어지는 것이 아님을 체득하고 있다. 그리하여 시인은 불길한 전조의 새라고 알려진 후투티를 당당하게 불러들인다, 스페인 태생 맹인 작곡가인 로드리고의 음악을 가슴으로 듣는다, 왁자하게 일하는 산역꾼들을 따라 장지를 밟는다, 반 자짜리 창문이 덜컹거리는 목공소에서 잠 못

---

4) 위의 책, 50쪽.

이루고 불빛을 훔친다, 그리고 뜨내기 김씨와 이씨와 함께 포장마차에서 따끈한 위안을 퍼 후루룩 마신다. 시인은 아픈 몸을 깨진 종소리처럼 울리며 햇빛의 세계로 나아가고 있는 것이다.

역설의 시학

— 이인원의 시세계

1

어느 날 왕비는 궁전의 생활이 극도로 피곤하고 따분함을 느꼈다. 그리하여 지친 심신을 풀 수 있는 방안을 생각하다가 소의 젖을 짜보기로 했다. 왕비는 즉시 명령을 내려 궁전 안에 외양간을 짓도록 했다. 그리고 품종이 좋은 젖소를 데려오도록 했다. 모든 준비는 신속하게 이루어져, 왕비가 소의 젖을 짜기만 하면 되었다. 그런데 젖을 짜려던 왕비는 그만두었다. 젖 짜는 일을 혐오스럽다고 느낀 것이다. 그리하여 왕비는 젖 짜는 일을 하녀에게 시켰다. 그 결과 왕비는 교수형에 처해졌다.

위에서 소개한 일화는 프랑스의 왕비 마리 앙투아네트(Marie Antoinette)의 것이다. 오스트리아의 공주 신분이었던 그녀는 14살에 프랑스 황실에 입궐해 19살에 왕비가 된다. 동맹을 위해 프랑스의 황태자 루이 16세와 정략결혼을 한 것이다. 마리 앙투아네트는 궁정의 엄격한 관례며 예절 등도 낯설었지만 귀족들의 퇴폐적 화려함과 정치적 음모 및 세력

다툼 등을 목격하면서 두려움과 싫증을 느꼈다. 더욱이 관심조차 주지 않는 남편과 프랑스 귀족들의 시기심으로 인해 매우 외로웠고 힘들었다. 그 결과 왕비는 현실을 외면하게 되어 사치와 허영의 왕비, 스캔들 대명사의 왕비, 굶주리는 백성들에게 배가 고프면 케이크를 먹으라고 했다는 사악한 왕비, 프랑스의 마지막 왕비 등 온갖 루머와 비극의 주인공이 되고 말았다.

만일 왕비가 젖을 짜는 일을 했다면 그녀와 황실의 운명을 달라졌을 것이라고, 융(Carl Gustav Jung)의 분석가이자 심리학자인 존슨(Robert A. Johnson)은 안타까워했다.[1] 소의 젖을 짜는 일은 궁정의 따분한 생활에 지쳐 있던 왕비에게는 꼭 필요했다는 것이다. 진정 왕비가 젖을 짜는 일을 지속했다면 국민들의 비난과 원성을 받는 국모가 되지 않았을 것이다. 프랑스의 역사 또한 다른 방향으로 전개되어, 왕비는 혁명에 따른 희생자가 되지 않았을 것이다.

왕비가 본래 실행하기로 생각했던 소의 젖을 짜는 일은 매우 중요한 의미를 갖는다. 백성들의 힘든 일을 직접 체험해보는 것은 극단적으로 지쳐 있는 왕비의 심신을 회복시켜주는 역할을 할 수 있는 것이었다. 그렇지만 왕비는 자신의 생각을 실천에 옮기지 못했다. 자신의 그림자를 수용할 만큼 끈기와 지혜를 가지지 못한 것이다.

왕비가 처음부터 그림자를 품지 못한 것은 아니었다. 왕비는 자신의 첫 달 수입을 백성들을 위해 내놓았고, 다친 사람들을 위해 자신의 마차를 이용하도록 했으며, 농사를 망친다며 다른 귀족들처럼 농토 위에서 사냥을 하거나 승마를 즐기지 않았다. 그리하여 백성들로부터 친절과 선행을 베푸는 왕비로 존경받았다. 그렇지만 왕비는 그림자를 지속적으로 품지 못해, 타락하고 말았다. 이인원의 시세계는 우리에게 그

---

1) 로버트 존슨, 고혜경 역, 『당신의 그림자가 울고 있다』, 에코의서재, 2007, 72~74쪽.

림자의 가치를, 역설의 미학을 보여주고 있다.

2

내 몸속에는
억울해서 못 죽은 귀신들이 우글거린다
배고프다고 아우성인 그것들 먹여 살리느라고
정신없이 하루하루를 집어삼켰다 어느 날
평생을 저작(詛嚼)하던
튼튼한 어금니가 맥없이 빠져버리듯
오랜 불운에서 벗어나는 순간
더 이상 내일은 없다는 사실을
까맣게 잊고 있는 아귀들아
죽겠다고 설쳐대는 그 힘을 빌려 나도
함께 잘살고 있다 이렇게
괴로움이 오히려 도움이 되는 경우를
귀신도 모를 때가 많다 아니다
억울해서 못 죽는, 오직 그것만이
수지맞는 일이란 걸
애초부터 눈치채고도
한솥밥 먹는 나를 감쪽같이 속여먹었다
목숨을 부지하기 위해 또 다른
억울함에 기생하는 억울함의 맹렬한 먹성이여
옹색한 푸념의 두레박 따위로는
죽어도 다 퍼마실 수 없는
아찔하게 깊은 우물 같은

— 「행복한 숙주(宿主)」 전문

시인은 자신의 "몸속에는/억울해서 못 죽은 귀신들이 우글거린다"
고 인식하고 있다. 귀신들이 억울해하는 이유는 "배고프"기 때문이다.

그리하여 시인은 "아우성인 그것들 먹여 살리느라고/정신없이 하루하루를 집어삼"키는 삶을 영위하고 있다. 이와 같은 시인의 삶은 "불운"하다고 볼 수 있다. 자신이 주체적으로 삶을 이끌지 못하고 그림자의 요구를 맞추는 데에 급급하기 때문이다. 그렇지만 그와 같은 삶 속에서도 시인은 함몰되지 않고 자신을 지켜내어 "오랜 불운에서 벗어나는 순간/더 이상 내일은 없다는 사실을" 깨닫는다. 오히려 아귀들이 "죽겠다고 설쳐대는 그 힘을 빌려 나도/함께 잘살고 있다"고 자신의 삶을 긍정하고 있다. 따라서 "행복한 宿主"는 의미하는 바가 크다. 어떤 생물체가 기생 또는 공생하는 숙주가 바로 시인과 귀신들 간에, 즉 시인과 그림자 간에 성립되고 있기 때문이다. 그리하여 서로는 조화와 균형을 이루고 있다. 주체적인 토대를 마련하고 있는 것이다. 나아가 "괴로움이 오히려 도움이 되는 경우를/귀신도 모를 때가 많다"고 인식하고 있고, 설령 "아니다/억울해서 못 죽는, 오직 그것만이/수지맞는 일이란 걸/애초부터 눈치채고도/한솥밥 먹는 나를 감쪽같이 속여먹었다"고 할지라도 그 상황까지 포용하고 있다. 그림자의 내면까지 이해하는 성숙한 세계인식을 보여주고 있는 것이다. 그리하여 시인은 "목숨을 부지하기 위해 또 다른/억울함에 기생하는 억울함의 맹렬한 먹성"을 이해하고, "옹색한 푸념의 두레박 따위로는/죽어도 다 퍼마실 수 없"다며 더욱 적극성을 띠고 있다.

위의 작품에서 "행복"은 밝은 쪽이고 "불운"은 어두운 쪽이라고 볼 수 있는데, 시인은 "불운"을 무시하지 않고 포용함으로써 "행복"의 거울을 가지게 되었다. 이런 차원에서 보면 "나는 착한 사람이 되기보다 온전한 사람이 되고 싶다"라는 융의 말이 새삼 유용함을 확인할 수 있다. 시란 세속의 때가 묻은 인간의 마음을 정화시키는 것을 추구하기보다 온전함(whole)을 추구하는 것이 본령이다. 깨끗하다고 해서 곧 온전함이 이루어지는 것은 아니다. 깨끗함을 추구할수록 인간은 온전해진다고 여기고 있지만, 점점 이 세계가 타락해지고 있다는 차원에서는 일리가 있지만, 어두움을 몰아낼 수는 없다. 결코 그림자를 몰아낼 수는 없는 것이다.

그렇다면 온전한 혹은 전일적인 존재는 어떻게 해야만 이룰 수 있을까? 그것은 그림자를 품는 일이다. 즉 외면하거나 숨겨온 자신의 그림자를 당당하게 품을 때 가능한 것이다. 그림자는 인간들 스스로 멸시하거나 억압해온 대상으로 분명 자신의 일부분이다. 인간은 그림자를 가지지 않고 살아가고 싶지만 그것은 불가능하다. 선악과나무에 달려 있는 과일을 따먹은 이상 그림자로부터 자유로움 수 없는 운명인 것이다. 그리하여 그림자는 인간의 내면 한 구석에 쌓이고 있다.

그런데 그림자는 그 어두운 구석에서 썩어가는 것이 아니라 힘을 기르고 있다. 자체의 생명력을 가지고 스스로의 삶을 영위하고 있는 것이다. 그리하여 그림자는 자아(ego)만큼의 힘을 가진다. 심지어 자아보다 더 큰 힘을 가져 분노로 폭발하거나 우울로 침몰하는 경우도 있다. 따라서 그림자를 품으면 자기(self)의 성장을 이룰 수 있는 것이다.

다시 기쁨 쪽으로 헤엄쳐 건너가라고

찰랑거리는 눈물호수가 고여 있지

슬픔의 막장에는

— 「수영장」 전문

시인은 "슬픔의 막장에"서 결코 함몰되지 않고 자신을 지켰다. 그곳에는 "찰랑거리는 눈물호수가 고여 있지"만 그 고통을 외면하거나 회피하지 않고 받아들였다. 자신의 그림자를 온몸으로 감싸안은 것이다. 그리하여 시인은 "다시 기쁨 쪽으로 헤엄쳐 건너가"는 도약을 마련하고 있다.

그림자를 품는 행위란 결코 쉬운 일이 아니다. 그러나 진정한 자기를 견지하기 위해서는 절대적으로 필요하다. 인간은 자아와 그림자라는 두 축 사이에서 갈등하며 살아가고 있다. 모순된 두 축 사이에서 갈등하고 회의를 느끼며 자기를 고갈시키고 있는 것이다. 따라서 모순 속에 갇히지 않는 창조적인 통합을 이루어 나가야 하는데, 그것이 곧 역설(paradox)이다. 역설은 자신을 크게 도약시키는 순간이다. 융 분석가 마리 루이제 폰 프란츠는 이 점을 직설적으로 설명하고 있다.

> 융은 도망칠 구멍이라고는 없는 막다른 골목에 다다르거나, 갈등에 처해 해결책이라고는 없어 보이는 순간이 전통적인 개별화가 시작되는 때라고 말한 바 있다. 이는 사면초가의 순간을 말한다. 무의식은 자아가 한계에 부딪치도록 하기 위해 희망이라곤 없어 보이는 갈등을 바란다. 그래서 인간은 어떤 결정을 하든 잘못될 것이고 어느 길을 택해도 실패하게 될 것이라는 사실을 깨달아야 한다.
> 이는 자아의 우월감이 깨어지도록 만든다."[2]

역설은 사면초가와 같이 더 이상 앞으로 나아갈 수 없다고 느끼는 지점에서 일어난다. 어떤 탈출구도 보이지 않는 그 순간에 물극필반(物極必返)의 원리로 일어나는 것이다. 따라서 그 순간은 자기 자신을 능가하는 세계를 향유한다. 역설은 고통을 감싸안을 때, 자신의 그림자를 끝까지 품을 때 일어나는 것이다.

> 경사 심한 방천둑 흙을
> 잡초들이 빈틈없이 그러쥐고 있다

---

2) 로버트 존슨, 위의 책, 116쪽.

냉이꽃 향기로 훅, 깊은 숨 쉬어보는 봄날
여기저기 슬픔의 꽃망울 자잘하게 터져서는

자꾸만 흘러내리려는 마음 비탈도
뿌리 깊은 상처들이 꽉 다잡아주고 있다

— 「마음 잡다」 전문

시인은 "경사 심한 방천둑 흙을/잡초들이 빈틈없이 그러쥐고 있"는
모습을 자신의 거울로 삼고 있다. 그리하여 "여기저기 슬픔의 꽃망울
자잘하게 터져서는//사꾸만 흘리내리려는 마음 비탈도/뿌리 깊은 상처
들이 꽉 다잡아주고 있"는 모습을 보여주고 있다. 강력한 의지로써 '슬
픔'을, 즉 그림자를 품고 있는 것이다. 이와 같은 자세로 그림자를 통
찰할 때 역설의 영역으로 들어갈 수 있다. 힘겨운 모순의 짐을 감내하
고 강력하게 껴안을 때 창조적 역설을 획득할 수 있는 것이다.

역설은 현재의 자신을 넘어서게 해준다. 자기 환경에 대한 부적절한
순응으로부터 깨어나 능동적인 적용을 이끌고, 성숙한 세계인식을 마
련한다. 역설은 세계를 감싸안는 의지의 정도를 보여주는 척도이다.
세계와의 타협이 아니라 진정한 이해이고 전망이다.

3

질기고 긴 문장 붕대로 꿈틀대는 그리움을
꽁꽁 염(殮)해 두러 간다

과월호 잡지 신세 같은 쓸쓸함을
훌훌 거풍시키러 간다

바늘 떨어지는 소리에도 깨서 보채는 외로움을

고문서보다 깊은 잠재우러 간다

머릿속에 빼곡한 '너'라는 낱말을
모조리 삭제하러 간다

고전이 되지 못할 내 비밀을
고전 속에 암호처럼 밑줄 그어두러 간다

끝내 못다 읽은 어떤 사랑이야기를
아쉽지만 기일반납 하러 간다

온갖 잡다한 사연 다 끌어안고도 의연한 도서관을
눈곱만큼이라도 닮으러 간다

— 「도서관 간다」 전문

시인이 "도서관"에 가는 이유는 그림자를 품기 위해서이다. 학습이나 조사나 연구를 하기 위해서가 아니라 "질기고 긴 문장 붕대로 꿈틀대는 그리움을/꽁꽁 염(殮)해 두"기 위해서이고, "과월호 잡지 신세 같은 쓸쓸함을/훌훌 거풍시키"기 위해서이다. 또한 "바늘 떨어지는 소리에도 깨서 보채는 외로움을/고문서보다 깊은 잠재우"기 위해서이고, "끝내 못다 읽은 어떤 사랑이야기를/아쉽지만 기일반납 하"기 위해서이다. 따라서 시인에게 도서관이 중요한 이유는 학습이나 연구나 정보이용이나 조사 등을 할 수 있는 자료들을 소장하고 있기 때문이 아니라, "온갖 잡다한 사연 다 끌어안고도 의연"하기 때문이다. 그리하여시인은 그와 같은 "도서관을/눈곱만큼이라도 닮으"려고 가는 것이다.

시인의 이와 같은 행동은 균형 잡기를 시행하는 것으로 볼 수 있다. 그림자들을 한쪽의 시소에 올려놓아 진정한 존재를 밝히려는 것이다. 시인은 도서관이 바른쪽으로 기울어져서는 안 된다고, 즉 사회가 수용하는 면만을 보관하고 있는 장소가 되어서는 안 된다고 인식하고 있다. 그리하여 시소의 반대쪽에 그림자들을 올려놓는다. 신이 부여한 특질을 온전하게 맞추려는, 시소의 균형을 이루려는 것이다. 그 결과 도서관은 바른쪽의 무게만큼 그 반대쪽도 무게를 갖는다. 성인의 말씀만을 품고 있는 것이 아니라 그림자들도 품고 있는 것이다.

시가 궁극적으로 추구해야 할 영역이 바로 시소의 중간 지점이라고 볼 수 있다. 그곳은 평균치나 중위수로 단순화시킬 수 없는 공간이다. 타협으로 이루어진 것이 아니라 깊은 이해로 이루어진 순간이다. 자아와 그림자이 두 축이 조화를 이루어 모두 함몰되지 않고 통합될 수 있는 기회를, 역설을 획득하고 있는 것이다. 그리하여 분열된 이 세계의 통합이 가능하다. 선과 악, 자신과 타자, 물과 불, 하늘과 땅, 남성과 여성, 밝음과 어둠, 행운과 불운, 아름다움과 추함, 평온과 불안, 자아와 그림자가 새롭게 탄생될 수 있는 것이다.

역설은 자아와 세계와의 일체를 추구하든, 자아의 재발견을 추구하든 지향하는 특성을 지니고 있다. 용기와 통찰로써 그림자들을 포용해 이 세계의 압력에 점점 상실하고 있는 자신을 회복시키려고 하는 것이다. 그와 같은 가능성을 이인원의 시들은 보여주고 있다. 시인은 자아와 그림자의 모순 속에서 역설의 통로를 열어주고 있는 것이다.

상상력의 시학

— 심인숙의 『파랑도에 빠지다』론

1

콜린 윌슨(Colin Wilson)의 상상력에 관한 견해에 영향을 준 사르트르는 그의 나이 32세에 『상상력』(1936)을 출간했는데, 기존의 견해들을 비판하고 의식과 같은 지위로 올려놓았다. 고대 철학자로부터 데카르트나 칸트를 거쳐 근세에 이르기까지 상상력을 온전한 인간 의식으로 인정하지 않았지만, 사르트르는 의식 수준으로 끌어올린 것이다. 사르트르가 제시한 의식은 현상학의 개념인 지향성이라고 볼 수 있다.

사르트르에 이르기 전까지 상상력에 관한 견해는 코울리지에 의해 주도되었다. 코울리지는 공상력이 기존의 자료들을 연상으로 받아들이는 것이라면, 상상력은 변용을 주도하는 능력이라고 보았다. 그리하여 시인은 상상력으로써 자신의 세계를 개진하는 존재라고 인식했다. 눈으로 보는 것 이상으로 보고, 귀로 듣는 것 이상으로 듣고, 몸으로 느끼는 것 이상으로 느낀다고 본 것이다. 코울리지의 상상력은 블레이크의 입장을 좀 더 정립한 것이다. 블레이크는 경험론자들이 우주를 바람도 색채도 향기도 없는 기계로 만들었다고 비판하며 시를 썼다. 실제로 경험적 사실이 진리를 가져오는 것 같지만 정신적인 면 또한 존재하는 것이기에 블레이크의 상상력은 이전의 입장들에 비해 상당히 진전된 것이었다.

아리스토텔레스는 상상력에 부정적 입장을 보인 플라톤을 극복하고 이성으로 상상력을 발휘해 신의 이데아를 창조할 수 있다고 보았다. 하지만 과학혁명의 토대로 중세와 근대를 잇는 르네상스 시대의 도래로 인해 상상력은 비이성적이고 비합리적인 정신 능력으로 취급되었다. 그러다가 감각의 경험을 통해 획득된 지식을 강조하는 경험론이 17세기에 부각되면서 다시 조명 받게 되었다. 특히 토마스 홉스는 상상력이 판단력에 의해 제어되는 경우 인간에게 감동을 주는 수단이 될 수 있다고 보았다. 그렇지만 케임브리지대학을 중심으로 한 플라톤주의자들은 그와 같은 견해에 실재를 물질로만 볼 뿐 신과 정신의 영역을 추방했다고 격렬하게 반대했다. 블레이크는 그러한 상황을 반영하는 역할을 한 것이다.

상상력은 바슐라르의 등장으로 한층 더 영역이 확대되었다. 바슐라르는 『불의 정신분석』(1938)에서부터 『촛불의 미학』(1961)에 이르기까지의 방대한 저서들을 통해 인간의 상상력이 본질적으로 물, 불, 공기, 대지를 바탕으로 한 물질적 상상력이라고 보고 감각적 경험과 실증적 검증에 기반을 둔 것만을 지식이라고 인정하는 실증주의를 극복했다. 상상력을 초인간적인 능력으로 여긴 것은 물론 상상력에 의해 인간의 참다운 삶을 마련할 수 있다고 본 것이다. 질베르 뒤랑은 바슐라르의 상상력 개념을 인류학으로까지 확대했다. 상상력을 현대인들의 전유물이 아니라 고대인들도 공유한 것으로, 다시 말해 인류 역사와 함께해온 문화로 정립했다. 그리하여 전 세계인들에게 내재한 보편적 특질로서의 상상력을 제시하고 인간의 정체성을 이성이나 합리성이 아니라 상상력에서 찾았다.

이와 같은 견해 중에서 상상력의 긍정적인 면을 적극적으로 내세운 콜린 윌슨은 주목된다. 윌슨은 1931년 영국에서 태어나 공업학교를 다닌 뒤 장의사 등 온갖 직업을 전전하다가 1950년 프랑스로 건너가 행동주의 철학에 영향을 받았다. 고국에 돌아와서는 독서와 사상 정리에 전념하다가 1956년 평론집 『아웃사이더』를 출간해 세계적인 명성을 얻었다. 물질문명과 기계문명이 고도로 발달하지만 정신문명은 상대적으로 약화되어 점점 소외되어가는 현대인들의 상황을 해박한 지식으로 조명한 것이다.

또한 윌슨은 '문학과 상상력'이라는 부제를 단 『꿈꾸는 힘』을 통해 상상력에 관한 관심을 표명했다. 생명의 개념을 자연의 기계론과 대비되는 역동성과 자유로움으로 규명하는 생철학에 근거를 두고 소설가 겸 평론가답게 다양한 작품들을 고찰하면서 이 세계와 생명들에 대해 긍정하는 마음을 갖고자 한 것이다. 작가들의 창작적 동기의 근원이 이 세계를 부정하기보다 긍정하는 데 있다고 보고, 상상력을 현실 도피가 아니라 대결을 지향하는 것으로 인식했다. 상상력이 작가의 의식과 밀접하다고 여긴 것으로, 책의 서문에서 사르트르의 상상력 개념이 지나치게 추상적이라고 비판했지만 실제로는 지대한 영향을 받은 것으로 보인다. 이와 같은 윌슨의 상상력은 심인숙 시인의 시세계를 살펴보는 데 필요한 토대로 삼을 수 있다.

2

초저녁달이 도르래를 내리고 있어요
끊어진 수화기에선 아직도 말소리가 새어나와요
슬플 땐 노래하라고 당신이 말했던가요

샤우팅 창법으로 노래하고 싶었어요

나는 주춤거리다 이내 달이 끄는 도르래에 올라타요

담을 훌쩍 넘어

아아 새보다 빠르게 달음박질치는 건 내 몸의 긴 그림자예요

달빛 도르래에 매달려

난 정말 가뿐하게 빨간 신호등을 건너가고 있어요

나무와 나무의 등을 옮겨 타며 빌딩을 지나가고 있어요

아 아 양떼구름을 불러볼까요

구구구구 산비둘기들이 몰려오네요

물소리가 들려요 폭포수가 보여요

공기방울처럼 흩어져 내리는 숲의 함성들

빈 둥지를 슬쩍 건드리면 뭇별들이 피어날까요

당신의 말소리 이곳에선 들리지 않아요

나는 달빛 도르래를 타고 울퉁불퉁한 지평선을 넘어가고 있어요

악보를 삼킨 달이 연거푸 노랠 불러요

— 「달과 노래하는 중이에요」 전문

　　화자는 상상력을 발휘해 초저녁달과 함께하고 있다. "초저녁달이 도
르래를 내리"자 "주춤거리다 이내 달이 끄는 도르래에 올라"탄 것이
다. 화자가 처음에 주춤거린 이유는 지상에서만 발을 딛고 살아왔기에
벗어나는 것이 낯설고 두렵기 때문이기도 했지만, "끊어진 수화기에선
아직도 당신의 말소리가 새어나"오기 때문이기도 했다. 다시 말해 이
세상의 인연과 단절하기가 어려워서 망설인 것이다. 지상에서 한 존재
로 살아가는 일은 가족, 친척, 친구, 이웃, 동료, 시민 등에 이르는 구
성원이 되기에 관계를 단절하기란 쉽지 않다. 그들 중에는 힘들게 하
거나 손해를 끼치는 이도 있겠지만 기쁨을 주거나 도움을 주는 이도
많은 것이다. "슬픈 땐 노래하라고" 용기를 준 이도 그중 한 사람이다.
그리하여 화자는 그 목소리에 힘입어 초저녁달에 올라탄 것이다.

　　화자를 태운 초저녁달은 "담을 훌쩍 넘"고 "새보다 빠르게 달음박

질”로 “가뿐하게 네거리 빨간 신호등을 건너”가고 “빌딩들을 지나”간다. 그리고 마침내 “당신의 말소리”가 들리지 않는 세계에 닿는다. 지상으로부터 멀리 떨어진 세계에 이른 것이다. 그곳에서 아래를 내려다보니 “산비둘기들이 몰려오”고 있다. 또한 “물소리가 들”리고 “폭포수가 보”이고 “숲의 함성들”도 들린다. 화자는 “양떼구름을 불러”보고, “뭇별들이 피어날” 것 같은 기대감도 갖는다. 비로소 지상으로부터 자유로운 몸이 된 것이다.

콜린 윌슨의 견해처럼 상상력은 자유와 동의어라고 볼 수 있다. 비유하자면 공기를 바람이라고 말할 수 있을 정도이다. 상상력은 육체에서 탈출하거나 현재를 초월한 세계를 만들기를 시도한다. 따라서 자유와 동의어가 되고 역동성도 띤다. 정적(靜的)으로 머무르는 것이 아니라 자유의 세계를 지향하는 것이다. 그리하여 상상력은 눈앞에 존재하지 않는 이미지를 만들지만 삶을 강렬하게 이끄는 힘을 지닌다. 그것은 기차가 역동적이지만 행로를 따라 평형을 유지하는 것과는 본질적으로 다르다. 인간의 의식이 내포된 것으로 추리 능력 차원을 뛰어넘는 것이다. 더욱이 시인의 상상력은 여성 의식이기에 주목된다.

어머니, 보이세요?
저기 흐린 창 너머 하늘 가장자리에 푸른 콧날이 걸렸잖아요
뾰족구두 같기도 한
저 달에 몸을 싣고 마실이라도 나가볼까요
생과일주스를 마시며 행복백화점 스카이라운지를 걸어볼까요
하얀 레이스 출렁이는 식탁 위의 만찬은 어때요?
일몰을 보는 언덕에선 그네를 타고
눈 덮인 미륵전 지붕 위에 무지개섬광을 뿌려놓을 수도 있어요
대구, 구미를 거쳐 소라미용실을 돌아 삼거리극장 앞의
젊은 아버지를 만나보러 갈까요
눈매가 고운 뾰족구두를 신고 연분홍 투피스를 입고

꽃무늬 양산을 펼쳐봐요
우주 너머까지 날아 올라가면 꽃향기로 둘러싸인
빈 봉분 하나를 미리 들러볼 수도 있잖아요
낡은 침대는 잊혀져가고
지구의 주파수는 멀어져가도 이마를 찌푸리진 마세요
광대뼈에 한 아름 웃음을 피워봐요
여기선 눈물이나 기적 따윈 없다니까요
어머니, 보이세요?
신의 콧날 옆에 앙증맞게 찍어놓은 별들의 발자국들

— 「푸른 초승달」 전문

화자는 "초승달"을 바라보며 "어머니"에 대한 희망 사항들을 제시하고 있다. 우선 "뾰족구두 같기도 한/저 달에 몸을 싣고 마실이라도 나가볼까요"라고 권유한다. 그리고 단순히 이웃집에 마실가는 것을 넘어 "생과일주스를 마시며 행복백화점 스카이라운지를 걸어볼까요"라거나, 그곳에서 "하얀 레이스 출렁이는 식탁 위의 만찬은 어떠"냐고 제안한다. 뿐만 아니라 "일몰을 보는 언덕에선 그네를 타"기도 하고, "눈매가 고운 뾰족구두를 신고 연분홍 투피스를 입고/꽃무늬 양산을 펼쳐"들기도 하고, 그리고 "대구, 구미를 거쳐 소라미용실을 돌아 삼거리 앞의/젊은 아버지를 만나보러 갈까요"라고까지 확대한다. 이처럼 화자는 당신의 삶을 해방시키기 위해 상상력을 발휘한다. "푸른 초승달"에 "몸을 싣고" 지상을 떠나 "광대뼈에 한 아름 웃음을 피워"보려고 하는 것이다. 화자가 상상하는 그곳은 "눈물"이 없고 막연한 요행을 기대하는 "기적 따윈 없다".

화자의 이와 같은 제시는 "어머니"의 실제 삶이 그러하지 못하다는 사실을 말해준다. 다시 말해 뾰족구두 같은 세련된 신발을 신거나, 연분홍 원피스 같은 아리따운 옷을 입거나, 꽃무늬 양산을 펼쳐들 정도로 멋을 내거나, 백화점 스카이라운지를 걸어보거나, 하얀 레이스가 깔린 식탁에서 만찬의 기회를 가져보거나, 심지어 삼거리극장 앞에서 남편을 만나 영화 구경을 함께하지 못한 사실을 나타내는 것이다. 그만큼 "어머니"는 자신의 자유며 행복이며 여유를 추구하는 것과는 거리가 먼 삶을 살아왔다. 그것은 당신 스스로가 선택한 길이라고 볼 수도 있지만, 그것보다는 당신이 가족들을 위하느라 희생한 삶이라고 볼수 있다. "어머니"의 그와 같은 모습은 다음의 작품에서도 여실하다.

어디로 갔을까 그녀는,
다진 마늘을 꺼내놓고 연둣빛 다라이에 배추는 절여놓고
여름 겨울 지나 봄을 건너
늦은 김치를 담가야 하는데
귓전에 펄럭이는 소리
애야,
까나리액젓…, 소금물……에 너무 ……
파란 채반을 든 그녀가 잠시 일렁이네
뭉게구름을 뚫고
나비 한 마리 날아드네

어디서 묻혀왔을까
흰 날개가 순하게 접혔다 펼쳐질 때마다
거실 가득한 소독 냄새
더듬이가 긴 주사바늘 같네
햇볕이 손을 뻗어 투명한 날개를 어루만져주네
사뿐히 날아오르네
내 겨드랑이에서도 까닭 없는 날개가 돋아나네

앞치마는 걸어놓고
모시적삼 맨발로 찬장 속을 들락거리는
배추흰나비
소금물에 푹 절여진 속배추가

빛줄기를 타고 외줄바람을 타고
하늘 위로 날아오르는 봄날

　　　　　　　　　　　　　　　　　　　—「흰나비」전문

　"그녀"는 곧 화자의 어머니이자 당신으로 읽히는데, 그 일생이란
"다진 마늘 꺼내놓고 연둣빛 다라이에 배추는 절여놓고"　"늦은 김치를
담가야 하는데"라고 애태우는 모습이다. 그리하여 화자는 "애야,/까나
리액젓…, 소금물……에 너무 ……"라는 당신의 말을 어떤 말보다도
선명하고도 절실하게 듣는다. 뾰족구두나 생과일주스나 백화점이나
스카이라운지나 만찬이나 꽃무늬 양산 같은 말들보다도 가슴을 누르
며 듣는 것이다.

　그러던 "그녀"가 그만 "거실 가득한 소독 냄새/더듬이가 긴 주사바
늘"에 의지하는 처지가 되었다. 나비처럼 날아다니는 자유로운 상태는
아니더라도 김장을 담그는 일조차 하지 못하고 "소금물에 푹 절여진
속배추" 같은 신세가 된 것이다. 꽃구경도 극장 구경도 제대로 못하고,
얼굴에 웃음꽃을 활짝 피우지 못하고, 집안 살림과 식구들 걱정에 애
를 태우다가 그만 "배추흰나비"의 운명이 된 것이다. 화자가 이 세상을
떠난 당신을 무수히 많은 나비들 중에서 "배추흰나비"라고 이름 붙인
이유는 저세상에서도 배추를 만지며 김장을 담그는 똑같은 삶을 살아
갈 것이라고 생각했기 때문이다. 가족을 위해 희생하다가 떠난 당신이
그곳에서도 별반 다르지 않는 삶을 영위하리라고 여긴 것이다. 그와
같은 당신의 모습이 화자가 인식하고 있는 여성의 삶이다. 그리하여
화자는 상상력을 통해 당신을 푸른 초승달에 태우고 날아오른다. 근심
도 애태움도 눈물도 구속도 희생도 없는 세계로, 여성의 주체적인 삶
을 지향하는 것이다.

　다른 예술가들과 마찬가지로 시인에게는 자기 인식의 심화가 중요

하다. 자기 인식이란 한 인간 존재로서 자신의 운명과 삶의 의미에 열
중하는 것이다. 상상력이란 이성과 마찬가지로 그와 같은 인식의 한
모습이다. 그러므로 이성과 협력하여 삶의 실재와 밀접하게 관련을 맺
는다. 곧 상상력은 시인의 세계관 혹은 인생관이라고 볼 수 있다. '병'
이라는 말이 마치 '건강'에 대한 의미를 인지시키듯이 '상상력'은 '실
재'의 의미를 반영하고 있는 것이다.

3

> 다닥다닥 붙어앉은 다세대주택 속에 낯익은 창이 보인다
> 저곳엔 한때 상실이란 여자가 살았다
> 반지하로 내려앉은 안방 창문을 가리느라 그녀가 붙여놓은 바닷속 물고기
> 스티커,
> 유유히 물밑을 헤엄쳐 다니던 아가미는 황톳빛 물방울을 내뱉고 있었다
> 지금 B101호는 예전 그대로 그늘에 잠겨 있다
> 아니다, 이런 것이 아니다
> 그때 저 집은 물속으로 가라앉던 그녀를 수평선 위로 끌어올리곤 하였다
> 어쩌다 숨어드는 햇살을 찾아 손에 쥐어주곤 하였다
>
> 컹컹, 짖으며 그녀의 집이 나를 불러 세우고 있다
> 화장실 창틈으로 먼지 쓴 나팔꽃이 고개를 삐죽 내밀고 지하 계단으로 백
> 열등 불빛이 언뜻 비치는 듯하다
> 주전자에선 결명자가 끓고 금방이라도 프라이팬에 올려진 김치 지짐이 냄
> 새가 흘러나올 것만 같다
> 초원슈퍼 앞을 지나다 돌아보니 앳된 그녀가 무언가를 사들고 옛집으로 들
> 어서고 있다
>
> —「옛집을 지나며」 전문

화자가 비록 "옛집"이라고 말하고 있지만 현재의 모습이기도 하다.

설령 현재의 삶이 변화된 상태라고 할지라도 화자의 마음속에 남아 있는 "옛집"의 기억은 결코 지울 수 없다. 그 기억의 그림자는 매우 짙기 때문에 화자의 현재 삶은 이전 삶의 연장이라고 볼 수 있는 것이다. 그와 같은 모습은 화자가 "컹컹, 짖으며 그녀의 집이" 불러 세우는 소리를 천둥소리보다 크게 듣는 데서 확인된다. "화장실 창틈으로 먼지 쓴 나팔꽃이 고개를 삐죽 내밀고" 있는 모습이나 "지하 계단으로 백열등 불빛이 언뜻 비치는" 모습을 발견하는 데서도 마찬가지이다. 그리하여 화자는 "주전자에선 결명자가 끓고" "프라이팬에 올려진 김치 지짐이 냄새"를 맡기도 한다. 뿐만 아니라 "초원슈퍼 앞을 지나다 돌아보니 앳된 그녀가 무언가를 사들고" 가듯 집의 현관문을 연다.

화자는 기억의 장면들을 통해 현재의 삶을 생생하게 나타내고 있다. 현재의 삶을 방기하거나 소비하거나 파기할 수 없다고 생각하는 것이다. 그리하여 마치 숙제를 하듯이 자신의 일상에 달라붙어 삶을 일구려고 애쓴다. 결국 「달과 노래하는 중이에요」 「푸른 초승달」 「흰나비」 등 앞의 작품들에서 본 '어머니'나 '당신'과 같은 일생을 따르고 있는 것이다.

이와 같은 차원에서 화자가 추구하는 상상력의 의미를 읽을 수 있다. 자신의 현재 삶을 극복하기 위한 의식을 내포하고 있는 것이다. 다시 말해 여성에게 요구되는 일생에 갇히지 않기 위해, 스스로 순응하는 여성이 되지 않기 위해 행동하고 있는 것이다. 따라서 화자의 상상력은 어떤 공상적인 것이 아니라 뿌리가 튼튼한 실재의 산물이다. 삶을 부정하는 것이 아니라 긍정하기 때문에 새로운 세계를 인식하는 것이다. 이상향을 지향한 화자의 그 의식이 개인적인 차원을 넘어서는 것이기에 더욱 주목되기도 한다.

한밤, 봉숭아꽃 가득한 마당에서 숭어들이 뛴다.

다닥다닥 붙어사는 셋방 여인들이 마당 수돗가에서 목욕을 한다. 청상과부 선아엄마, 집 나간 서방을 기다리는 애경엄마, 그냥 이모라 불리던 사투리 걸쭉한 부안댁이다. 아침이면 식당이나 병원, 공사판으로 마른 꽃씨처럼 흩어졌다가 밤이 되면 물오른 입을 들고 돌아오는 여인들. 한바탕 애기꽃을 피우며 한 겹씩 옷을 벗고 있다.

빨랫줄에 걸린 이불홑청 사이로 달빛이 든다. 보초 세운 어둠이 슬쩍 돌아서 있다. 좁은 수돗가에서 미끈한 숭어들이 비늘을 떼고 있다. 찬물을 끼얹을 때마다 저절로 한숨 같은 비음이 흘러나온다. 지느러미처럼 간드러지는 웃음소리가 깔깔, 허공을 질러 담을 넘어간다. 숭어들이 별빛을 따라 밤하늘을 헤엄치고 있다.

몰래 숨어든 달의 이마가 붉게 물들었다.

— 「숭어」 전문

　

한밤에 "셋방 여인들이 마당 수돗가에서 목욕을" 하는 장면을 선명하게 그린 수작이다. 그 여인들이란 "청상과부 선아엄마, 집 나간 서방을 기다리는 애경엄마, 그냥 이모라 불리던 사투리 걸쭉한 부안댁이다." 그녀들은 "아침이면 식당이나 병원, 공사판으로 마른 꽃씨처럼 흩어졌다가 밤이 되면" 돌아온다. 따라서 그녀들의 일과는 이루 말할 수 없이 힘들어 귀가할 즈음에는 지쳐 있는 상태이다. 그러한데도 화자는 그녀들을 "물오른 입을 들고 돌아오는 여인들"로, 그녀들의 목욕하는 모습을 "한바탕 애기꽃을 피우며 한 겹씩 옷을 벗"는다고 생동감 있게 그린다.

이와 같은 면에서 화자의 여성 인식을 또다시 읽을 수 있다. 집안의 울타리를 넘어 생업에 시달리는 여성들까지 품는 것이다. 한편으로는 집안 살림이며 관습에 얽매여 있는 여성의 삶을 극복하면서, 다른 한편으로는 연대의식을 통해 그 극복의 토대를 마련하고자 하는 것이다. 그와 같은 목표를 "숭어들이 별빛을 따라 밤하늘을 헤엄치"는 상상력으로써 지향하고 있다. 시몬 드 보부아르나 뤼스 이리가라이가 추구한 현실적인 페미니즘과는 차이가 있는 것으로, 결국 여성성을 사회학적 관점에 국한되지 않는 시인의 관점으로 심화시키고 있는 것이다.

시인은 어둡고 비좁고 답답한 상황 속에서도 가늘고 약하지만 의식의 광선을 소유하고 있다. 그것으로 자신은 물론 다른 사람을 비추어 이해하고 동화를 추구한다. 시인의 그 의식이 바로 상상력이다. 그리하여 시이은 세속적이고 찰나적인 것보다 더 궁극저으로 여성성을 추구하고 있다. 물 위를 떠내려가고 있는 종이배같이 주위의 영향을 절대적으로 받는 존재가 아니라 자기의 존재성을 굳건하게 지키고 있는 것이다. 그 결과 "지느러미처럼 간드러지는 웃음소리가 깔깔, 허공을 질러 담을 넘"는다.

저녁의 시학

― 손순미의 『칸나의 저녁』론

1

최수철의 「피노키오들」은 인간에게 통증이 얼마나 소중한지를 깨닫게 해주고 있다. 작품의 주인공은 어느 날 걸려온 전화를 받으러 가다가 거실 한쪽에 놓인 오디오 스피커의 모서리에 오른쪽 무릎이 심하게 부딪혔는데도 통증을 못 느낌으로써 통각을 상실했음을 알게 된다. 그순간, 그동안 통증의 두려움으로 인해 실행하지 못했던 세상일이 너무나 많았다는 생각이 들어 자유로움을 느꼈다. 그렇지만 그 편안함은 오래 가지 못했다. 육체가 마치 진공 상태에 놓인 듯한 무력감에 빠진것은 물론 정신적으로 문제가 발생했다. 몸의 통증으로부터 벗어났다는 사실에 홀가분한 것이 아니라 무기력증에 빠져 아이러니하게도 통증 없는 상태가 통증이 가장 심한 상태가 된 것이다.

그리하여 주인공은 어쩔 수 없이 주위 사람들에게 조언을 구하게 되었는데, 피부와 뇌 사이의 신경섬유에 이상이 생겨 통각이 상실되었다는 말들을 했다. 주로 척수의 질환에서 비롯되지만, 히스테리나 자기 암시에 의해서도 유발된다고 했다. 자기 암시에 의한 유발이란 스트레스로 인해 몸의 감각이 교란되는 것을 말한다. 주인공은 사람들의 말이 상당히 과학적인 근거를 갖는다고 생각하면서도 인신 공격적인 뉘앙스에 불쾌했다. 조만간 손에 든 모든 것을 잃게 된다거나, 마땅히 정신병원에 구금된 채로 살아가야 한다는 등의 말에 모욕감을 느낀 것이다. 그리하여 어떻게든 통증을 살려야겠다고 다짐했다.

그러던 중 오피스텔 건물에서 승강기를 타고 지하 주차장으로 내려가다가 한 여성을 만났다. 그녀는 승강기가 내려가는 도중 사람들이 내리고 막 닫히려고 하는 문을 비집고 들어서다가 그만 끼였다. 다행히 사고 없이 놓여났는데, 그녀는 민망해하는 표정을 잠깐 지어 보였을 뿐 아파하는 기색을 전혀 보이지 않았다. 주인공은 그녀가 자신에게 고통을 줄 수 있을 것이라고 순간적으로 예감했다. 아울러 장차 고통을 되찾을 것을 생각하자, 사랑의 감정을 느끼기도 했다. 그리하여 그는 그녀에게 용기를 가지고 말을 건네려고 다가갔는데, 그녀는 차를 몰고 급히 달아나는 것이었다. 그는 포기하지 않고 따라갔다. 하지만 추돌 사고를 일으키는 바람에 그는 그녀의 조수석에 타고 있던 선글라스 낀 남자에게 심하게 구타를 당했다. 그는 맞으면서도 전혀 고통을 느끼지 않았을 뿐만 아니라 오히려 고통에 대한 갈급증을 느꼈다.

다음 날 아침 사무실에 도착했을 때 그녀로부터 전화가 걸려왔다. 어제의 일을 사과하고 싶다고 했다. 그리하여 서로 만나게 되었는데, 그녀 역시 무통증 환자였다. 그녀는 자신에 대한 연민과 그에 대한 연민을 가지고 함께할 수 있는 일이 있을 것이라고 그에게 용기를 주었다. 자신의 통증도 못 느끼는데 어떻게 남의 통증을 느껴 함께할 수 있겠느냐고 그가 반문하자 그녀는 통각을 잃은 대신 새로운 무언가를 얻을 수 있을 것이라고 포기하지 않았다. 그리하여 서로는 위해주는 관계로 발전하게 되었고, 마침내 서로의 통증을 되살려주는 사랑을 하게 되었다. 고통을 고통으로써 극복하려는 그녀의 사랑이 바로 손순미 시인이 지향하는 시세계라고 볼 수 있다.

2

손순미 시인의 시세계를 지배하는 제재 혹은 이미지는 『칸나의 저녁』이라는 시집 제목이 암시하듯이 "저녁"(또는 "밤"이나 "어둠")이다. 그런데 하루를 마무리하는 "저녁"은 아늑하거나 안온하기보다는 어둡거나 고통을 주는 분위기이다. 고양이의 울음소리가 들리는 골목길 집들이 창문을 열지 않는 상황이나(「저녁의 시」), 비 내리는 어물전에서 고등어를 칼질하는 사내의 어두운 인상과 같다(「고등어 파는 사내」). 바람만이 백합화의 울음을 끌고 가는 소리를 낼 뿐 아무도 오지 않을 정도로 쓸쓸하고(「밤의 백합화」), 아버지의 구두가 한밤중에 구성지게 울음소리를 내듯 안쓰럽고(「소가죽 구두」), 사내가 죽음보다 캄캄한 절망을 잠꼬대하는 상황과도 같다(「와이셔츠」). 시인의 "저녁"은 울음으로 밤길로 한밤중으로 죽음으로 공포로 절망으로 외로움으로 허기로 캄캄함으로 슬픔으로 변주하고 있는 것이다.

시인의 이와 같은 인식은 "추억" 속에서도 확인된다. 시인은 돌이켜 생각하는 일들이나 대상들을 그리워하거나 껴안기보다는 지우고 싶어 한다. 심지어 공포감을 느껴 "내 몸에서 단속적으로 추억이 흘러나왔지만 나는 그 추억의 구멍을 닫아 버"(「피아노가 있는 방」)리고 만다. 시인의 "저녁"에 대한 "추억"은 아름답거나 행복하거나 풍요로운 것이 아니라 쓸쓸하고 고통스러운 것이다.

> 밤이면 외로운 인간들이 모여 허기를 굽는다
> 이런, 짐승만도 못한……을 외치던 그들이

수치심만큼 벌겋게 달아오른 숯불 위에
짐승의 거죽을 구워 먹는다
이 골목 저 골목 육식의 사회가 익어가고
너도 한 잔 나도 한 잔
밤보다 어두운 욕을 내뱉다가도
눈물 같은 술잔은 돌고 또 돈다
오기 같은 취기가 오른다
아무래도 나는 의욕보다는 과욕이었어
제기랄, 오소소 오줌을 누는데
지구를 꽉 틀어막고 있는 저 병뚜껑 같은 달,
오프너로 톡! 따서 숨통을 터주고 싶다
바람이 고여 있는 검은 가로수를 따라
지구상에서 가장 고독한 짐승 한 마리
멀고 아득한 외양간을 향해 비틀비틀 걸어간다

— 「밤의 검은 소」 전문

　　자기 자신을 짐승만도 못하다고 자학하는 사람들이 "밤"에 모여 "허기를 굽는다". 외롭고 허기진 육체와 정신을 충족시키기 위해 고기를 굽고 술잔을 서로 주고받는다. 그렇지만 사람들은 허기를 채우지 못한다. 술 몇 잔으로 채울 수 있는 문제가 아니라는 것을 모두들 잘 알고 있기 때문이다. 사람들은 서로 술잔을 돌리면서 의기를 투합하고 길을 헤쳐 가겠다는 다짐을 하기보다는 벌겋게 달아오른 숯불 앞에서도 수치심을 느낀다. 그리하여 "밤보다 어두운 욕을 내뱉다가" 끝내 가슴 저 아래에서 솟아오르는 눈물을 흘린다. "오기"를 가져보지만 "취기"에 꺾이고 만다. 자신이 가졌던 "의욕"을 "과욕"에 불과했다고 토로하고 마는 것이다. 목표를 향했던 자신의 욕망이나 의지를 욕심에 불과했다고 깎아내리는 것은 겸손이 아니라 자포자기에 가깝다. 그리하여 사람들은 술의 기운이 육체에 작용함에 따라 일어나는 생리적인 욕구나 해결

하는 존재로 전락한다. 술을 마신 뒤 마려운 오줌을 오소소 누고 졸리
는 잠을 자기 위해 집으로 돌아가는 존재일 뿐이다. 하늘에 걸려 있는
달을 바라보며 가졌던 희망들을 접고 "지구상에서 가장 고독한 짐승"
이 되어 씁쓸하고 쓸쓸하게 귀가하는 것이다. 곧 "밤의 검은 소"가 된
것이다. 그렇지만 시인은 그 "밤"의 상황을 전적으로 부정하지 않는다.

> 문을 두드리는 그림자 한 뭉치 어둠을 전해주고 우체부처럼 사라진다 봉투
> 속에서 두툼한 어둠이 흘러나온다 바람에 부풀려진 어둠이 야경을 돌며 차례
> 로 불빛을 호명하고 일제히 검은 모자를 쓴 상점들 서로의 이름을 부르며 대
> 답처럼 네온을 켠다 무명의 상표들이 물끄러미 사람을 쳐다본다 유리알처럼
> 맑은 계집애들의 웃음소리가 윈도우를 흔들고 지나간다 늦은 저녁이 뒤따라
> 간다 호주머니 속에서 남아 있는 길을 꺼내본다 꾸깃한 길이 비로소 허리를
> 편다
>
> ──「저녁의 환(幻)」 전문

"저녁"은 우편물을 전해주고 사라지는 우체부처럼 "어둠"을 전해준
다. 그렇지만 봉투 속에서 흘러나온 "어둠"은 부정할 대상이 아니다.
"야경을 돌며 차례로 불빛을 호명"하는 긍정적이고도 적극적인 역할을
하기 때문이다. 그 결과 상점들이 서로의 이름을 부르며 깨어나고, 네
온의 불빛도 얼굴을 밝히며 인사를 한다. 그리고 상점들에 비치된 물
건의 상표들도 사람들을 쳐다본다. 결국 "저녁"은 "어둠" 속에서도 "유
리알처럼 맑은 개집애들의 웃음소리가 윈도우를 흔들고 지나"가는
"길"을 열어주는 것이다.

시인은 "저녁"을 이 세상의 기원으로 삼고 있다. 새날을 알리는 여명
이 "저녁"에 의해 준비되고 발아된다고 인식하는 것이다. 시인은 "저
녁"을 열정이 가라앉은 지대가 아니라 어둠 속에서도 새벽의 나래를
들어 올릴 힘이 축적되는 지대로 삼는다. 그렇기 때문에 안일하거나

요행을 바라며 잠들지 못한다. 그 어떠한 새벽도 저녁 다음에 자연적으로 이어지는 것이 아니라 간절한 의지의 산물임을 잘 알기 때문이다. 그러므로 시인은 "저녁"이 주는 두려움이나 불안감에 움츠러들지 않는다. 오히려 "어둠"을 직시하며 마치 「피노키오들」의 여성 주인공과 같이 자신의 정체성을 지켜 나간다. 그녀는 무통증 환자였지만 자신의 처지를 한탄하거나 절망하지 않고 자기 연민으로 통증의 회복을 추구했다. 통증 그 자체를 회복하지 못한다고 할지라도 상실한 통각 대신 다른 무엇인가를 얻을 수 있다고 희망한 것이다. 손순미 시인 역시 "저녁"의 "어둠" 속에서 "어둠"의 극복을 희망하고 있다. 그것이 이루어지지 않더라도 다른 어떤 것을 얻을 수 있다고 기대한다. 시인은 그것이 자신의 존재 의의라고 생각한다. 다시 말해 "저녁"은 고독한 사람이나 슬픈 사람이나 두려워하는 사람이나 절망하는 사람이나 허기진 사람이나 심지어 하릴없이 한가한 사람만의 영역이 아니라 시인의 영역이라고 인식하는 것이다. 그리하여 시인은 "저녁"을 바라보는 눈을 가지려고 한다. "저녁"을 들을 수 있는 귀며 품을 수 있는 마음도 가지려고 한다. 그 산물이 꽃인 것이다.

3

손순미 시인의 시세계에서 "저녁"과 관계되는 또 다른 지배소는 "꽃"이다. "꽃"은 칸나(「칸나의 저녁」)를 비롯해 백합화(「밤의 백합화」), 장미(「장미의 커브」), 목백일홍(「목백일홍」), 족두리꽃(「족두리꽃 아내」), 동백꽃(「동백꽃, 동백꽃」), 제비꽃(「제비꽃 무덤」), 작약(「작약」), 목단꽃(「목단꽃 이불」), 자귀꽃(「자귀나무 부동산」), 해당화(「해당화」), 벚꽃(「벚꽃 피는 마을」), 채송화(「채송화 고백서화」) 등으로 변주되고 있다.

꽃은 지향하는 존재로서 자신의 뿌리를 대지에 박기 위해 부단히 터전을 다진다. 자신의 예리한 촉수를 뿌리부터 꽃술까지 온힘을 다해 뻗는 것이다. 그렇지만 나무에 비해서는 창공으로 비상하지 못하고, 강렬한 이빨을 가진 바람에 비해서는 자신의 열정을 대지에 확산시키지 못한다. 욕망을 불태우고 있지만 한계를 가질 수밖에 없는 것이다. 꽃이 연약하다거나 순결하다거나 여성적이라고 불리는 근거가 되기도 한다. 이처럼 "꽃"은 "저녁"에 지배당하기 쉬운 존재이다.

> 찬물에 밥을 말아 먹었다 더운 바람이 불어오고 마당에 칸나가 피었다 소
> 스라치게 피었다 체한 것이 아닐까 아닐까 했을 때 붉은 꽃의 성대에서 칸나
> 가 피었다 터져 나오는 자궁의 홍등(紅燈)을 어쩌지 못한 나는 주근깨가 많은
> 소녀였다 달은 아예 뜨지도 않은 밤에 수돗가에서 몰래 팬티를 빨았다 공포
> 와 수치심이 온몸에 스멀거리는 꽃의 향기는 어두웠다 야광의 안구를 갈아
> 낀 고양이가 뒤꼍으로 돌아나가고 나는 자궁이 쏘아대는 꽃폭탄에 배를 싸쥐
> 고 누웠다 아침에 일어나 보니 식구들은 밥을 먹고 있었다
>
> 칸나가 피었다 칸나만 보아도 배가 아프다 뜨거운 태양의 여름이 칸나를
> 지진다 칸나의 음순이 붉어졌다 십만 볼트의 전류가 내 자궁을 지지는 고통
> 을 지나 나는 새끼를 낳은 어미가 되었다 칸나가 어둡다 새끼를 낳은 공포의
> 추억이 몰려온다?
>
> ─ 「칸나의 저녁」 전문

시인의 자화상이 투사된 "칸나"는 "저녁"의 어둠에 의해 지배당하고 있다. 어둠 속에 있는 자신의 모습을 제대로 볼 수 없을 뿐만 아니라 이 세계를 받아들일 준비를 제대로 하지 못했기 때문이다. 그리하여 편안하거나 행복하지 못하고 소스라치게 놀라고 있다. 향기도 향기롭지 못하고 어둡기만 하다. 꽃의 성대에서 붉게 피었지만 남몰래 속옷을 빨아야 할 정도로 수치심과 공포감을 갖는다. "칸나만 보아도 배가

아프"고 "고통"을 느끼는 것이다.

그렇지만 "칸나"는 결코 어둠에 꺾이지 않는다. 시인은 자신에게 아름답거나 사랑스러운 대상이 아니라 공포심을 주는 대상이지만 내버리지 않는다. 오히려 뜨거운 열로 지지는 아픔을 기꺼이 토로한다. 수치심으로 고통으로 심지어 공포심으로 "추억"하지만, 최대한 그 상황을 직시하는 것이다. 다시 말해 배수진을 치고 "칸나"의 고통을 받아들이는 것이다.

> 공중변소 다녀오는 밤길에 그것은 피어 있었다
> 나팔 같은 주둥이, 아니 가랑이
> 그것은 지루한 여름밤을 나팔 분다
> 나는 변소의 추억을 지우려 그것을 끌어당겼다
> 별이 지고, 비가 올 것인가
> 내가 누고 온 그것처럼
> 그것의 가랑이는 숨막히다
> 애인에게 버려진 지 오래인 여자의 음부처럼
> 그것은 독한 향기를 흑흑, 울어댄다
> 버려진 것의 냄새는 어둡다
> 사람들은 그것의 가랑이에다 대고
> 향기를 포식할 것이다
> 아무도 오지 않는 밤
> 바람이 그것의 향기를 끌고 가는 소리
> 그것의 울음을 끌고 가는 소리
> 나는 더 이상 그것의 폐경을 보고 싶지 않다
>
> ― 「밤의 백합화」 전문

밤에 핀 "백합화" 역시 지루하게 "여름밤을 나팔 분다". "애인에게 버려진 지 오래인 여자"와 같은 처지가 된 것이다. 향기 또한 독한 것이어서 웃음소리가 아니라 울음소리에 가깝다. 어둡고 슬픈 인상을 지

을 뿐 꽃으로서의 매력을 발산하지 못하고 버려진 것의 냄새를 풍긴
다. 따라서 "아무도 오지 않는"다. 나비나 별도 날아들지 않고 별빛도
내려앉지 않고 바람도 따스한 손길을 내밀지 않는다. 바람이 전하는
소식이란 향기가 아니라 울음소리에 불과한 것이다.

　그렇지만 시인은 그 상황에 좌절하지 않고 "나는 더 이상 그것의 폐
경을 보고 싶지 않다"고 강하게 맞서고 있다. 여성으로서의 자존심이
라고 볼 수 있는 자기 연민을 배수진으로 친 것이다. 「피노키오들」에
등장하는 여성 주인공과 같은 모성으로써 버려진 "백합화"를 품은 것
이다. 그녀가 남성 주인공에게 연민을 느낀 데는 그의 통증을 상실한
이유를 이해하는 모성이 있었기 때문이다. 그가 다니는 회사는 처음에
는 주문받은 플래카드나 매달고 입간판이나 세우던 구멍가게 같은 광
고회사였는데, 어느덧 출판사며 막강한 언론사와 줄이 닿아 있는 미디
어 회사를 거느릴 정도로 번창하고 있었다. 그렇지만 긴축 재정과 이
윤 창출을 명목으로 부하 직원들을 옥죄는 사장의 태도는 변하지 않았
다. 사장은 자기의 통증에만 관심이 있고 다른 사람의 통증에는 관심
이 없는 사람이었다. 그리하여 사원들은 살아남기 위해 사장의 통제
시스템에 충실히 따르는 부하 직원이 되었고, 그 결과 그는 통증을 상
실했다. 과도한 스트레스로 인해 몸의 감각이 교란당한 것이다. 여성
주인공은 그의 형편을 모성으로써 끌어안고 극복을 지향했다. 버려진
"백합화"를 기꺼이 품은 손순미 시인은 역시 그와 같은 것이다.

4

내가 버린 이불이었나
낯익은 목단꽃 이불
지하도 사내의 몸을 덮고 있다
비켜요 비켜, 구두들의 소란에

들썩이는 사내의 잠

목단꽃 이불이 자꾸만 새나오는 사내의 잠을

꼬옥 덮어 주고 있다

밥처럼 따뜻한 잠을 배불리 먹으며

사내의 잠은 지금 어디로 가고 있는 것일까

목단꽃 붉은 옷을 입고

사내는 까마득한 유년을 방문하고 있는 것이다

사내의 등짝에 오래 보관되어 있던

그리운 집 하나가 나온다

애야, 어서 오너라

아직도 어미의 젖은 저 우물처럼 마르지 않았단다

세상 어디에 어미만한 집이 있더냐

이미 익을 대로 익어 버린 사내에게

젖을 물리고픈 어머니는 사내의 잠을 두드린다

애야,

— 「목단꽃 이불」 전문

시인은 "목단꽃 이불"을 덮고 지하도에서 잠자고 있는 사내를 지나
치지 못한다. 지나가는 사람들의 부산한 발자국 소리에 제대로 잠을
이루지 못하는 사내를 따뜻한 이불로 덮어주는 것이다. 그리고 그 사
내가 잠자면서 포근한 유년의 꿈을 꾸기를 희망한다. 사내의 유년은
노숙하는 상황이 아니라 편안하게 잠을 잘 수 있는 집이 있었고, 배불
리 먹을 수 있는 양식이 있었으며, 따스하게 입을 수 있는 옷이 있었
다. 그리고 무엇보다도 "애야, 어서 오너라" 하며 반겨 맞아주는 어머
니가 있었다. 시인은 그 어머니가 되어 노숙하고 있는 사내를 깨워 젖
을 물리려고 세상에서 가장 따스한 음성으로 부른다. "애야,".

시인이 지하도에서 떨고 있는 사내를 따스한 이불로 덮어주듯 저녁
을 포용하는 것은 자아에 대한 강한 애증의 증거이다. 꽃을 묻고 있는
저녁의 어둠에 절망하면서도 그 운명 속에서 꽃을 피우려고 희망하는

것이다. 시인은 저녁을 배제하거나 삭제할 수 없다고 생각한다. 저녁을 지우거나 폐기하는 행동이란 결국 자신의 고유한 자아를 상실하는 것이기 때문이다. 그리하여 저녁을 꽃과 함께 포용한다. 꽃과 저녁을 선택의 대상이 아니라 존재 자체로 인정하고 모성으로써 서로의 결합을 모색하는 것이다.

시를 쓴다는 것은 진정한 자아를 인식하는 행동이라고 볼 수 있다. 자아는 물리적인 시간의 변화에 따라 변하기도 하지만 정신적인 차원에서 변하기도 한다. 물질주의의 심화로 인해 한 개인의 자아는 점점 훼손되고 있는데, 시인은 상실되어 가는 자아를 적극적으로 회복하려고 한다. 저녁을 꽃과 동등한 지배소로 삼고 기꺼이 수용하는 것이다. 결국 시인은 변증법적인 자아를 지향하기 위해 고통스러운 저녁을 고통스럽게, 시인답게 껴안는 것이다.

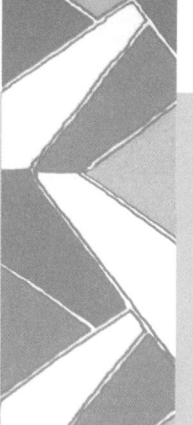

제3부

여성 족보의 시학

— 전숙의 『나이든 호미』론

1

여성들은 흔히 나이 듦에 대해 부정적이다. 성장기의 몇 년을 제외하고 나이가 든다는 사실을 여성으로서의 가치를 상실하는 것으로, 몸의 기능이 떨어지고 쇠하여 여성으로서의 아름다움을 잃는 것으로 여긴다. 그리하여 여성들은 다른 여성들에게 나이를 묻는 것을 결례로 여기는 것은 물론 자신의 나이도 숨긴다.

그렇지만 여성들에게 나이가 들어감에 따라 좋지 않은 변화만 따르는 것은 아니다. 육체적으로는 성장이 줄어들고 기능이 떨어질지 모르지만 정신적으로는 오히려 성숙해지는 것이다. 사춘기, 결혼, 임신, 출산, 양육, 갱년기, 노년기 등의 과정을 거치면서 육체적으로는 쇠하지만, 정신적으로는 이해심, 배려감, 포용력, 연대감, 타협심 등이 더욱 깊어지고 넓어지는 것이다. 따라서 여성들에게 나이가 든다는 사실은 여성으로서의 존재성을 나무의 나이테처럼 키워가는 것으로 볼 수 있다.

여성들이 나이 듦에 대해 부정적인 자세를 갖는 것은 주체적인 태도가 아니라 남성들의 가치관에 순응하는 것이다. 다시 말해 남성들이 정한 여성다움의 기준을 극복하지 못하고 순종하는 것이고, 편견적인 기준에 자신의 본질을 망각하는 것이다. 따라서 여성들은 나이 듦과 함께 수반되는 정신적인 가치를 새롭게 인식할 필요가 있다.

이런 차원에서 전숙 시인이 「누비이불」「알약」「할매목욕탕」「미나리꽝에서 순직하다」「샛골 아짐」「날개를 볶다」「딸기를 먹다」「대물림」 등에서 나이 든 여성들을 품은 것은 주목된다. 감상성을 극복하고 여성성을 추구하고 있기 때문이다. 여성으로서 겪는 슬픈 상황을 슬프지 않다고 그리거나 회피하는 것은 바람직하지 않다. 힘들거나 안타까운 상황에 대해서도 마찬가지이다. 아름다움이나 착함이나 온순함만이 여성성을 나타내는 가치는 아니다. 주체적인 것이라면 상관없지만, 대부분 가부장제 남성들의 가치관에 따른 것이기에 여성성을 실현하는 데는 한계가 있다. 따라서 시인이 나이 든 여성들의 슬픔이나 안타까움 등을 담은 것은 순종과 침묵을 강요하는 남성들의 요구에 맞선 행동으로 볼 수 있다. 그렇지만 남성들을 타도하거나 배척하기에 앞서 소외된 여성들을 품고 있으므로 보부아르의 페미니즘과는 차이가 난다. 시인은 여성으로서의 운명을 긍정하고 주체성을 지키려고 한다. 그리하여 과거를 회상하거나 그리워하는 데에 함몰되지 않고 현실을 직시하고 미래를 지향한다. 자신의 여성성을 품으며 여성의 족보를 만들어가고 있는 것이다.

2

어젯밤 샛골 아짐이 떠나가셨다.

사인은 심근경색. 방에 들어가 보니 까다 남은 마늘이 종지 가득 다소곳하다. 종지를 치우다보니 칼질당한 마늘머리가 새까맣다. 작은댁이라는 칼날에, 한평생 난도질당했던 아짐의 심장도 저리 까맣게 썩고 말았는가.

주민등본 끝줄에 쭈그려 앉은, 잔뜩 움츠러든 아짐 이름 앞에는 '동거인' 세 글자가 군식구처럼 딸려 있었다. 윗줄에서 튕겨져 나온 손가락과 혓바닥이 독화살을 쏘아대면, 뿌리 없는 아짐의 심장은 대롱거리는 과녁이 되었다. 심장 깊숙이 화살촉이 박힐 때마다 '가심에 피'가 틀어 올라 앞가슴을 쥐어뜯던 아짐. 상처의 매운 눈물이 생살을 녹슬게 하고, 녹물에 시름시름 막히던 시간이 지난밤에는 덜컥 멈추었으리라.

독화살도, 주홍글씨도
영원히 지워낸
하얀 여백에서
아짐은 지금쯤
원대로 편안하실까.

—「샛골 아짐」전문

"샛골 아짐"이 왜 "동거인"이 되었는지는 작품 자체에 구체적으로 나타나 있지 않지만, "작은댁"이라든가 "주민등본 끝줄에 쭈그려 앉은, 잔뜩 움츠러든 아짐 이름"과 같은 문맥으로 보면 어렵지 않게 유추할 수 있다. 근대 이전의 한국 사회는 "작은댁"을 만들 만큼 유교주의가 강했던 것이다.

유교주의는 삼강오륜을 사회도덕의 근간으로 삼고 있는데, 평등한 관계가 아니라 종속적인 관계를 형성하고 있기에 여성들에게는 불리하다. 여성성을 실현하기 위한 자유와 평등의 가치를 추구하는 데 장애가 되는 것이다. 가령 삼강 중 한 가지인 부위부강(夫爲婦綱)은 남편과 아내 사이에 마땅히 지켜야 할 도리가 있다는 것이지만, 평등한 관계를 형성하지 않는다. 남편이 아내를 벼린다(綱)는 것은 남편이 아내를 다스린다는 의미이다. 곧 임금이 신하를 다스리거나(君爲臣綱), 아버지가 자식을 다스리는 것(父爲子綱)과 같은 이치이다. 물론 임금이 신하를 다스리고 아버지가 자식을 다스리는 것이 억압이나 유린이 아니라 보살핌을 전제하는 것이지만, 대등한 관계가 아니기에 근본적으로 한계가 있다. 평등이나 자유보다도 충성과 효도와 순종을, 개인보다도 전체를 지향하는 것이다. 그리하여 절대적인 왕권과 가부장적인 부권과 남존여비적인 부권(夫權)이 사회의 이데올로기로 정착된 것이다. 이렇듯 삼강오륜은 사회의 질서를 유지하는 데 기여한 면도 있지만, 남녀차별 같은 봉건적 신분 질서를 공고히 하는 결과를 가져왔다. "샛골 아짐"이 "동거인"이 되고 "작은댁"이 된 것도 그 산물이다.

"샛골 아짐"은 독립적이고 주체적인 여성으로서의 삶을 영위하지 못했다. 부위부강 혹은 부부유별의 유교주의가 지배한 사회의 관습에 따라 한 남성에 종속된 삶을 살았다. 한 남성의 족보를 채워주는 존재자로, 가령 아이를 낳아주는 존재자로 운명의 길을 걸어간 것이다. 여성이 아이를 낳는 일만큼 위대한 것도 없지만, 가부장제가 지배하는 유교주의 사회에서는 내세울 수 없는 일이었다. 자신의 창조물인데도 불구하고 아이에 대한 권리가 남편 혹은 집안 어른들에게 있었기 때문에 여성은 양육이나 책임지는 존재자로 전락했다. 그리하여 "샛골 아짐" 역시 집안의 중요한 일을 결정할 수 있는 이성적이거나 합리적인 존재자로 인정받지 못하고 단지 남편을 받드는 한 여자로 간주되었던 것이다.

시인은 "샛골 아짐"의 그와 같은 운명을 품고 있다. 음지 같은 여성

의 삶을 재조명해서 여성성을 회복하려고 하는 것이다. 시인은 그 방
법으로 남성들에 의해 비하된 육체성을 오히려 내세운다. 여성들의 육
체는 결코 비하될 대상이 아니라고, 여성성을 인식하는 토대라고 부각
시키는 것이다.

암컷들은 아무리 가난해도
몸속 은밀한 곳에 주머니 하나씩 숨겨둔다고 한다

암컷들의 목구멍으로 넘어가는 것들은
주머니 속에 알콩알콩 쌓여 젖별이 된다
주머니를 뒤집어보면
은하수 같은 만경창파에 빨대들이 빼곡히 꽂혀 있다
빨대 끝에는 실팍한 젖별들이 남실거리고
초승달 같은 어린 주둥이들이 찰싹 달라붙어 있다

오목오목 물 당기는 소리
꼴딱꼴딱 논밭 적시는 소리
아름답다

오랜 가뭄 끝의 저수지바닥처럼
생살이 다 타버릴 때까지
주머니는 제게 남은 젖별을 아낌없이 흘려보낸다

암소를 잡던 날 알았다
주머니를 들어내니
암소의 살집은 몇 점 발라낼 것도 없이 초췌하였다

누군가 말했다
암놈은 주머니 빼면 허방이여.

―「소 잡는 날」 전문

"암놈"의 몸은 생명체를 잉태하고 성장하도록 이끌어주는 특수한 존재이다. "암컷들은 아무리 가난해도/몸속 은밀한 곳에 주머니 하나씩 숨겨"두는 것에서 알 수 있듯이, 생명체가 자신의 몸속에서 병이 나지 않고 잘 자라나도록 최대한 보살핀다. 몸 안에 있는 생명체를 살리기 위해 자신의 "살집은 몇 점 발라낼 것도 없이 초췌하"게 되는 것이다.

여성들이 자신의 몸에 생명체를 품는다는 것은 대상을 배제하지 않고 포용한다는 의미이다. 남성들은 "우리는 구분하지, 범벅인 건 질색이야, 라고" 말하지만, 여성들은 "가여운 콩쥐의 유령이 엄마…… 하고 내 치마폭을 파고들"면 "오냐 내 새끼 내가 너를 살려내마"(김정란, 「여자의 말– 존재의 내장 속으로」)라고 끌어안는다. 남성들은 자신만의 기준으로 타자를 선택하거나 배제하지만, 여성들은 최대한 타자와의 차이를 존중하고 포용하는 것이다. 그리하여 타자를 끌어안고 성장시킨다.

그렇지만 가부장제 사회에서 여성들의 정신은 제대로 인정되지 않고 있다. 남성들은 여전히 여성들을 육체적인 대상으로 바라보는 경향이 강하다. 여성들을 정신적으로 고상하거나 가치가 높은 주체가 아니라, 미용이나 화장이나 의복에만 관심을 갖는 대상으로 여기는 것이다. 자식으로서 부모에 효를 다하고, 아내로서 남편에 본분을 다하고, 어른으로서 자식에게 책임을 다하는 여성의 정신은 인간다움을 실현시키는 기제가 되지만 몸은 그렇지 못하다고, 심지어 경계하고 조절해야 된다고 여기는 것이다. 그 단적인 예를 '몸 팔다'라는 말에서 볼 수 있다. 육체노동을 극단적으로 비하시킨 이 말은 남성들보다도 여성들의 경우에 더욱 적용된다. 여성들에게는 육체노동을 의미하는 정도를 넘어 비도덕적이고 비정상적인 행위로 간주되는 것이다.

그렇다면 여성들은 어떻게 남성들의 편견이나 왜곡을 극복할 수 있을까? 여성으로서의 정체성을 회복해 남성들과 대등한 조건을 마련할 수 있을까? 전숙 시인은 그 방안으로 여성들의 연대감을 제시하고 있다.

3

어미의 심장이 열매가 되었다
중심을 열어보면 기도하는
모성이 촛불처럼 타오르고
외로운 아기별
희디흰 젖줄을 꼭지연처럼 물고 있다

살아간다는 것은 스스로 불붙는 일

여성을 포기하고
모성의 길에 들어선
아, 그녀는 수려한 얼굴에
지금 무슨 짓을 한 것이냐
촘촘히 찍혀있는 마마자국
보름달처럼 드러내놓고
허기진 눈물들을 위해
흉터마다 씨앗 같은 기다림이 박혀 있다

먼데로 자식 떠나보낸
향기 없어도 향기로운
어미의 마음이 달게 익었다

— 「딸기를 먹다」 전문

여성으로서 "살아간다는 것은 스스로 불붙는 일"이다. 시인은 "여성을 포기하고/모성의 길에 들어선" "어미"들까지 품는 마음이야말로 여성성을 지향하는 것이라고 인식하고 있다. 결국 "촛불"을 밝혀 여성의 족보를 만들고 있는 것이다.

이리가라이는 한 예화를 통해 그와 같은 행동을 강조하고 있다. "딸이 결혼할 때, 어머니는 집에서 횃불을 밝혀, 젊은 신랑 신부에 앞서, 새로 살림할 집으로 옮긴다. 그렇게 함으로써 어머니는 딸의 집에 처음으로 불을 밝힌 사람이 된다. 불은 여성이 순결을 지킨다는 사실을 상징한다. 여기에서 순결이란 세속적인 현대인들이 생각하는 것과 같은 방어적이고 수줍음을 타는 처녀성을 의미하지 않는다. 오히려 여성의 정체성과 여성의 족보에 충실함을 의미한다."[1]

여성이 불을 밝히는 행동은 모녀가 함께 존재하기 위해 스스로 신성함을 지향하는 것이다. 지향이란 한 장소에 머무르지 않고 나아감이다. 마치 나사가 온몸으로 뚫고 들어가는 것과 같이 의지를 품고 전진하는 것이다. 따라서 시인이 불붙이는 행동은 이름표를 다는 데에 안주하지 않고 무한한 도전성을 띠는 것으로 볼 수 있다. 소멸될 운명조차 두려워하지 않고 "촛불처럼 타오르"는 것이다.

> 스물두 살에 시집온 어머니를 따라
> 실밥 터진 숲길을 걸어 들어간다
> 잔가지가 찢긴 수(壽) 자와 복(福) 자는

---

1) "When a daughter marries, the mother lights a torch at the altar of her own hearth, and, preceding the you couple, she carries it to their new residence. She thus lights the first fire of her daughter's domestic altar. The fire stands for the fact that the woman is the guardian of purity. Purity here does not signify defensive or prudish virginity, as some of our profane contemporaries might take it to mean, nor does it signify an allegiance to patriarchal culture and its definition of virginity as an exchange value between men; it signifies the woman's fidelity to her identity and female genealogy." Luce Irigaray, *Je, Tu, Nous*, Editions Grasset & Fasquelle, 1990, pp.10~11.

아직도 신혼인 양 속정이 살갑다

접이접이 추억이 포개진 길

말끔하게 지워내면 가벼워질까

내 갓 난 시절에 어머니가 그리하셨듯이

내 품에 가볍게 안기셨던 팔순의 여윈 몸

서리서리 개켜진 정한 다 털어내고

이승을 불어간 서느런 바람이 되셨을까

지워진 어머니의 길 위에

여백 없는 내 길을 다시 채워 넣는다

오래된 숲길을 돌아 나온 대물림은

딸이 푸른 처접을

안마당에 옮겨 심고

군불도 안 드는 윗목에 뿌리내린다

쉿, 정화수 한 사발 떠놓고

목하 발원기도 중이시다.

— 「대물림」 전문

　　"스물두 살에 시집온 어머니를 따라/실밥 터진 숲길을 걸어 들어"가는 것이 여성의 연대를 추구하는 여실한 모습이다. 그 결과 "지워진 어머니의 길 위에/여백 없는 내 길을 다시 채워 넣는" "대물림"이 형성된다. 여성의 족보가 만들어지고 있는 것이다.

　　오늘날까지 여성들의 족보는 무시되고 있다. 여성들은 유교주의를 내세운 남성들의 지배로 인해 스스로 세계를 구축하지 못하고 있다. 모녀관계는 무시되고 부자관계만 사회적으로 인정되고 통용되는 것이다. 부자관계만으로는 인간다움을 실현할 수 없다. 모녀관계가 부자관계에 종속될 이유도 없다. 따라서 진정한 여성성을 확립하기 위해서는 모녀관계의 연대가 필요하다. 가부장제에 종속되지 않는 여성의 족보를 만들 필요가 있는 것이다. 이리가라이는 그 실천 방안을 다음과 제

시하고 있다.[2)]

1. 생명과 음식을 존중하도록 또다시 배우자.
2. 모든 집안과 공공장소에 모녀가 함께하는 이미지들을 전시하자.
3. 어머니는 딸에게 여성 복수형(複數形)을 사용할 기회를 만들자.
4. 모녀는 여성으로서 서로 교환할 수 있는 대상들을 발견하거나 만들자.
5. 어머니는 딸에게 일찍부터 계급에서 벗어난 성차를 존중하도록 가르치자.
6. 자신 및 타자와의 관계를 확립하고 유지하기 위해 공간을 갖자.

이처럼 이리가라이는 여성들이 자신의 존재성을 획득하기 위해서는 적극적으로 모녀가, 즉 여성들이 연대해야 된다고 주장했다. 생명과 음식을 존중해야 어머니와 자연을 존중하게 되고, 집안과 공공장소에 모녀가 함께 있는 사진을 배치해야 여성들이 족보에 대한 타당성을 인식하게 된다고 보았다. 또한 여성들은 자녀나 음식이나 외모나 성적인 외도같이 교환가치가 없는 화제만을 대상으로 삼는 것을 극복할 필요가 있다고 제시했다. 결국 여성들이 연대를 통해 자신의 정체성을 확립해야만 가부장제로부터 탈출할 수 있다고 본 것이다.

여성들이 자신의 족보를 만드는 행동은 분명 사회정의의 한 모습이다. 사회적인 불평등을 극복하고 여성으로서의 존엄성을 구현하는 것이다. 실제로 여성은 남성 못지않게 성실하고 유능하다. 여성은 남성만큼 술을 많이 마시거나 흡연을 심하게 하거나 폭력을 행사하지 않는다. 그리고 맡은 일을 꼼꼼하게 처리한다. 그런데도 불구하고 여성은 특별한 자격증이 요구되지 않는 분야에서 일한다. 고위직이나 전문 분야에서 일하는 여성들이 늘어나고 있지만, 아직까지 남성에 비해 훨씬

2) 뤼스 이리가라이, 위의 책, 41~43쪽.

적다. 이와 같은 상황에서 전숙 시인이 나이 든 여성들을 품으면서 여성의 족보를 만들고 있는 것은 의미하는 바가 크다. 여성들이 연대하는 일이야말로 주체성을 확립하고 여성성을 지향하는 길임을 환기시켜 주고 있는 것이다.

인연의 시학

— 박경남의 『돌탑을 쌓다』론

1

인연이란 선천적인 것이라기보다는 후천적인 것이라는 특성은 갖는다. 타고난 것이 아니라 사람들 사이에서 맺어지는 관계이기에 서로의 기대와 의지와 세계관이 반영된 것이다. 따라서 인연은 정적이라기보다는 동적이라는 특성을, 다시 말해 지향성을 갖는다.

물론 인연의 본질에서 원초적인 점을 배제할 수는 없다. 가령 프랑스의 분자 생물학자로 1965년 노벨 생리의학상을 수상하였고 파스퇴르 연구소의 소장이자 파리대학 교수를 지낸 자크 모노(Jacques Lucien Monod)는 『우연과 필연』에서 유전 인자를 유전적으로 갖지 않는 생물은 어떤 자극을 주어도 그와 같은 바이러스나 효소를 합성할 수 없다고 말했다. 생물의 적응 능력이라는 것은 유전적으로 결정되거나 제한받는다는 것이다. 그렇지만 그것이 진리라고 할지라도 우리는 다른 관심을 가져야 할 것이다. 바이러스나 효소를 만드는 능력이 유전적으로 갖추어져 있다고 하더라도 그것이 억제되어 있으면 바이러스나 효소를 만들 수 없기 때문이다. 아울러 인간은 측은지심이라는 면에서 볼 수 있듯이 인정이라는 유전 인자를 대부분 가지고 있으므로 본질을 어떻게 발휘하는가가 중요하기 때문이다. 인간은 누구나 다른 사람을 동정하고 이해하는 따뜻한 마음을 가지고 있기에 인정 깊은 존재가 될 수 있는 것이다.

인연 인식은 박경남 시인의 시세계를 이루는 토대이자 주제이다. 시인의 시세계는 인연의 시학이라고 할 만큼 가족과 친지를 비롯해 친구, 이웃, 사회적 약자, 자연 대상물들을 따뜻하게 감싸 안고 있다. 자신과 인연이 된 대상들을 마치 어머니가 자식을 품듯이 끌어안는 것이다. 인연의 대상들을 품는다는 것은 결코 쉬운 일이 아니다. 상대방의 어려움이나 고통을 자신의 것으로 공유하는 마음을 가져야 하고, 자신의 몸을 돌보듯 상대방에게 정성을 쏟아야 하는 것이다.

> 개울가에 층층이 쌓아놓은 탑,
> 잔돌 하나 반듯하게 얹어 보려고
> 주변을 헤맨다
>
> 뾰족한 돌, 둥근 돌, 생김새 모두 달라
> 마땅한 돌 눈에 띄지 않는다
>
> 괴기 좋은 돌 하나 겨우 찾아내어
> 돌탑의 우묵한 틈을 비집고
> 요리조리 맞추려 땀을 흘리는데
>
> 돌과 돌 사이 벌어지는 틈,
> 비틀비틀 탑 꼭대기가 중심을 잃으려 할 때
> 긴장한 손이 얼른 탑을 에워싼다
>
> 인연 하나 쌓는 일보다

맺어진 인연 잘 지킬 것을
돌탑 쌓으며 깨닫는데

다시 작은 돌 하나 얹으니 탑이 출렁거려
나는 얼른 탑을 꽉 붙잡는다

— 「돌탑을 쌓다」 전문

화자는 지나간 사람들이 개울가 쌓아놓은 탑에 자신의 돌을 얹어보려고 시도한다. "돌탑을 쌓"는 일로 "인연"을 이루고자 하는 것이다. 그리하여 알맞은 돌을 주변에서 찾아보려고 애쓴다. 그렇지만 탑 위에 잘 얹힐 수 있는 반듯한 돌을 발견하기란 쉽지 않다. "뾰족한 돌, 둥근 돌, 생김새 모두 달라/마땅한 돌 눈에 띄지 않는" 것이다. 그래도 화자는 포기하지 않고 계속 주변을 뒤져 마침내 "괴기 좋은 돌 하나"를 찾아낸다.

화자는 어렵게 찾은 돌을 "돌탑의 우묵한 틈을 비집고/요리조리 맞추려"고 시도한다. 그러나 그 일 역시 만만하지 않다. 돌을 끼워 넣으려고 하자 기존의 돌 사이에 틈이 생겨 "비틀비틀 탑 꼭대기가 중심을 잃"고 쓰러지려고 하기 때문이다. 그리하여 화자는 얼른 포기하고 탑을 손으로 에워싸는데, 탑을 쌓기 위해서는 적합한 돌을 찾아내는 일도 어렵지만 돌을 제대로 끼워 맞추는 일도 어렵다는 것을 절감한다.

화자는 잠시 숨을 고른 뒤 돌을 다시 탑 위에 올려놓는다. 그렇지만 "작은 돌 하나 얹으니 탑이 출렁거"리는 모습에서 볼 수 있듯이 그것마저 성공하지 못한다. 그리하여 화자는 "얼른 탑을 꽉 붙잡는다". "인연 하나 쌓는 일보다/맺어진 인연 잘 지"키는 일이 힘들다는 사실을 깨닫는 것이다. 세상 사람들이 흔히 새로운 인연을 만드는 일을 맺어진 인연을 지키는 일보다 소중히 여기는 경향이 있는데, 어느 것도 소중한

여성시의 대문자

182

만큼 힘들다는 것을 말해주고 있다. 그와 같은 모습은 가족을 품는 데서 또한 볼 수 있다.

2

> 딸기를 씻어서 몫을 나눈다
>
> 유독 눈길 끄는 아기 주먹만 한 놈,
> 나는 침 한번 꿀꺽 삼키며
> 순위를 정한다
>
> 거동 불편한 팔순 어머니 1순위
> 남편은 2순위
> 자고나면 쑥쑥 자라는 아들은 3순위
> 나는 4순위도 될까 말까
>
> 각자의 접시에 담는 동안
> 먹음직한 딸기 한 알은
> 금단의 열매를 따먹으라고 꾀이는
> 한 마리 뱀이 되어 꿈틀거린다
>
> 달콤한 유혹에
> 내 얼굴은 그 놈처럼 빨갛게 달아오르고
>
> 아차, 하는 순간,
> 그만 내가 1순위가 되고 말았다
>
> ─ 「1순위」 전문

씻은 딸기를 앞에 놓고 식구들의 몫을 나누다가 화자는 "유독 눈길 끄는 아기 주먹만 한 놈" 앞에서 망설인다. 침을 삼킬 정도로 맛있게 보이지만 마음대로 먹을 수 없기 때문이다. 그 이유는 삼강오륜을 사회의 기본 윤리로 삼고 있는 유교주의 문화에 몸이 배어 있어서인데, 특히 결혼한 여성으로서 부위부강(夫爲婦綱)과 부부유별(夫婦有別)의 적용을 요구받고 있는 것이다. 남편과 아내 사이에는 마땅히 지켜야 할 도리가 있다거나 부부 사이에는 침범하지 못할 인륜의 구별이 있다는 의미는 언뜻 보기에 평등한 관계로 여겨지지만, 실제로는 그렇지 않다. 가정에서나 사회에서 남편이 보다 중요하거나 결정적인 일을 담당함으로 인해 상대적으로 아내는 열등한 위치에 있을 수밖에 없는 것이다. 그리하여 "침 한 번 꿀꺽 삼키며/순위를 정"하는데, "거동 불편한 팔순 어머니"가 당연히 1순위이고, "남편은 2순위/자고나면 쑥쑥 자라는 아들은 3순위"이다. 그리고 화자는 "4순위도 될까 말까" 하다.

화자는 그와 같은 갈등 속에서 도리를 어긴다. "먹음직한 딸기 한 알은/금단의 열매를 따먹으라고 꾀이는/한 마리 뱀이 되어 꿈틀거"는 그 "달콤한 유혹에" 빠진 것이다. "아차, 하는 순간/그만" 화자가 "1순위가" 된 것으로 며느리로서 아내로서 어머니로서 지켜오던 관습을 깨뜨린 것이다. 이 모습은 오랫동안 순응해오던 유교주의 관습을 극복하고 여성으로서의 주체성을 자각했다고 볼 수도 있지만, 페미니즘의 자각만으로 볼 필요는 없다. 그보다는 화자가 인연을 소중히 여기고 있는 면을 발견해야 한다.

화자가 씻은 딸기의 몫을 나누면서 더 맛있어 보이는 것을 "거동 불편한 팔순 어머니를 1순위"로 삼은 것은 삼강오륜의 차원으로만 해석할 문제가 아니다. 그보다는 더 깊은 의미를, 다시 말해 '거동 불편한' 어머니를 배려한 점을 이해해야 한다. 어머니에게 맛있는 딸기를 먼저 드리려고 한 것은 단순히 삼강오륜을 습관적으로 따른 행동이 아니라 거동이 불편한 어머니를 인정 인식으로 동정한 것이다.

이와 같은 화자의 태도는 가족 관계에서 거의 일관되게 나타난다. "아픈 다리 절룩이"(「우산」)이며 오랫동안 병마와 싸우다가 세상을 뜨신(「눈물」) 아버지며, "방 작은 것 탓하지 말고/마음 문 작은 것 탓하라"(「늘어나는 방」)고 또 "몸 성하면 다 살아가는 법이란다"(「어머니의 노래」)고 말씀하신 어머니며, "소금기 풀썩이고 있을"(「자반고등어」) 남편을 품는다. "세상은 당신을 해고할지라도/나는 당신을 해고하지 않을 것"(「해고통지서」)이라고 감싸 안는 것이다. 뿐만 아니라 "힘든 일 생길 때마다/용케 나타나던 내 언니"(「맥문동」)를 비롯한 가족들도 껴안는다. 삼강오륜의 관습에 몸을 맞추는 것이 아니라 주체적이고 능동적으로 가족들을 품는 것이다. 화자의 이와 같은 자세는 다른 사람들과의 관계에서도 나타난다.

3

친구야 축하한다
건강해야 해

분홍 리본에 적힌 이름을 확인하는 순간
그만 말문이 막혔다

젊은 나이에 얼마 전 세상을 떠난 내 친구
그가 그려놓은
달력 동그라미 일정표대로
그의 남편이 꽃바구니를 보낸 것이다

따스한 덕담인 듯
오색의 꽃들이 도란도란 속삭이는데

온 집안에 향기가 진동하는 순간
어디선가
나비 한 마리 꽃잎에 앉았다 날아가고
축복처럼 눈앞이 환해진다

아! 네가 거기에 있었구나

—「생일 꽃바구니」 전문

　　화자의 생일날, 세상을 떠난 친구가 그려 놓은 "달력 동그라미 일정
표대로/그의 남편이 꽃바구니를 보낸" 일은 단순한 이벤트를 넘어 진
한 감동을 준다. 아내를 변함없이 사랑하는 친구의 남편도 대단하지
만, 살아생전에 화자와 친구가 나누었던 우정 역시 대단했음을 알려준
다. 자신이 건강을 잃어 세상을 떠났기에 화자에게 "건강해야" 된다고
진심어린 충고를 전한 그 마음은 깊은 우정의 모습으로 감동을 주는
것이다.

　　우정이 소중한 것은 우리가 살아가고 있는 사회가 점점 물질주의와
비인간화로 심화됨으로 인해 사람들이 소외되고 있기 때문이다. 근대
산업사회 이전에는 공동체 의식이 지배했기 때문에 우정도 게마인샤
프트적인 것이었지만, 물질 가치가 지배하는 현대사회에서는 게젤샤
프트적인 것이다. 근대사회 이전에는 대인 관계가 공동체 의식에 따라
형성되었지만 현대사회에서는 이기주의와 타산성에 의해 형성된다.
따라서 우정도 인간적인 유대감보다는 능력이나 이익 여부가 중요하
게 작용한다. 이와 같은 상황에서 화자와 친구 간의 우정은 진정한 인
연이 어떤 것인가를 잘 보여주고 있다.

　　우정은 가족애의 울타리는 넘어선다. 우정은 자신의 의사나 의지와
상관없이 출생과 더불어 귀속되는 가족의 차원을 넘어서는 관계이다.
서로 간에 선택적인 관계로 게젤샤프트적인 특성을 지닌다. 얼마든지

변할 수 있는 관계로, 이솝 우화의 한 이야기가 잘 말해주고 있다.

두 친구가 여행하고 있을 때 갑자기 곰이 나타나자 한 친구는 재빠르게 나무로 올라가 숨었지만, 그렇지 못한 친구는 땅바닥에 누워 죽은 체를 했다. 곰이 시체는 건드리지 않는다는 것을 알았기 때문이다. 그리하여 마침내 곰이 냄새를 맡다가 떠나갔는데, 나무 위에 올라갔던 친구가 내려와 곰이 뭐라고 하더냐고 땅바닥에 누웠던 친구에게 물었다. 그러자 그는 위험에 처한 친구의 곁을 도망치는 자와는 함께 여행하지 말라고 했다고 전했다. 이 대답은 친구가 재치 있게 지어낸 것으로, 결국 참다운 친구란 어려운 상황에서 드러남을 말해주고 있다. 치열한 경쟁과 물질주의가 점점 위세를 떨치는 현대사회에서 참다운 우정을 유지하기란 쉽지 않다. 따라서 진정한 우정을 지속하기 위해서는 상대방에 대한 배려와 이해가, 즉 인정을 베풀어야 하는 것이다.

위의 작품은 그와 같은 모습을 잘 보여주고 있다. 삶을 마친 세계에서까지 친구에게 생일 꽃바구니를 보낸 정성보다 더 깊은 우정이 어디 있겠는가. 이는 곧 화자 역시 친구에게 그만한 정성을 보였다는 것을 의미한다. 친구에게 꽃바구니를 선물 받은 만큼 화자 역시 친구에게 인정을 베풀었음을 알려주는 것이다. 화자의 그와 같은 인정은 「편지를 쓰다」에서도 확인된다. 학교에서 중간고사를 치르는 중이었는데, 같은 반의 한 친구가 전보로 아버지의 부음을 전달받았다. 그 친구는 전보를 받자마자 울음을 터뜨리고 시험을 포기한 채 집으로 갔다. 나머지 친구들은 잠시 웅성거리다가 다시 시험 문제를 풀기 시작했지만, 화자는 그러하지 못했다. 눈앞이 캄캄해지고 가슴이 쿵쿵 뛰어 시험 문제를 제대로 풀 수 없었던 것이다. 그 모습에서 화자의 인정이 얼마나 깊은지 알 수 있다. 화자는 친구의 슬픔과 아픔을 회피하지 않고 온몸으로 받아들였던 것이다. 화자는 그와 같은 인연 인식으로 다른 사람들을 품고 있다.

잠실역 지하도 구석자리 한 켠
백발이 성성한 노인
라면 박스 하나로 새 둥지 틀었네
커다란 배낭에다
싸인 펜으로 시커멓게
김문식,
문패도 달았네

나는 노크도 없이
손잡이 없는 문을 당겨
초대받지 않은 그의 집들이 가네

한 평 남짓한 방안
부러진 나무젓가락이
사발면 그릇을 휘젓고
땀으로 예치된 생활정보지 몇 장
잔액이 바닥난 통장처럼 던져져 있네

지폐 한 장 내려놓으며
부자 되세요
차마 말 못하고 돌아서네

몇 걸음 걷다 말고 돌아보니
반쯤 벌어진 그의 마른 입술에
파리 한 마리
두 손 비비고 있네

곤히 잠든 그림자 저 편
빚보증으로 애써 가꾼 둥지 떠나보내고

골방 지키던 칠순 아버지 누워 계시네

─「둥지」 전문

노숙자에게 가장 큰 문제는 경제적으로 열악한 위치에 있는 것이지만, 인연의 대상에서 소외되고 있는 점도 놓쳐서는 안 된다. 대부분의 사람들은 노숙자에게 인연의 정을 베풀지 않는다. 비인간화며 자기 소외가 습관화되어 있기 때문이고, 또한 만만하지 않는 조건 속에서 삶을 영위해야 되기 때문이다. 현대사회는 구성원들을 끊임없이 경쟁시키고 이기적인 존재로 만든다. 많은 정보를 획득하고 기술을 습득하고 이익의 이데올로기에 철두철미할 것도 요구한다. 만약 한 개인이 양보나 조화나 희생 등의 가치에 기웃거리면 즉각 포기하도록 경고한다. 그 대신 적자생존의 원칙을 강력하게 주입시킨다. 그리하여 사람들은 현대사회가 요구하는 속도로 출근하고 작업량을 채우고 정보를 검색하고 고객 관리를 하고 퇴근한다. 사람들은 현대사회의 명령에 따라 앞만 보고 달린다. 따라서 노숙자에게 인연의 정을 베풀기란 여간 어려운 일이 아닌 것이다.

이런 차원에서 보면 "잠실역 지하도 구석자리 한켠/백발이 성성한 노인"을 그냥 지나치지 않는 화자의 자세는 소중하다. 현대사회의 요구에 몸을 맞추느라 정신없이 달려가는 대부분의 사람들과 달리 인연을 만들고 있기 때문이다. 화자는 "초대받지 않은 그의 집들이"를 간다. 노숙자가 사는 집이란 "한 평 남짓한 방안/부러진 나무젓가락이/사발면 그릇을 휘젓고" 있을 정도로 남루하기가 이를 데 없다. 그곳에 집들이를 가는 일이란 어떤 이익도 획득하는 것이 아니다. 그런데도 불구하고 화자는 기꺼이 가서 "지폐 한 장 내려놓으며/부자 되세요"라고 속으로 빌며 돌아선다. 한 인간 존재로서 인연을 이루는 행동을 한 것이다. 이와 같이 인연이란 추상적이거나 관념적인 개념이 아니라 지

제
3
부
─
189

극히 구체적이고 실제적인 것임을 알 수 있다. 다시 말해 인연 역시 밥
과 집의 문제를 토대로 삼고 있는 것이다.

4

눈이 오는데
단벌옷이 다 젖도록
자꾸 눈이 쌓이는데
눈 숲을 헤치고 철길을 따라 걸으면서
하얀 밥만 생각하는 사람들

폭설에 휘어진 구부정한 등뼈
우묵하게 박힌 충혈 된 눈
한 번에 세 끼를 채워야 하는
목숨 같은 식판 옆구리에 찬 채
거친 숨결로 일제히 외치는

"밥 많이 주소, 밥 많이 주소."

부평역 앞뜰에
공짜 밥을 먹으려는
노숙인들, 긴 줄을 선다

내일의 몫까지 챙기려는
꽁꽁 언 저 눈빛들,
후끈 덥힐 곳은 어딜까

제 수명 다한 낡은 신발 벗어 놓고
편히 쉴 방 한 칸은 어딜까

기적소리조차 멈추지 않고 가버리는 시꺼먼 레일 위,
그들이 걸어온 발자국을
눈이 자꾸 지우는데,
나는 눈처럼 하얀 밥을 꾹꾹 쌓아 올린다

—「밥 많이 주소」전문

　화자는 "부평역 앞뜰에/공짜 밥을 먹으려는/노숙인들"의 눈빛을 외면하지 않는다. 그리하여 "밥 많이 주소, 밥 많이 주소."라는 그들의 요청을 기꺼이 받아들인다. 에이브러헴 매슬로(Abraham Maslow)의 욕구 단계설에서 진단되었듯이 밥은 인간의 욕구 중에서 원천적인 것이다. 밥의 욕구가 해결되지 않으면 생명을 유지할 수 없으므로 그 이상의 욕구는 의미를 상실한다. 매슬로는 옷이나 집이나 성적인 욕구 역시 밥의 욕구와 같은 차원에 놓았지만, 밥이야말로 우선적인 것이다. 밥의 욕구가 해결되지 않고서는 나머지 원천적인 욕구를 달성할 수 없기 때문이다. 그 다음 단계인 안정에 대한 욕구도, 애정과 소속에 대한 욕구도, 존경에 대한 욕구도, 그리고 마지막 단계인 자아실현의 욕구도 달성할 수 없다. 따라서 인연에서는 밥의 욕구를 채워주는 것이 토대가 된다. "식구들 얼굴 마주칠 때마다/밥 무건나, 어서 밥 무라/현관 들어서는 손님에게도/밥 자셨소? 밥 좀 자시고 가소/외출할 준비를 하고 있어도/밥 챙기 무꼬 나가그래이, 밥이 보약인기라"(「밥 타령」)는 어머니의 인정이 그 본보기이다.

　다른 사람과 깊은 인연을 맺는 행동이야말로 비인간화되어 가고 있는 현대사회에 대응하는 모습이다. 인간다운 존재 가치를 적극적으로 실현하는 것이다. 따라서 시인들은 인연을 무익한 것으로 몰아가는 현대사회에 보다 맞서 나가야 한다. 인연의 깊이를 추구하는 것은 물론 인연의 대상을 넓혀 나가야 하는 것이다. 이와 같은 점에서 비탈길에서 아슬아슬 버티는 소나무, 다리 한 쪽이 없는 메뚜기, 길가에 떨어진

비둘기, 먹이를 기대하고 날아드는 외포리의 갈매기, 작은 뿌리를 키우기 위해 캄캄한 장막 속에서 견디는 콩나물, 어린 열매를 발등에 떨어뜨린 뒤 밤잠을 제대로 못 자는 감나무까지 품은 박경남 시인의 인연 인식은 소중하기만 하다. 이념적인 것이 아니라 실체적인 것이면서 우주적인 것이다.

데모크리토스가 진단했듯이 우주에 존재하는 모든 사물은 우연과 필연의 결과이다. 따라서 박경남 시인이 추구하는 인연의 결과는 너무나 분명하다. 착하고 따뜻하고 믿음직하고 아름다운 인연이 우리에게 다가오고 있는 것이다.

시시포스의 시학

— 김희수의 시세계

1

시시포스는 코린스의 왕이었다. 어느 날 시시포스는 세상의 그 어떤 새보다도 거대하고 화려하고 힘이 센 독수리가 그리 멀지 않은 섬으로 한 아가씨를 낚아채어 가는 것을 우연히 보았다. 그때 강의 신인 아소푸스가 시시포스를 찾아와 자신의 딸인 아이기나가 납치당했다고 알리며 제우스가 한 짓 같다고 강하게 의심하면서 딸아이를 찾는 데 도와달라고 부탁하자, 시시포스는 자신이 본 것을 말해주었다. 그 결과 시시포스는 제우스의 잔혹한 노여움을 받게 되었다. 끝없이 그에게 굴러 내려오는 바위덩어리를 끝없이 언덕 위까지 굴러 올려야 하는 벌을 하데스에서 받게 된 것이다.[1]

---

[1] "Sisyphus was king of Corinth. One day he chanced to see a mighty eagle, greater and more splendid than any mortal bird, bearing a maiden to an island not far away. When the river-god Asopus came to him to tell him that his daughter Aegina had been carried off, he strongly suspected by Zeus, and to ask his help in finding her, Sisyphus told him what he had seen. Thereby he drew down on himself the relentless wrath of Zeus. In Hades he was punished by having to try forever to roll a rock uphill which forever rolled back upon him." (Edith Hamilton, *Mythology*, New American Library, 1960, p.298)

위의 시시포스 신화를 가장 적극적으로 해석한 작가는 까뮈(Albert Camus)이다. 까뮈는 1943년에 발간한 『시시포스의 신화』라는 에세이집 혹은 비평집에서 호머의 『오디세이아』는 물론이고 여러 설화나 신화들을 바탕으로 시시포스의 신화를 해석하면서 인간의 부조리 상황을 분석했다. 인간의 부조리를 고민하면서 시시포스를 통해 그 출구를 모색한 것이다.

시시포스가 굴려 올린 바위덩어리는 산꼭대기에서 다시 아래로 굴러 떨어지고 말기 때문에 그가 수행하는 형벌은 가장 헛되고도 희망이 없는 것이라고 볼 수 있다. 실제로 지옥에서 형벌을 받는 시시포스를 생각하면 거대한 바위덩어리를 산꼭대기로 굴려 올리느라 잔뜩 힘을 준 얼굴, 바위덩어리를 떠받치느라 경련을 일으키는 어깨와 다리, 바위덩어리를 굴리는 동안 진흙투성이가 된 얼굴과 손등이 떠오른다. 그리고 천신만고 끝에 바위덩어리를 산꼭대기에 올려놓지만 도로 굴러 떨어지는 모습에 절망하면서 또다시 굴려 올려야 하기에 괴로워하는 얼굴빛도 연상된다. 그렇지만 까뮈는 신들의 형벌을 묵묵히 수행하는 시시포스의 모습을 다르게 해석했다. 오히려 시시포스가 부조리의 주인공이라고 의미화한 것이다. 그리하여 흙투성이인 손과 기진맥진한 얼굴을 인간적인 모습으로 보았다.

까뮈는 시시포스가 굴려 올려놓은 바위덩어리가 도로 굴러 내려가는 바람에 다시 굴려 올리기 위해 산꼭대기에서 아래로 걸어 내려가는 동안을 주목했다. 그 시간을 의식의 순간으로 본 것이다. 다시 말해 시시포스가 산꼭대기에서 다시 신들의 소굴로 들어가는 순간을 운명을 넘어서는 것으로, 바위보다 강한 존재라고 해석한 것이다.

까뮈에 따르면 시시포스의 형벌 수행은 고통 속에서 이루어지는 것이지만 기쁨 속에서 행해지는 것이기도 하다. 슬픔은 행복의 손짓이 너무 집요할 때 생긴다. 그 비애는 겟세마네의 밤처럼 감당하기가 어

렵다. 행복과 부조리는 한 대지에서 나온 두 자식이므로 시시포스는
자신을 의식하는 순간 자신의 운명을 비로소 인식한다. 그에게 고통을
주는 바위를 자신의 것이라고 생각하고 묵묵히 밀어 올리는 것이다.

까뮈는 시시포스가 감당해야 할 무거운 짐을 바라보면서 신들을 부
정하고, 그 대신 바위덩어리를 굴려 올리는 시시포스의 성실성을 발견
한다. 시시포스는 형벌을 수행하는 행동으로써 자신의 운명을 품는다.
자신을 둘러싸고 있는 운명을 소용없다고 생각하지 않는 것이다. 그리
하여 까뮈는 산꼭대기를 향하는 시시포스의 얼굴에서 인간의 행복을
발견할 수 있었다.

2

코린토스의 왕, 시시포스
죽음을 떼어내 생에 붙여놓았다

고대신화처럼 푸른 새벽
한성아파트 108동 언덕배기에
오체투지, 리어카를 경배하는 청소부
지구를 빗질하는 그의 시간은
웃는 낯을 한 적이 없다
어스름 일어서는 길목
그가 지나가면 안개가 걷힌다

새벽이면 우리인력소 앞은 분주하다
삶을 이어붙일 리어카가 없는 시시포스들은
건장한 육체를 경배하며 우리인력소로 모여든다
뿜어내는 담배연기보다 더 빠르게 흩어지는 웅성거림
안개 속으로 아침이 걸어나간다

활기찬 경제 능동적 복지 전광판 아래

뭉글뭉글 고이는 햇살

생을 잘라 죽음에 붙이는, 지상의 시시포스

—「시시포스의 시간」 전문

    리어카를 끌면서 언덕배기의 새벽 골목을 쓸고 있는 청소부의 모습은 시시포스가 형벌을 수행하는 상황에 비해서는 양호하다고 할지라도 만만하지 않다. "죽음을 떼어내 생애에 붙여놓"아야 하는 상황이다. 맡은 구역을 새벽마다 쓰는 일은 지구가 소멸할 때까지 끝나지 않을 것이기 때문이다. 그리하여 "지구를 빗질하는 그의 시간은/웃는 낮을 한 적이 없"는 것이다.

    청소부의 생활은 현대 자본주의 사회에서 삶을 영위하고 있는 샐러리맨들의 경우와 크게 다르지 않다. 기상, 출근, 여덟 시간의 노동, 퇴근, 취침 등으로 이루어지는 샐러리맨들의 일과나 청소부의 일과는 큰 차원에서 보면 동일한 것이다. 모두 주체적으로 일과를 짜서 시행하기보다는 외부 조건에 자신의 몸을 맞추기 때문이다. 그 결과 삶에 대한 보람보다는 불만과 불합리가 지배한다. 삶에 대한 의의를 발견할 수 없고 희망을 찾을 수도 없는 부조리한 상황에 놓이는 것이다.

    그렇지만 청소부는 그 상황에 반항하고 있다. 청소부 역시 자신의 존재 가치를 인정받고 싶어 하지만 가로막고 있는 벽들은 이루 말할 수 없이 많다. 따라서 자신의 욕망과 환경 사이에서 괴리감을 가질 수밖에 없지만, 청소부는 선택한 길을 포기하지 않는다. "오체투지, 리어카를 경배하는" 모습에서 보듯이 부조리한 상황에 맞서는 것이다. 오체투지란 자신의 양 팔꿈치와 양 무릎과 이마를 땅에 닿게 하면서 몸을 최대한 낮추는 인사법이다. 자신을 몸과 마음을 한없이 낮추어 상대방을 존중하는 예법인 것이다. 따라서 청소부가 자신의 작업 도구인 리어카에 오체투지 하는 모습은 의미가 깊다. 일이 언제 끝날지 모르고 그 의미를 알기 어렵다고 할지라도 최대한 골목을 쓰는 청소부의 모습은 시지포스가 바위덩어리를 산꼭대기에 굴려 올리는 것과 같은 것이다.

까뮈는 『시시포스의 신화』에서 부조리를 해결할 방안으로 자살과 희망과 반항을 논의했다. 그중에서도 자살의 경우는 까뮈가 관심을 기울인 방안이다. 그렇지만 부조리를 해결할 수는 없다고 보았다. 자살은 확실히 논리적인 방안이다. 삶이 무의미하다면 어떻게 해야 될까라는 물음에 자살은 지극히 논리성을 확보하는 것이다. 그러나 자살은 체험의 영역과 합치되지 않기 때문에 방안이 될 수 없다. 까뮈가 두 번째로 논의한 희망은 부조리한 상황이 언젠가는 설명되리라고 긍정하는 것이다. 실제로 이 세상의 모든 존재는 비합리적인 것이라도 존재 이유를 갖는다. 그렇지만 희망도 자살과 마찬가지로 체험의 영역과 합치되지 않는다는 점에서 한계를 갖는다. 그리하여 까뮈는 마지막으로 반항을 들었다. "반항은, 인간과 그 자신의 어둠 간의 끊임없는 대결이다. 반항은 불가능한 어떤 투명성을 요구하는 것이다. 반항은 매순간마다 새롭게 세계에 도전한다. (중략) 그것은 열망이 아니다. 거기엔 희망이 없는 것이다. 그러한 반항은 어떤 짓누르는 운명에 대한 확신이지만, 거기에 따르기 마련인 체념은 갖지 않는 확신"[2]인 것이다. 반항은 자신의 어둠과 영원히 대결하는 행동이다. 부조리를 회피하거나 포기하지 않고 맞서는 것이다.

청소부가 자신의 리어카를 경배하며 골목을 쓰는 행동은 부조리한 삶을 회피하지 않는 반항으로 볼 수 있다. 청소부는 자신이 수행해야 할 일의 끝을 알 수 없지만 포기하지 않는다. 그 세계인식이야말로 자신의 운명을 수용하면서 삶의 수레바퀴를 굴리는 것이다. 미래에 호소

2) 알베르 까뮈, 민희식 옮김, 『시지프스의 신화』, 육문사, 1988, 75쪽.

하기보다는 현재에 집중하는 자세로써 자신을 둘러싸고 있는 안개를 부단히 걷는 것이다.

이와 같은 차원에서 청소부를 넘어 그 이상의 사람들에게까지 관심을 넓힌 것은 주목된다. 새벽마다 "우리인력소 앞"에서 분주한 사람들은 "삶을 이어붙일 리어카"조차 없다. "생을 잘라 죽음에 붙"여야 하는 운명들이다. 그와 같은 조건에 있는 사람들이야말로 부조리한 인간들이다. 시인은 그들에게 죽음을 허용하지 않는다. 죽음은 결코 부조리한 상황을 해방시킬 출구가 아니라고 생각하는 것이다. 그리하여 "건강한 육체를 경배"한다. 육체의 꼬물거림을 노래하는 것이다.

3

꼬물락거림은 삶의 원천이다
기억할 수 없는 내 태초가 그러할 것이고
산 물 바다 하늘
숨을 쉬기 시작하는 첫걸음은 꼬물락거림이었다
꼬치의 등을 가르고 나선 산누에나방도
봄 날 떡깔나무 새잎도
된장 뚜껑을 놓치게 한 절망의 꼬물락, 하얀 구더기
처음만 꼬물락거림일까
늦은 밤 현관문을 따고 들어서면
발라당 누워 흰 배를 드러낸
고양이의 저 꼬물거림
너만 그러할까
하루를 알코올에 담근 채
누에 액침표본인 양
허리 굽은 저 사내
그만 그럴 것이냐
삶의 능선을 꼬물꼬물 넘기고

빈 둥지서 소식을 기다리는
허리 굽은 꼬물락거림도, 기실
그립다그립다그립다
기다렸다기다렸다기다렸다
생은 꼬물락거림이다

—「둥지」 전문

진정 "꼬물락거림은 삶의 원천이다". 인간은 물론이고 산누에나방이
나 새잎이나 구더기나 고양이 등 우주의 모든 만물은 꼬물거리는 데서
존재가 발생된다. 그 미세한 움직임에서 생의 힘이 생겨나는 것이다.
시인은 그와 같은 대상을 "하루를 알코올에 담근 채/누에 액침표본인
양/허리 굽은 저 사내"는 물론이고 "빈 둥지서 소식을 기다리는/허리
굽은" 노인까지 품고 있다. 부단히 움직이는 힘을 사회적 약자는 물론
이고 생의 약자에서까지 발견하고 있는 것이다.

인간은 시간의 영역에 들어 있다는 점에서 부조리한 존재이다. 영원
하고 싶은 욕망을 가지고 있으면서도 그것을 추구할 수 없는 한계를
지니고 있는 것이다. 따라서 꼬물거리는 모습은 의식이자 용기이다.
의식과 용기는 미래에 호소하기보다는 현재에 호소한다. 자신의 자유
는 한정되어 있고 행동은 미래가 없고 자기는 소멸할 수밖에 없는 존
재라는 사실을 인식하면서도 자신의 삶에 꼬물거리며 몰두한다.

시시포스가 선택할 수 있는 길은 두 가지뿐이다. 자신이 산꼭대기에
굴려 올린 바위덩어리가 아래로 굴러 내릴 것을 알면서도 계속 형벌을
수행할 것인가, 아니면 자살해버릴 것인가이다. 결국 인생이란 살 만
한 의의를 갖는가, 그렇지 아니한가 하는 문제이기도 하다. 자살은 궁
극적으로 시시포스의 운명에서 벗어나는 것이기에 명확한 해결책일
수 있다. 그렇지만 인간의 삶이 전부 무익한 것만은 아니기에 자살은
부정되어야 한다. 이 세계와의 대립에서 자신을 허물어버림으로써 반

항을 포기해서는 안 되는 것이다.

까뮈가 『시시포스의 신화』에서 가장 관심을 보인 주제는 자살이다. 인생이란 살 만한 가치가 있는가의 주제를 자살 문제로 고찰한 것이다. 그 한 예로 갈릴레오의 경우를 들고 있다. 주지하다시피 갈릴레오는 지구가 정지해 있는 것이 아니라 태양의 주위를 돌고 있다는 학설을 지지함으로써 로마 교황청을 중심으로 하는 세력들로부터 비판과 모함을 받고 마침내 종교재판에 서게 된다. 갈릴레오는 종교재판장에서 자신의 목숨을 지키기 위해 과학적 진실을 포기했다. 자신의 주장은 오류이고 이단적인 생각이었다며 철회한 것이다. 그런데 까뮈는 갈릴레오의 그 행동을 옹호했다. 지동설이라는 과학적 진리는 화형을 당할 만큼 가치가 있는 것이 아니고, 인생이야말로 살 만한 가치가 있다고 주장한 것이다. 삶의 가치를 거부하는 죽음을 인정하지 않았고, 그 대신 생존의 의미를 가장 절박한 문제로 삼은 것이다.

까뮈는 흔히 자살 문제를 사회적 현상으로 취급하는데 비해 개인의 사고와 깊은 관계가 있다고 보았다. 개인의 자살이란 우연적이거나 충동적인 것이 아니라 마음의 침묵 속에 준비된 것인데, 사람들은 그 침식을 대수롭지 않게 여긴다고 비판한다. 자살은 사는 일이 가치가 없다고 고백하는 것이다. 달리 말하면 살아가는 습관이 쓸모없다고 일탈하는 것이다. 그렇지만 사고하는 습관 이전에 살아가는 습관이 사람들에 자리잡고 있다. 육체적 판단이 정신적 판단만큼 중요한 것이다. 그리하여 정신적 판단이 섰다고 할지라도 육체는 자신의 파멸 앞에서 멈칫한다. 그 모습이 "빈 둥지서 소식을 기다리는/허리 굽은 꼬물락거림"이다.

부조리한 상황을 직시하고 맞서는 자세는 부조리를 회피하는 것이 아니라 오히려 자기 사고의 바탕으로 삼는 것이다. 주어진 환경에 관습적으로 투사하고 있는 자신을 의식함으로써 비로소 자신을 자각하는 것이다. 그리하여 자신을 억누르는 상황에서 자아를 인식한다. 자신의 의식을 반항으로 지향하거나 고무시키는 것이다. 그 본보기가 시시포스이고, 언덕배기의 골목을 쓰는 청소부이며, 꼬물락거리는 존재들이다. 시인이 잘려나간 자신의 손톱 앞에서 "요양병원에 누운/쓸쓸한 눈동자"(「손톱」)를 떠올리거나, 젓가락을 곧추세운 자세로 "등골을 빼먹"(「감자탕」)거나, 빨랫줄을 "놓지 않으려고 꼭 잡은 비닐"(「상생」)의 눈빛을 간직하는 것도 그 모습으로 볼 수 있다.

시시포스는 신들로부터 너무나 가혹한 형벌을 받았지만 거절하거나 회피하지 않고 묵묵히 바위덩어리를 굴려 올린다. 자신의 행위에 아무런 희망이 없다는 것을 알면서도 포기하지 않고 수행한다. 미래에 기웃거리거나 과거를 동경하거나 현재를 원망하지 않고, 오직 바위덩어리를 굴리는 순간에 도취되어 있을 뿐이다. 결국 시시포스는 비장한 반항의식으로 자신의 운명을 넘어서고 있는 것이다. 시인 또한 시시포스와 같은 운명에 처한 존재이다. 따라서 시인이 선택할 수 있는 길은 명확하다. 끊임없는 고통을 감정이 아니라 의식으로, 온몸으로, 반항으로, 그리고 기쁨으로 외쳐야 하는 것이다.

천재의 시학

— 정숙자의 시세계

1

정숙자 시인의 시편들에서 우선 관심을 끄는 소재는 '책'이다. 책의 사전적 개념은 인간의 사상, 감정, 사실 등을 글이나 그림으로 표현한 종이를 꿰맨 것인데, 오늘날에는 전자 자료까지 포함시키고 있다. 정숙자 시인이 소재로 삼고 있는 책은 전자 자료는 아니고 인쇄물인데, 지금까지 6권의 시집을 상재한 뒤 큰 변화의 시세계를 추구하고 있는 시인에게는 매우 중요한 소재로 보인다.

> 우리 집 살림살이 여행보다 책이 알맞다
> 초원이나 내뻗은 강 눈앞에 없을지라도 책 속에는 한 그루 보리수가 자란다
> 가지를 따라 하늘이 넓어지고 새들이 날고 잎새들 달랑달랑 바람을 닦는다
> 오래된 책들은 어느 갈피에서도 등을 보이지 않는다
> 귀 시린 누옥에 군불 지필 몇 마디 말씀 잊지 않는다
> 세월 거느린 보리수는 어떤 고비에서든 상큼상큼 아침을 연다
> 총총히 매어단 이슬방울들 산이나 바다보다도 맑고 따뜻하고 또 의젓하다

마음 둘러보는 여행 말고는 한눈팔 수 없는 우리 집 살림
바깥이야 봄 햇살 난난한 분분분인데 나는 맨발인 채로 추녀 밑 그늘을 산다
날개가 한쪽뿐인 낮달과 보리수와 대작(對酌)을 한다

—「지구여행권」 전문

"책 속에는 한 그루 보리수가 자란다"라는 면에서 시인의 책에 대한 태도를 여실히 볼 수 있다. "보리수"는 불교에서 석가모니가 그 아래에서 깨달음을 얻었다고 알려져 있는 만큼 소중한 대상이다. 시인은 그 보리수만큼 책을 귀중하게 여기고 있다. "오래된 책들은 어느 갈피에서도 등을 보이시 않는다"라거나 "귀 시린 누옥에 군불 지필 몇 마디 말씀 잊지 않는다"는 사실에서도 확인된다. 그리하여 시인은 집안의 살림살이 중에서 그 무엇보다도 "책이 알맞다"라고 말하고 있다.

그렇다면 시인이 책을 소중히 여기는 이유는 무엇일까? 창작을 하는 시인에게 책은 불가결 필요한 것이지만 책에 의존하는 것은 직접체험의 기회를 상실하는 것이기에 위험할 수도 있다. 시는 시인의 상상력과 창의력의 산물이지만 그 근저에는 실제적이고 구체적인 체험이 필요한 것이다. 따라서 시인에게 책은 좋은 시를 쓰기 위한 양분으로써는 필요하지만 경도되지 않도록 경계해야 할 대상이기도 한 것이다. 시인이 책을 중요하게 여기는 근거는 다음의 작품에서 알 수 있다.

속독을 허락하지 않는다
갈피마다 바람 불고 여백에서 풀이 자란다
행간을 타고 세월이 흘러든다
오후 네 시/금요일/시월쯤으로 해두자
이 모두가 쉰셋의 각도로 기울어진 나의 오늘이다

· 인간은 인간적일 때만 인간이다
· 열심히 기는 것이 나는 것이다

· 죽었다는 소식은 죽어간다는 안부보다 따뜻하다

시시각각 문장이 지나간다
누가 누구의 책을 읽더라도 그것은 자신을 읽는 것이다
자신에게 밑금 치고 자신을 외운다
자신과 먼 것은 기억이 묽다
내가 쓴 몇 조각 글도 내가 읽은 나 자신에 불과하다
동서고금 양서들 또한 자신을 탐독한 이들이 생애를 걸고 찾아낸 자신이었
음을

'를' 이 '을' 을 밀어내고 '는' 이 '가' 를 갈아치우는 현장, ─표지만이 화려
하다
심장으로 머리로 페이지를 넘겨야 한다
사람/지구/우주는 엮지 않아도 이미 책이다
많은 책들이 자전하며 공전한다
어린 시절의 전개가 미래를 완료한다
대단원에 가까울수록 피와 뼈와 모서리가 닳아진다
맑고 푸른 수상록 · 동화집을 떠나 왜 이런 장르에 들어왔을까

─「둥근 책」 전문

　시인은 책을 "속독을 허락하지 않는" 대상으로 인지하고 있는데, 이
점이 책을 소중히 여기는 근거가 된다. 진정 시인에게 책은 속독의 대
상이 아닌 것이다. 빨리 지식을 습득하고 빨리 정보를 수집하고 빨리
결과를 얻는 대상이 아니라 천천히 "자신을 읽는" 대상인 것이다. 김현
이 『문학이란 무엇인가』에서 진단했듯이 책을 읽는다는 것은 진정 자
신을 읽는다는 것이다. 책을 읽는 사람은 책이 보여주는 삶과 합치되
거나 혹은 배반되는 경험을 한다. 책의 세계를 통해 즐거워하거나 분
노하거나 안타까워하는 것이다. 책을 읽는 사람은 그와 같은 과정을
오래 경험함으로써 나름대로의 세계관과 인생관을 갖게 되는데, 책을

읽지 않는 사람의 경우보다 보편성을 띠는 것이다.

시인이 책을 속독이 아니라 정독의 대상으로 삼는 것도 자신을 진지하게 읽을 수 있기 때문이라고 인식해서이다. 시인이 그와 같은 인식을 갖는 것은 책이 "자신을 탐독한 이들이 생애를 걸고 찾아낸" 산물이라고 평가하기 때문이다. 그리하여 시인은 "열심히 기는 것이 나는 것이다" 같은 문장에 밑줄을 친다. 그리고 "인간은 인간적일 때만 인간이다"라는 문장 앞에서 잠시 호흡을 멈추고 자신을 되돌아본다. 시인은 자신의 가치관과 합치되는 책의 세계관을 발견하고 삶의 나이테를 또한 켜 늘리는 것이다.

책을 "속독을 허락하지 않는" 대상으로 여기는 시인의 태도는 점점 경쟁의 속도가 높아지는 이 자본주의 사회에서 의미하는 바가 크다. 자본주의 사회는 철저히 속도를 지향하고 있는데 그 극복의 대안으로써 가치가 있기 때문이다. 자본주의 사회는 자기 자본의 이익을 위해 무한경쟁을 벌인다. 그 경쟁에서 앞선다거나 우월하다는 것은 곧 속도를 낸다는 의미이다. 속도야말로 자본주의 사회의 원천이어서 모든 영역에서 예외 없이 이루어지고 있는 것이다.

사람들은 자본주의 사회가 요구하는 속도에 맞추기 위해 책을 읽을 때에도 가능한 한 속독한다. 속도를 내야만 살아갈 수 있는 세상이기에 지치고 갈등을 느끼면서도 따른다. 그 결과 사람들은 필요한 정보나 지식을 나름대로 얻고 있지만 진정 자신을 얻지는 못하고 있다. 자신을 진지하게 읽어볼 기회를 갖지 못하고 있는 것이다. 따라서 책을 정독한다는 것은 자본주의 사회가 강요하는 속도의 가치 기준에 대항하는 행동이다. 단순한 감정적인 대항이 아니라 합리적이고 진지한 전략의 수행이다. 마치 밀란 쿤데라가 『느림』에서 속도로 대표되는 현대 사회를 비판하고 느림의 행동을 제시한 것과 같고, 피에르 쌍소가 『느리게 산다는 것의 의미』에서 끊임없는 욕심으로 만족할 줄 모르고 바쁘게 살아가는 현대인들에게 느리게 살아가야 할 필요성을 제시해주는 것과 같은 것이다.

한국인들의 속도 지향은 전근대사회에서 근대사회로 넘어오는데 걸린 시간이 겨우 40여 년밖에 걸리지 않았다는 사실에서 그 심각성을 알 수 있다. 개인에 대한 사회보장이 매우 빈약해 경쟁을 통해 살아가야만 하기 때문에 더욱 심화되고 있다. 따라서 책을 정독한다는 것은 현대사회의 상황에 비추어보면 중요한 가치이다. 느리게 책을 읽는다는 것은 게으르게 책을 읽는다는 것이 아니다. 오히려 인내심을 가지고 자신을 지키는 것이고, 기본과 원칙에 충실한 것이다. 또한 남을 제치고 살아가는 경쟁적인 삶의 자세에서 벗어나 다른 사람과 더불어 살아가는 것이다. 책을 정독한다는 것은 인간답게 살아가려는 자세로써 "내가 쓴 몇 조각 글도 내가 읽은 나 자신에 불과하다"고 자기를 겸허하게 바라봄이다. 곧 무위(無爲)의 지향과 상통하는 것이다.

2

어쨌든 매달리자
아망스런 손 달렸으니 매달리자
매달리기 좋은 손가락으로 매달리지 아니함도 모종의 낭비
염탐 말자 어디건 매달리자
아느냐 쌀밥, 아니면 보리밥이라도
힘껏 매달리다보면 까치밥이라도 될는지 누가 아느냐
말석에 돋아난 풀도 그 말석에 매달려 꽃을 굴린다
잎은 가지에, 가지는 기둥에, 기둥은 뿌리에, 뿌리는 흙에, 흙은 씨앗에, 씨앗은 태양에…
오호라 꼭두로 익은 태양조차도 무수한 끈 풀어 대지에 매달린다
매달리지 않고 여무는 빛 있을까
삶이란 매달림

살아남았음이란 매달렸음

매달릴 바에야 힘껏 매달려 충실히 익자

설익든 농익든 결국 다 떨어지지만 이왕이면 힘껏 매달려 때깔이라도 곱게
후리자

요만큼 야무진 손가락이야 또 어떤 짐승이 있나

간댕간댕일지언정 알탕갈탕일지언정

아무렴 매달리자

매달리지 않으면 도태형이다

제때, 제자리에 떨어질 몰락 하나 꿈으로 꼽자

시간? 공간? 아무튼 매달리자 때로는 〈놓음〉에도 매달리자

「무위집(無爲集)·7 얼매는 매달림의 언어나」 선문

　정숙자 시인의 시편들에서 중요한 또 다른 소재는 무위이다. 무위는 노자(老子)를 위시한 도가사상(道家思想)에서 제일 격이 높은 말이다. 무위란 아무 것도 안한다는 뜻이 아니라 인공적이고 자의적으로 하지 않는다는 뜻이다. 본래 우주 자연은 인위적으로 되는 것이 아니라 스스로(自) 그렇게 되는(然) 것이다. 따라서 인간은 제 스스로 운행하고 변화하는 자연에 따를 것이 필요하다고 보는 것이다.

　무위는 도나 정치에 관해서도 작위성을 띠지 않는 것을 제시한다. 그리하여 『노자』 제2장에서는 성인은 무위의 자세로써 세상사를 처리해야 된다(成人處無爲之事)라고 하고 있고, 『노자』 제37장에서는 도는 작위를 하지 않으면서도 이루어지지 않는 것은 없다(道常無爲而不爲)라고 하고 있다.

　그렇지만 무위는 결코 무능한 것이 아니다. 또한 움직임이 없는 것도 아니다. 오히려 "어쨌든 매달리자/아망스런 손 달렸으니 매달리자"라는 인식으로 행동하는 것이다. 무위는 욕심이 아니라 욕망이다. 김형효가 『노장 사상의 해체적 독법』에서 노자와 장자의 사상을 풀어서 설명하고 있듯이 욕망은 본질적으로 결핍에서 발생한다. 욕심은 소유

하려고 하지만 욕망은 소유를 위한 것이 아니고, 욕심은 언제나 지배권의 논리와 밀접히 관련이 있지만 욕망은 채워지지 않는 자신의 운명과 관련이 있다. 욕심은 소유를 위해 투쟁하지만 욕망은 자신의 결핍을 위해 싸운다. "삶이란 매달림/살아남았음이란 매달렸음/매달릴 바에야 힘껏 매달려 충실히 익자"와 같은 세계관을 갖는 것이다. 그 욕망은 이기적이지 않고 이타성의 운명이다.

무위당(無爲堂) 장일순은 『나락 한 알 속의 우주』에서 무위는 자애와 같다고 말했다. 자애라고 하는 것은 서로 하나가 되는 사랑의 관계이다. 사랑의 관계는 나와 너라는 관계가 아니라 하나라고 하는 관계, 동체라고 하는 관계, 무아의 관계이다. 무위라고 하는 것은 그런 속에 있어서의 하나의 행위의 양식으로 계산법이 없다. 이렇게 이렇게 하면 이롭다는 관계가 없는 것이다. 무위당은 자신의 논지를 다음과 같은 예를 들어 설명하고 있다.

> 그것을 대표적으로 이야기한다면, 농사꾼이 씨앗을 뿌렸는데 움이 트긴 텄는데 이것이 말라죽게 된다고 할 적에 수없이 공을 들이고 물을 주고 그렇게 하지요. 그런데 그것이 시장에 가서 앞으로 값이 어떻게 된다, 이건 키워 봤자 먹을 만한 물건도 안된다 하는 것은 둘째 문제다 이 말이에요. 그렇게 살아야 하겠으니까, 죽는 것은 볼 수가 없으니까 거기다 물주고 거기다 거름도 주고 퇴비도 주고 거기에 맞게끔 모든 정성을 다 들인다 이 말이에요. 그것은 계산을 본다고 할 적에는 할 수가 없는 거지요. 그런데 무위의 극치는 그런 거다 이 말이에요.
>
> ─「자아와 무위는 하나」 부분

정숙자 시인의 무위사상 역시 무위당의 사상과 같다. 시인이 책을 정독하고 시를 쓰는 것은 무위를 지향하는 것이다. 무위를 지향하기 위해 책을 정독하고 시를 쓰고 있다고 볼 수도 있다. 시인은 자신의 시 쓰기에 욕심 부리지 않는다. 단지 자신의 결핍을 인식하고 채우려고 욕망을 품을 뿐이다. 마치 무위당이 위의 글에서 예로 든 것처럼 농부가 말라죽게 된 곡식을 내버려두지 않고 정성들여 살리는 것과 같이 자기를 살리려고 하는 것이다. 그것에는 이기적인 계산이 없고 단지 자신의 운명으로 받아들이고 사랑하고 실천하는 행동만이 있을 뿐이다. 곧 주체적으로 타자를 포용하고 있는 것이다.

3

> 정다운 오솔길, 얼었다 풀린 진흙길, 예기치 않은 빙판길, 돌아나온 골목길, 땡볕 깔린 자갈길, 툭 터진 바람길, 별 쏟은 난바닷길, 앞뒤 모를 굽이길, 구름 고운 뒤안길, 하늘만 믿는 비탈길…… 자! 당신은 타인에게 어떤 길인가?
>
> ── 「길에 대한 리서치」 전문

위의 작품에서 시인이 언급하고 있듯이 인간은 많은 길을 만난다. "정다운 오솔길"이나 "구름 고운 뒤안길"을 만나기도 하고, "얼었다 풀린 진흙길"이며 "예기치 않은 빙판길"을 만나기도 한다. 또한 "돌아나온 골목길"이나 "땡볕 깔린 자갈길"을 만나기도 한다. 시인은 위와 같은 많은 길 중에서 "자! 당신은 타인에게 어떤 길인가?"라고 묻고 있다. 이것은 시인 자신이 가장 중요하게 여기고 있는 길이며 독자들에게 바라고 있는 길이기도 하다. 곧 "타인"과의 관계를 소중히 여기고 있는 것으로, 시인이 지향하고 있는 시 쓰기의 길이며, 나아가 무위를 지향하는 길인 것이다. 그런데 시인은 이와 같은 길을 자신이 꿈꾸는 천재의 길로 인식하고 있어 또한 주목된다.

> 천재는 결코 노력을 결여하지 않는다. 진정한 의미에서의 천재란 노력가이며, 노력의 힘은 집요하고 거칠어 여타의 환경을 문제삼지 않고 직선으로 나

아간다. 많은 천재들은 그와 같은 돌파력으로 자기를 연구했다. 펼쳐야 할 가지와 잎새, 꽃과 기둥, 열매와 창공이 바로 자기라는 씨앗 안에 내장되어 있으니 말이다. 만 권의 책을 독파하고 외우더라도 그것은 자신의 예술에 도움을 줄 뿐, 단 한 구절도 자신의 것일 수는 없다. 그러나 영양 공급이 중단되어서는 안 된다. (중략)

　지적 균형을 완벽하게 갖춘 천재도 있다고 롬브로조는 천명하였다. 작품은 물론이려니와 타인의 마음에 상처주지 않는 인간형 천재를 나는 그리워하고 기다리며 또한 찾는다.

위의 글은 정숙자 시인이 『애지』(2004년 겨울호)에 발표한 「시와 천재」라는 산문이다. 위의 글을 읽으면 시인이 책을 정독하는 이유가 좋은 시를 쓰기 위한 것임을, 시 쓰기에 필요한 영양을 공급받기 위한 것임을 알 수 있다. 이렇듯 시인의 책 읽기는 장편의 원본보다 요약본을 선호하는 시대에 따르는 것이 아니다. 빠른 음악과 빠른 장면이 전환되는 영화가 인기를 끄는 추세에 맞추는 것도 아니다. 오히려 속도 경쟁으로 인해 생기는 피상관계를 극복하기 위해 들뜨지 않는 것으로 삶의 결과보다도 과정을 중시하는 것이고, 흥분과 같은 화려함보다 담백한 느림의 아름다움을 추구하는 것이다.

시인은 천재란 선험적인 존재가 아니라 노력을 게을리 하지 않는 한 인간이라고 파악하고 있다. 그리하여 시인은 천재가 되기 위해 만 권의 책을 읽으려고 한다. 불안한 인간 존재를 그린 아쿠타가와 류노스케의 단편 소설 「어느 바보의 일생」까지 읽은 것이다. 그러면서도 시인은 지적 균형을 갖춘 천재가 되려고 한다. "작품은 물론이려니와 타인의 마음에 상처주지 않는 인간형 천재를 나는 그리워하고 기다리며 또한 찾는" 것이다. 시인은 그 천재가 되기 위해 자신의 결핍을 부단히 채우려고 시를 쓰고 있는 중이다.

사랑의 시학

— 이수산의 『차향』론

1

덴마크의 철학자로서 실존철학과 변증법 신학에 지대한 영향을 끼친 키에르케고르는 『사랑의 역사(役事)』에서 하나님이 실천한 사랑의 진리를 독자들에게 이해하기 쉽게 설명하고 있다. 그중에서도 눈으로 보는 사람들을 사랑해야 한다고 제시한 견해는 의미하는 바가 큰데, 이수산 시인의 시세계에서 확인된다. "하나님을 사랑한다면서 자신의 형제를 미워하는 이는 거짓말하는 사람이다. 눈으로 보고 있는 형제를 사랑하지 않는 사람은 눈으로 보지 못하는 하나님을 사랑할 수 없다." (요한1서 4장 20절)라는 진리를 충실히 수행함을 볼 수 있는 것이다.

실제로 사람들 중에는 사랑할 만한 상대를 찾을 수 없다고 안타까워하거나 원망하는 이가 많다. 그렇지만 그와 같은 자세는 자신의 사랑이 부족함을 드러내는 것에 불과하다. 사랑의 본질은 사랑할 만한 상대를 찾는 일이 아니라 상대는 이미 주위에 무수히 주어져 있기 때문에 그를 사랑하는 일이다. 비록 상대가 결점이 있다고 하더라도 기꺼이 끌어안는 자세가 필요한 것이다. 그러기 위해서는 자기 자신을 사랑해야 된다. 자신을 사랑하고 있으면 사랑할 상대를 보다 찾을 수 있고 더욱 깊게 사랑을 할 수 있으며 더 오랫동안 사랑할 수 있다. 상대의 흠을 잡거나 상대에게 까다롭게 대하지도 않는다. 상대를 하찮거나 결함투성이로 여기지도 않는다. 오히려 상대의 아름다운 면과 이상적인 면을 발견하고 그를 사랑하는 것이다.

자신을 사랑하는 것은 이기적인 사랑과는 다르다. 이기적인 사랑은 자신의 이익에만 관심을 가지고 있기 때문에 사랑을 주는 것보다도 받는 것에 몰두한다. 세속적인 이해관계를 사랑의 기준으로 삼기 때문에 상대의 존엄성과 욕구를 인정하기보다도 자신의 이익만을 추구하는 것이다. 그 결과 상대를 사랑하지도 자기 자신을 사랑하지도 못한다. 자신을 사랑하는 일은 한계와 결함이 많은 인간 존재로서 쉽지 않은 일이다. 그렇지만 갖추어야 하는 사랑의 조건이다. 그와 같은 모습을 시인의 작품에서 확인할 수 있는 것이다.

물에 빠져 허우적거리는 그를 보더라도
자신 있다고 텀벙 뛰어들지 않겠다
옷을 벗어 잡게 하든지
이웃의 도움을 청하든지
최선을 다해 그를 구해낼 것이다

그가 순간 의식을 잃을 때 나는 왜 허둥거리는가
나는 왜 그가 아프다고 하면 내가 더 아프고
그가 넘어지면 왜 내가 먼저 피를 흘리며
물먹은 솜처럼 몸살을 앓고 지쳐 늘어지는가

자신을 먼저 돌보지 않는다면 벼랑 끝이다
가을을 맞은 나

낡은 생각의 옷을 벗고 이성의 새 옷을 입자

급하게 나를 찾을 때 휠체어로 그를 안기 위해

—「다짐」 전문

시인은 "자신을 먼저 돌보지 않는다면 벼랑 끝이다"라고 밝히고 있다. 이와 같은 인식은 자신보다 다른 사람을 먼저 배려하는 것을 예의 내지 미덕으로 삼고 있는 우리 사회에서는 상당히 예외적인 면이다. 자신을 위하는 것을 이기적인 행동으로 간주하는 것이 우리 사회의 관습이다. 그렇지만 자신을 사랑하는 섯이 상대를 배타하는 것이 아니라 오히려 상대를 사랑할 수 있는 토대가 될 수 있다. 자신을 사랑할 줄 아는 사람이야말로 상대를 사랑할 수 있는 것이다. 따라서 "낡은 생각의 옷을 벗고 이성의 새 옷을 입"을 필요가 있다.

그렇다면 시인은 왜 자신을 먼저 돌보아야 한다고 생각하고 있는 것일까? 그것은 "급하게 나를 찾을 때 휠체어로 그를 안기 위해"서라는 면에서 확인되듯이 상대를 사랑하기 위해서이다. 시인은 물에 빠져 허우적거리는 상대를 뛰어들어 구해낼 힘도 요령도 경험도 부족하다는 것을 잘 알고 있다. 상대가 의식을 잃으면 자신이 더 허둥거리고, 상대가 아프면 자신이 더 아프고, 상대가 넘어지면 자신이 먼저 피를 흘린 상황도 알고 있다. 그러므로 시인은 더 이상 관습에 젖어서는 안 되겠다고 다짐하고 자신을 사랑하고자 나선 것이다. 그것이 물론 자신만을 사랑하고자 하는 행동은 아니다. 자신만을 사랑하면 상대를 사랑하지 못하고, 상대만을 사랑하면 자신을 사랑하지 못함을 인식하고 있는 것이다. 진정 사랑은 선택하는 것이 아니라 결합하는 행동이다.

2

사랑이 서로 간의 결합관계라는 사실은 사랑의 범주가 단순한 차원이 아님을 말한다. 사랑이 개인적이거나 감정적인 것에 국한되지 않고 사회적이고 문화적인 것임을 알려주는 것이다. 사랑은 사회로부터 지극히 영향 받고 있다. 철저히 시장성을 추구하고 있는 자본주의 사회의 조건에 구속되어 있는 것이다. 사랑은 물품이나 기술이나 노동력처럼 시장의 지배를 받고 있다. 시장의 이익에 기여할 수 있도록 생산되고 소비되기를 요구받고 있는 것이다.

그리하여 사람들은 주체성을 상실한 채 자신의 생산물이나 생산 과정으로부터 소외되듯이, 다른 사람들로부터 소외되듯이, 자연으로부터 소외되듯이, 그리고 자기 자신으로부터 소외되듯이 사랑으로부터도 소외되고 있다. 자본주의 시대 이전의 사람들에 비해 의식주를 비롯해 자유, 평등, 문화, 사랑 등을 훨씬 더 향유하고 있지만 소외를 극복하지 못하고 있는 것이다. 개별화된 사람들은 자본주의의 요구를 계속 받고 있다. 자본주의는 자신의 이익을 증진시키기 위해 점점 사람들에게 생산과 소비를 책임지도록 강요하고 있는 것이다. 이와 같은 상황에서 시인의 사랑은 큰 가치를 갖는다.

> 입원실 501호에 급히 들어선다
> 저혈당 혼수로 넘어져 콧속에 호스를 끼고
> 산소마스크를 한 그가 잠들어 있다
> 마취 총 한 방에 실려 온 늙은 사자같이
> 힘없이 누워 있다 갈기같이 윤나던 머리칼은
> 민들레 씨 같다
> 힘 빠진 얼굴 헝클어진 머리를 쓸어준다

모처럼 일박의 등산 여행에 들떠 있는 나
잘 다녀와 집 걱정은 조금도 하지 말고
아침에 웃으며 손 흔들던 그가

내 따스한 손길에 눈을 뜬다
날개를 퍼덕이며 온 내가 안쓰러운지
괜찮아 연락하지 말라고 했는데
내일 와도 되는데……
쿵, 북소리처럼 가슴을 울리는 그 말은
결혼 행진곡 천둥 번개처럼 지난 후
꽃 한 송이 못 받아본 내게
사랑해 사랑했어, 환청으로 들려
왈칵 눈물이 솟는다 눈물 속에 그가
갈기를 휘날리며 밀어붙이던 젊은 날을 본다
그도 초원에서 암사자가 잡아온 먹이를 뺏는
숫사자 같았던 지난날을 생각하는지
주르르 눈물을 흘리며 내 손을 꼭 잡는다

—「숫사자」전문

인간 가치가 점점 훼손되고 있는 자본주의 시대에서 사랑은 실로 중요하다. 사랑이야말로 인간의 존엄성을 회복할 수 있는 거울이자 방법인 것이다. 따라서 사랑을 감정적이고 요행으로 이루려고 해서는 안된다. 마치 목수가 좋은 집을 짓기 위해서는 쓸 만한 나무를 고르고, 대패질을 잘하고, 용도에 잘 맞추어야 하듯이 꾸준하게 실행해 나가야한다. 키르케고르가 눈에 보이는 대상을 사랑해야 한다고 제시한 것처럼 자신이 선택한 상대를 최대한 품어야 하는 것이다.

위의 작품에서 그와 같은 모습을 볼 수 있다. 남편은 "저혈당 혼수로 넘어져 콧속에 호스를 끼고/산소마스크를 한"채 잠들어 있다. 그리하여 아내의 의식주 해결이나 안전의 책임은 물론이고 사회적인 지위나 자아실현에 아무런 도움을 주지 못한다. 남편은 "갈기를 휘날리며 밀어붙이"는 젊은 날을 보낸 존재였다. 마치 "초원에서 암사자가 잡아온 먹이를 뺏는/숫사자 같"았던 것이다. 그리하여 아내를 위한 이해심이나 배려감 없이 새장에 가두고는 그저 "물어다주는 벌레로"(「새장에서 나와라」) 새끼들을 키우기만을 요구했다. 그와 같은 모습은 남성중심 사회에서는 일반적인 것이었지만 아내가 감당하기는 어려운 일이었다.

그렇지만 시인은 남편을 비난하거나 배척하지 않는다. 남편의 단점이나 결점을 잘 알고 있지만 그것을 빌미로 등을 돌리지 않고 오히려 "힘 빠진 얼굴 헝클어진 머리를 쓸어"주고 있다. 남편을 사랑하는 마음으로 자신과 결합시키고 있는 것이다. 남편을 품는 시인의 행동은 순응하는 것이 아니라 주체적이고 능동적인 것이다. 그리하여 또 다른 사랑을 낳고 있다. 남편이 "괜찮아 연락하지 말라고 했는데/내일 와도 되는데"라고 아내를 염려하고, "주르르 눈물을 흘리며" 아내의 손을 잡는 것이 그 여실한 모습이다.

이와 같은 시인의 사랑은 시장에서 물건을 사고파는 차원과는 다르다. 남편의 목소리를 "사랑해 사랑했어, 환청으로" 들으며 눈물을 흘리는 모습은 흥정으로 이룰 수 있는 것이 아니다. 객관적으로 보기에 평범하고 한계가 많은 존재이지만, 상대로 선택한 이상 기꺼이 껴안는데서 사랑의 가치를 볼 수 있다. 점점 시장 가치가 지배하지만 인간의 사랑은 결코 자본에 의해 소멸하거나 가려질 수 없음을 확인할 수 있는 것이다.

시인은 자신이 선택한 상대에게 기꺼이 사랑의 거울을 달고 있다. 이십년 동안 자신의 생일을 챙겨주지 않은 남편이었지만 원망하지 않고 이해하고(「지금도 나팔을 불고 싶다」), "그의 곤두선 마음을 함함하게 하여주소서"(「청원」)라고 기도하고 있다. 또한 "네 동생 둘이 중학교와 고등학교를 가니/너 대학 보낼 힘이 안 된다"(「꽃길」)라며 대학 진학을 시켜주지 않은 아버지를 원망하지 않고, 매일 같이 "신문 밭에서/제주 해녀가 돌 틈에서 전복을 캐듯/무엇인가 캐려고 신문을 읽"(「주름살」)는 삶을 이해하고 있다. 뿐만 아니라 자신의 운명을 기꺼이 받아들인 할머니, 이른 아침에 살구를 주워오면 늘 머리를 쓰다듬으며 칭찬해주시고 또 바느질이며 칼 쓰기를 조심하라고 일러주시는 어머니, 수녀원에 들어간 시누이, 고장난 컴퓨터를 손봐준 막내 동생, 도가니탕을 끓여온 언니, 곤히 자는 신부를 깨우지 않고 출근하는 신랑, 생일을 축하해주는 아들, 자신을 웅숭깊게 바라보는 첫사랑, 함께 웃는 정겨운 동아리 회원 등을 살가운 이웃으로 삼고 있다. 나아가 천상의 향기를 뿌리는 야래향, 그지없이 아름다운 백제 금동대향로, 청아한 소리를 내는 까마귀, 배추밭에서 춤을 추는 무지개, 가족과 연인들이 쌓아올리는 탑, 어머니의 땀이 밴 옥수수, 입춘 날 아파트 베란다에 핀 동백꽃, 단풍으로 물든 사인암, 그리고 "청청한 오얏나무, 자목련, 밤나무, 등나무, 대추나무, 은행나무, 감나무……"(「보석」) 등 자연 대상도 사랑한다. 그리고 그와 같은 마음으로 하나님까지 사랑한다.

3

"너희 가운데 두 사람이 이 땅에서
마음을 모아 무엇이든 청하면, 하늘에 계신
내 아버지께서 이루어주실 것이다."

내 삶의 물굽이 흐르다 막혀
동동거릴 때 삽처럼 흙을 툭 쳐
물길을 내주는 당신 말 한마디

수수께끼 안고 씨름할 때
흙탕물 속에 빠져 쩔쩔맬 때
내 손잡아 마른땅 딛게 하는 당신

나는 백과사전 같은 당신 어깨에 기대고
만성 신부전증이 젖꼭지처럼 붙어 있는 당신은
내 미소에 걸터앉아 손을 꽉 잡고
하늘을 면경처럼 바라보며 우리는 걸어왔다

찻잔 내려놓듯 그렇게 떠난 빈자리

거울 속에 든든한 말씀의 삽 한 자루

—「해결사」 전문

눈에 보이는 상대를 사랑하는 의무를 다하기 위해서는 눈에 보이지 않는 상대도 사랑해야 한다. 눈에 보이지 않는 상대를 사랑함으로써 눈에 보이는 상대를 사랑하는 거울로 삼을 수 있기 때문이다. "너희 가운데 두 사람이 이 땅에서/마음을 모아 무엇이든 청하면, 하늘에 계신/내 아버지께서 이루어주실 것이다."(마태복음 18장 19절)라는 진리를 믿는 시인의 모습이 그 본보기이다.

눈에 보이지 않는 상대를 사랑하는 것은 무한하지만 그것을 위해 눈에 보이는 상대를 무시하거나 배척해서는 안 된다. 눈에 보이는 상대를 사랑하지 않으면서 눈에 보이지 않는 상대를 사랑하는 것은 인정할 수 없다. 실제로 눈에 보이지 않는 상대를 사랑하는 일은 비현실적인 것인데도 불구하고 그와 같은 행동을 하는 사람들이 적지 않다. 눈에 보이는 상대를 배제한 채 눈에 보이지 않는 상대만을 사랑하려고 하는 것이다. 그것은 심각한 착각이고 명분을 가장한 현실 도피이다. 그곳에 빠져들수록 더 큰 착각에 함몰되어 자기 자신을 바로 보기가 어렵다. 지식과 논리와 신화까지 동원해서 합리화하지만 그럴수록 자신도 사랑도 상실하고 마는 것이다.

눈에 보이는 상대를 배제한 채 보이지 않는 상대만을 사랑하려는 생각은 위험하다. "그리스도교적인 사랑은 하늘을 향하여 비약하는 것으로 생각해서는 안 된다. 왜냐하면 그것은 하늘에서 내려오는 것이고, 하늘과 더불어 내려오는 것이기 때문이다."[1] 그리스도교적인 사랑은 하늘에서 내려와 이 땅에서 완성된다. 그러므로 인간은 자신이 발 딛고 있는 이 세계에서 눈에 보이는 상대를 기꺼이 끌어안아야 한다. 그것이 곧 눈에 보이지 않는 상대를 무한하게 사랑하는 토대를 마련하는 것이다. "나는 백과사전 같은 당신 어깨에 기대고/만성 신부전증이 젖꼭지처럼 붙어 있는 당신은/내 미소에 걸터앉아 손을 꽉 잡고/하늘을 면경처럼 바라보며 우리는 걸어"온 시인의 삶이 그 좋은 본보기이다.

시인의 시작품들을 읽고 있으면 익히 알고 있는 성가곡인 「사랑」이 들린다. "사랑은 언제나 오래 참고/사랑은 언제나 온유하며/사랑은 시기하지 않으며/자랑도 교만도 아니 하며/사랑은 무례히 행치 않고/자기의 유익을 구치 않고/사랑은 성내지 아니하며/진리와 함께 기뻐하네/사랑은 모든 것 감싸주고/바라고 믿고 참아내며/사랑은 영원토록 변함없네/믿음과 소망과 사랑은/이 세상 끝까지 영원한 것/믿음과 소망과 사랑 중에/그중에 제일은 사랑이라". 정두영 씨가 고린도전서 제13장의 내용을 바탕으로 작곡한 이 노래는 사랑의 진리가 무엇인지를 잘 들려준다. 따라서 사랑을 어떻게 할 것인가가 우리에게 주어진 과제라고 볼 수 있다.

에리히 프롬(Erich Fromm)은 『사랑의 기술』에서 대부분의 사람들이 사랑을 '사랑하는' 문제가 아니라 '사랑받는' 문제로 여기기 때문에

---

1) 쇠렌 키에르케고르, 임춘갑 역, 『사랑의 역사』(상), 종로서적, 1982, 282쪽.

어렵다고 진단했다. 시인은 이 점을 인식하고 부단히 사랑하는 존재가 되어야 한다. 사랑스러운 얼굴을 찾으려는 데만 애쓰는 시인은 결코 이 세계며 자기 자신을 사랑할 수 없다. 주위의 대상들이 하찮은 존재가 아니라 우주의 수많은 대상들 못지않게 존귀하다고 노래할 때 비로소 사랑할 수 있는 것이다. 사랑을 실천하는 시인만이 생명력 있는 시를 쓸 수 있다. 이수산 시인의 작품들은 그 진리를 다시금 확인시켜주고 있다.

제4부

변영로의 '님' 시학

— 「다 자는 밤」 「도이신자(悼李信子)」를 중심으로

1

필자가 발굴한 수주 변영로의 작품 2편은 1930년에 간행된 『이화(梨花)』 제2호에 발표된 것이다. 『이화』는 이화여자전문학교의 학생기독교청년회 문학부에서 발행한 교지로 1929년 2월 창간되었다. 종간과 통권은 정확하게 알 수 없으나 현재까지 제7호가 발굴되었다. 수주는 1923년 그의 나이 26세에 이화여전 강사로 부임해 1931년 미국 유학을 떠나기 전까지 강의를 담당했다. 수주는 이화여전 강사로 부임할 즈음 '금주(禁酒)'라는 은패를 만들어 목에 걸고 다닐 정도로 술을 끊고 기독교청년회(YMCA)의 소년부 일을 맡고 있었다.

수주와 기독교청년회와는 깊은 인연을 가지고 있다. 수주는 1910년 13세의 나이로 중앙학교에 입학하지만 체조 교사와의 마찰로 인해 학교를 그만두고 1915년 기독교청년회학교 영어반에 입학한다. 수주는 우로나란히, 우향우, 좌향좌 등의 구령 하에 일치된 동작을 강요하는 체조 시간을 집단적 모욕으로 여기고 싫어하다가, 졸업을 두 달 앞둔 어느 날 담당 교사와 다투고 학교를 나왔다. 경의선 열차를 타고 안동현으로 가서 한 달여 방황하다가 돌아와 학교의 선처를 바랐지만 이루어지지 않자 기독교청년회로 옮긴 것이다.

수주의 그와 같은 모습에서 그의 다혈질적인 성격을 확인할 수 있지만, 일제의 학교 교육도 문제가 있음을 알 수 있다. 일제는 식민지 지배를 보다 효율적이고 영구적으로 이루기 위해 학문 자체보다도 기능 위주로 학교 교육을 실시했다. 일본어를 비롯해 체육, 도화, 자수, 재봉, 음악, 가사실습, 지리, 역사 등을 중시해 음악 시간에는 일본의 군가를 가르쳤고, 수신 시간에는 황국신민으로서 갖춰야 할 도덕성을 강조했으며, 천황 중심의 일본사와 일본 우위의 지리를 가르쳤다. 전시 체제의 부족한 군사력을 마련하기 위해 체육도 강조했다. 그리하여 체육 시간에는 군사 훈련에 버금가는 분열식이나 강행군을 실시했던 것이다.[1] 따라서 어린 나이에도 불구하고 친일파를 극히 싫어할 만큼 민족의식이 강했던 수주의 경우 군사 훈련과 같은 체조수업을 순순히 따르기 어려웠다. 수주는 7세에 재동보통학교에 입학하고 다녔는데 일본인 교사가 부임하자 일본인 교사가 없는 계동보통학교로 전학할 만큼 민족의식이 강했다.

수주는 기독교청년회 영어반에서 공부에 몰두해 3년 과정의 수업을 6개월 만에 끝냈다. 그리고 그 이듬해인 1916년(19세) 뛰어난 능력을 인정받아 모교의 영어반 교사로 채용되었다. 수주는 1918년 중앙고보 영어교사로도 부임하는데, 이때 영시 「cosmos」를 『청춘』에 발표한다. 근대교육이 정착되기 이전의 상황이므로 영어로 시를 쓴 사실은 실로

---

1) ① 맹문재, 「1930년대 여자고등학생들의 학교생활 고찰」, 『한국학연구』 제29집, 고려대학교 한국학연구소, 2008, 31~56쪽. ② 맹문재, 「일제 강점기 여학생들의 세계인식」, 『한국학연구』, 고려대학교 한국학연구소, 2009, 33~53쪽.

놀라운 일이다.

수주는 중앙고보의 영어교사 생활을 하면서도 기독교청년회의 영어반 교사 활동을 계속했다. 그리하여 그곳에서 1919년 3·1운동 때 낭독되었던 「독립선언서」를 번역해 외국에 알리는 일을 했다. 수주의 회상에 따르면 「독립선언서」를 영어로 번역한 것은 그의 둘째형 변영태(卞榮泰)[2]였고, 그는 타자를 쳐서 미국 선교사인 쩌다인 목사에게 넘겼다. 조선 독립의 취지를 미국까지 알린 것이다. 그 일은 독립운동을 이끈 조직이나 인물들과는 상관없이 수주가 자발적으로 한 것이어서 효과적인 면에서는 한계가 있지만, 그의 민족의식을 여실히 보여주는 것이다.

수주가 이화여전 강사로 부임할 수 있었던 것은 당시 기독교청년회 총무로 있던 신흥우(申興雨)[3]의 주선이 컸다. 신흥우는 당시 학교의 이사로 있었고 아펜젤러 학교장과 친분이 두터웠다. 수주가 1917년 모교인 기독교청년회학교 영어반 교사로 채용된 일도 신흥우의 천거가 있었다. 신흥우는 수주의 능력을 일찍이 알아보고 학생들을 가르칠 수 있는 길을 열어준 것이다.

수주는 이화여전에서 영문학 관련 강의를 하고 싶었으나 담당과목은 주로 작문이었다. 영어와 관련된 주요 과목은 미국인들이 맡았으며 조선인 강사들은 주로 보조적인 과목들을 담당했다. 수주와 함께 강의

---

2) 변영태(1892~1969) : 영문학자이자 정치가. 중국 협화대학에서 수학하고 귀국해 중앙중학과 보성전문에서 영어를 가르침. 국무총리 겸 외무장관, 서울대 및 고려대 교수를 지냄.

3) 신흥우(1983~1959) : 민족운동가이자 정치가. 배재학당을 거쳐 미국 남캘리포니아대학에서 석사과정을 마치고 1911년 귀국해 이듬해 배재학당장이 됨. 1912년 중앙 기독교청년회 총무가 되어 청년운동과 농촌운동에 힘씀. 1919년 미국에서 열린 세계감리교대회에 참석해 3·1운동을 알림. 1924년 스위스에서 열린 기독교청년회 세계대회에서 한국 기독교청년회를 정식으로 가입시킴. 1927년 이상재 등과 신간회를 조직하여 민족운동을 이끔. 1952년 대통령선거에 출마했으나 낙선함.

를 했던 조선 문인으로는 김상용 시인이 있었다. 수주의 과목을 수강한 학생 중 후일 문인이 된 경우는 모윤숙, 노천명, 이선희, 백국희, 장영숙 등을 들 수 있다.

모윤숙(毛允淑)[4]은 『이화』 제1호에 학술문인 「종교 교육의 필요」를 발표한 것을 비롯하여 인물전 「이태리 건국의 3걸」(『이화』 제2호), 학술문 「근대 노서아 참 문예사조」(『이화』 제3호), 단편소설 「계승자」(『이화』 제3호), 시 「네 눈은 차고나」(『이화』 제5호) 등을 발표할 정도로 열심히 창작활동을 했다.

노천명(盧天命)[5] 역시 『이화』 제3호에 에세이 「삼오(三五)의 달 아래서」, 시조 「고성허(古城墟)에서」, 단편소설 「일편단심」을 발표한 것을 비롯하여 『이화』 제5호에 시 「그 이름 물망초라기에」, 시조 「촉석루에 올라」, 「참음」(『이화』 제5호) 등을 발표했다.

이밖에 이선희(리선희)는 시 「밤」(『이화』 제3호)을, 백국희(白菊喜)는 에세이 「가을」(『이화』 제5호) 및 시 「달밤」(『이화』 제7호)을, 장영숙(張永淑)은 에세이 「선배들에게 보내는 글」(『이화』 제5호) 및 「추야만상(秋夜漫想)」(『이화』 제6호) 등을 발표했다.

수주에게 이화여전은 이밖에도 깊은 인연이 있다. 무엇보다도 그의 후처가 이화여전에서 가르친 제자였던 것이다. 수주는 1933년 그의 나

---

4) 모윤숙(1910~1990) : 평북 정주 출생. 호수돈여자고등보통학교(개성)를 거쳐 이화여자전문학교 졸업. 명신여학교(간도) 및 배화여고(서울) 교사, 『삼천리』 기자 등 엮임. 태평양전쟁 동안 친일활동함. 시집 『빛나는 지역』(조선창문사, 1933), 『렌의 애가』(청구문화사, 1937), 『옥비녀』(동백사, 1947), 『풍랑』(문성당, 1951), 『정경』(일문서관, 1959), 『풍토』(문원사, 1970), 『논개』(광명출판사, 1974), 『국군은 죽어서 말한다』(중앙출판사, 1983) 있음.

5) 노천명(1913~1957) : 황해도 장연 출생. 진명여자고등보통학교를 거쳐 이화여자전문학교 졸업. 태평양전쟁 동안 친일활동함. 한국전쟁 중 피신하지 않고 서울에 있다가 월북 작가들이 주도하는 조선문학가동맹에서 활동해 서울 수복 후 부역죄로 투옥됨. 시집 『산호림』(1938), 『창변』(매일신보출판부, 1945), 『별을 쳐다보며』(희망출판사, 1953), 유작시집 『사슴의 노래』(한림사, 1958) 있음.

이 36세에 아내를 잃었다. 그의 나이 15세에 두 살 위인 이홍순(李興順)과 결혼해 3남 1녀의 자식을 두고 있었는데, 아내가 다섯째 아이를 해산하다가 그만 세상을 뜨고만 것이다. 수주는 아내를 잃은 이듬해에 재혼하는데, 상대는 이화여전의 제자였던 양창희(梁昌姬)였다. 양창희와는 3남 1녀의 자녀를 두었다.

2

무엇이더깃거우랴—
빗나는어린얼골
동무축쌔임보다!
무엇이더애서러우랴—
빗나든그어린얼골
동무총중빠짐보다!
가여웁다 나의어린누의
때안인너의誹뜸듯고나니
애처러움그지업네—
눈감고잇든날거려보니
애연한그대모습 음성
보이난듯 들니난듯.

슬프다 나의어린누의
다피우지안은꽃이요
끗내지안은노래이여!
녀름낫은기나긴데
들치지못할너의길
어이그리총총튼가!

무엇이더대견하랴—
열끼잇는어린얼골

동모총중석김보다!
무엇이더서운하랴—
열끼잇든그어린얼골
동무총중안보임보다!

—「도이신자」 전문

위의 시의 주제는 일단 '님'에 대한 그리움 볼 수 있다. "이신자"란
어린 누이의 부음을 듣고 그 슬픔을 노래한 것으로 개인적인 차원이기
는 하지만, 수주가 이화여전에서 가르친 학생으로 보이기도 하지만,
'님'의 범주에 넣을 수 있는 것이다. 수주의 시작품에서 '님'이란 함부
로 접근할 수 없는 초월자나 신적인 존재가 아니라 그와 함께하는 인
연의 대상들이다. 그런데 시인은 그들과 뜻하지 않게 함께할 수 없는
운명에 처해 있어 그리움이나 안타까움을 지니고 있는 것이다.

본격적으로 수주의 작품을 전집으로 엮은 김영민은 수주의 시세계
를 제1기부터 제3기까지 분류하고 고찰하면서 '님'으로 규명한 적이
있다. 제1기를 첫 시집 『조선의 마음』(1924)이 발간되기까지의 시들로,
제2기를 『조선의 마음』에서 해방 전까지의 시들로, 제3기를 해방 이후
그가 작고하기 전까지의 시들로 분류했다. 그리고 제1기의 시세계를
'님'에 대한 그리움으로, 제2기를 자아를 지키려는 시기로, 제3기를 끝
없는 기다림으로 규명했다. 제1기를 "식민지 하에서의 그의 삶의 태도
등으로 미루어볼 때에는, 어릴 적에 허물없이 함께 놀던 '님' 심상이
의미하는 바의 하나는 그가 태어나 자라던 시절의 조국이었으며, 갑자
기 불어 닥친 바람 때문에 찢기는 옷같이 갈라진 '님'은 일제에 빼앗겨
버린 조국의 처참한 모습이고, 헤어진 후 꿈속에서 만이라도 만나보려
고 애타게 찾아 헤매던 '님'의 모습의 하나에는 그의 광복된 조국의 모
습이 들어 있"는 것으로, 제3기를 "일제하의 괴롭고 어둡던 속에서 애
타게 그려보던 '님'의 모습, 8·15해방과 함께 마치 하늘의 빛나던 오

로라처럼 잠시 보이는 듯했으나 다시금 멀어져 갔던 그 '님'의 모습."
으로 진단했다.[6]

　　필자는 김명민의 견해에 동의하며, 수주의 '님' 의식이 제2기에도
지속되었다는 의견을 보충 내지 부연하고자 한다. 그와 같은 근거로
「다자는 밤」을 제시한다.

　　　　　다자는밤 홀노거니니
　　　　　밤은물속갓치도깁흔데
　　　　　귀에닉은소래 슯허지고
　　　　　못듯든소래들니우네—

　　　　　쑤려노흔듯한별하날
　　　　　바라보고 쏘바라보매
　　　　　별은숨고 빗은느려서
　　　　　왼하날 빗바다이루네

　　　　　부신눈가려보진못하나
　　　　　찬란한님의저자예인듯
　　　　　부은듯메인목 소랜못치나
　　　　　이름모를노래가슴에붓네

　　　　　거룩할사님의「말업는말」
　　　　　어둠속에빗나는님의빗
　　　　　나는그음성 그빗그리워
　　　　　낫안인밤하날밋거니네

　　　　　　　　　　　　　　　　　— 「다자는밤」 전문

---

6) 김영민, 「변영로의 시세계」, 『교열본 수주 변영로 시전집』 별권(판권에는 '수주 변영로 전
　집'으로 되어 있음), 한국문화사, 1989, 353~375쪽.

사람들이 모두 잠들어 있는 밤, 시인은 "쌔려노흔듯한별하날/바라보고 쏘바라보"고 있다. 시인이 하늘을 바라보는 것은 어둠 속에서도 빛나는 별이 있기 때문이다. 하늘의 별은 시인에게 말을 전한다. "말업는 말"을 전하는 것이다. 따라서 시인은 별의 말을 희망으로 받아들인다. 어둠 속에서도 빛을 잃지 않고 있는 별의 말을 희망으로 삼는 것이다.

　시인은 왜 별을 희망으로 인식하는 것일까? 그것은 시인이 살아가는 현실 세계에 별이 존재하지 않기 때문이다. 시인이 삶을 영위하고 있는 세계는 "다자는밤"과 같을 뿐이다. 따라서 그 어디에서도 별이 보이지 않는다. 그와 같은 환경이 만들어진 이유는 두말할 나위 없이 일제의 강점 때문이다. 일본은 자신들의 침략전쟁을 위해 조선을 통치했다. 자신들의 목표를 달성하기 위해서 수단과 방법을 가리지 않았을 뿐만 아니라 목표를 이루는 데 방해되는 상대는 가차 없이 제거했다. 따라서 대부분의 조선인들이 취할 수 있는 대응전략은 잠들어 있는 것과 같이 울음을 삼키며 순응하는 것이었다. 그렇다고 조선인들이 민족해방의 희망을 포기한 것은 아니었다. 해방의 날을 위해 모두들 나름대로 길을 찾았던 것이다.

　수주는 그와 같은 조선인들 중에서 당연히 선두에 섰다고 평가할 수 있다. "나는 일행일구라도 일정에 아부하는 글발을 끄적거린 일은 없었을 뿐 아니라 가물에 콩 나기로나마 이따금씩 발표한 시편들도 대부분 은언비어로 된 반항과 염원의 표현이었다."[7]와 같은 토로에서도 볼 수 있듯이 수주의 민족의식은 견고했다. 수주는 민족해방의 날이 올 것을 굳게 믿고 있었고, 그날을 위해 기꺼이 저항하는 전략을 세웠던 것이다. 그리하여 "낫안인밤하날밋거니네"라고 노래를 불렀다.

---

7) 『신태양』, 1958년 11월호.

3

일제 강점기에 발표된 시작품들이 나타낸 '님'은 중요하다. 특히 3·1운동의 실패 후 시인들이 눈물을 흘리며 품었던 경우가 그러하다. 동시대의 시작품들이 나타낸 '님' 중에서 가장 주목되는 경우는 만해 한용운이다. 만해의 시세계에 대한 연구는 '님'이 과연 누구인가를 규명하는 것이었다고 볼 수 있다. 그동안 만해의 님은 불타(송석래), 불교적 진리(송욱), 민족(조지훈), 조국(정태용), 조선(신석정), 조선 독립(최동호), 중생(백락청), 시적 대상(이어령), 자연(조연현), 마음(이인복), 불완전한 존재(김흥규), 이성적 여인(맹문재) 등으로 규명되었다. 이외에도 어떤 연구는 '님'을 두 가지의 대상으로 보았고, 어떤 연구는 두 가지 이상으로 보았으며, 어떤 연구는 모든 대상을 인정했다.[8] 그만큼 만해의 '님'은 다양한 의미를 나타내고 있는 것이다.

그렇다면 수주의 작품이 추구한 '님'에 대한 관심은 어떠한가? 안타깝게도 만해의 경우와는 비교가 되지 않을 정도로 빈약하다. 수주의 경우 2009년 10월 현재까지 필자가 확인한 바로는 앞에서 소개한 김영민의 논문 외에 석사학위논문 1편과 학술지에 수록된 논문 1편, 그리고 박두진이 쓴 글이 본격적인 고찰의 전부라고 볼 수 있다.[9] 그 외에도 상당수의 글들이 있지만 모두 감상문의 수준에 머무르고 있다. 우리의 학문 풍토가 얼마나 편협하고 시류에 추수하는지를 단적으로 보여주고 있는 것이다.

---

8) 맹문재, 「한용운 시에 나타난 '님'의 이성성 연구」, 『어문연구』 120호, 한국어문교육연구회, 2003, 261~281쪽 참조.

9) ① 이선희, 「수주 변영로 연구」, 단국대학교 대학원 석사학위논문, 1984. ② 김영석, 「수주 변영로 시세계」, 『어문연구』 12권 2-3호, 한국어문교육연구회, 1984. ③ 박두진, 「수주 변영로의 시」, 『기독교사상』, 1969년 10월호.

그의 작품에 대한 연구가 적은 이유는 두 가지를 들 수 있다. 무엇보다도 수주가 상징한 '님'이 만해 한용운의 경우에 비해 선명하지만 다양한 음성을 내지 않고 있다는 점이다. 또한 해방 후의 역사적 판단을 올바르게 하지 못했다는 점이다.

수주는 한국전쟁 이후 1955년까지 이승만 대통령을 노래한 축시를 연속적으로 영시 형식으로 썼다. 일흔여덟의 이승만 대통령을 신년시 형식으로 노래한 「우리 대통령께」, 79회 생일을 노래한 「이 대통령께」, 80회 생일을 노래한 「이 대통령의 80회 생신에 붙여」가 해당 작품이다. 또한 수주는 영시로 「전선에 바치는 시」 「유엔과 대한민국을 위한 찬가」에서 유엔군을 찬양하고 북한군을 적으로 타도했다.

한국전쟁이 끝난 무렵이었으므로 수주의 역사적 판단이 정부의 반공정책을 인정한 일반인들의 정서와 크게 다르지 않았을 것이다. 그렇지만 이승만 대통령이 1960년 국민들의 요구에 의해 물러나고, 한국전쟁의 적이 북한군만이 아니라 국제관계에 있다는 사실이 밝혀지게 되었으므로 수주의 판단은 오류였음을 부인할 수 없는 것이다. 그렇지만 수주의 작품세계는 고찰할 만한 의의를 충분히 지닌다고 볼 수 있다.

따라서 박두진이 "시대와 세태에 부딪혀 밖으로 분출시키고, 행동하려 하고, 저항, 야유, 매도 타도하고 싶었던 모든 분하고 아니꼽던 상황에 대해서는, 항상 독설과 해학과 풍자와 타기, 일갈로써 임하고, 다시 대취하여 불패분방한 행태, 일세를 우스꽝스럽게 얕잡아보고 기롱하는 기걸, 교오한 패기로 나타난 것이 그의 그 시대를 살아온 그의 기질, 성격, 정신의 외향적인 일면, 어떤 시대적, 민족적, 인격적 콤플렉스에서 표출되는 불가피적이며 필연적인 행위양식이었다. 그러나 그러한 생활행태, 외향적인 행위양식과는 대척적인 것같이 보이는 일면, 그 내향적인 정신적 자세에 있어서는 아주 강인한 집착, 성실한 자기성찰, 전아 투명한 감정 정서의 안정을 위해서 전혀 딴 인격과 같은 시적 품위와 청교도적인 근엄성을 보여주고 있다. 그러한 일면이 나타난 것이 그의 맑고 깨끗한 시적 순수성이며, 수사의 정밀성이며, 기법의 세련성이며, 정서의 청순 무후성이며, 그 고독감이 울려내는 인간적인 정감, 인생적인 우수감, 세련을 거친 민족적 비애감이다."[10]라고 진단한 것을 참고해서 그의 '님'을 연구할 필요가 있는 것이다. 수주의 대표작으로 평가받고 있는 「논개」는 물론이고 「조선의 마음」「생시에 못 뵈올 님을」「버려지도 싫다 하올」「실제」「사벽송」 그리고 이번에 발굴된 「다 자는 밤」 등의 가편들에 대한 열정적인 고찰이 기대된다.

---

10) 박두진, 위의 글. 김광묵 엮음, 『나무고을 코스모스의 거룩한 분노』, 수주문학상운영위원회, 2001, 136~137쪽에서 재인용.

생활의 기록

— 김정순의 『생활의 기쁨』론

1

김정순의 작품에 나타난 인연 인식은 깊고도 넓다. 한 인간 존재로서 지나간 인연들을 소중하게 품으면서 현재는 물론 미래까지 함께하고 있는 것이다. 그리하여 작가의 인연 인식은 과거 현재 미래로 분리된 것이 아니라 통합 내지 융합되어 있다. 어느 한 대상에 고정되거나 경도되지 않고 열린 자세로 인연의 대상들을 포용하고 있는 것이다.

인간은 인연을 인식할 때 비로소 자신의 정체성을 자각할 수 있다. 자신의 삶을 자각하거나 존재감을 확인하고 의미를 부여할 수 있는 것이다. 특히 작가의 인연 인식은 일반적인 차원을 넘어선다. 습관적인 것이 아니라 의식적인 것이어서 막연히 인연을 기억하거나 예상하는 것이 아니라 보다 구체적으로 인연의 회복과 전망을 추구한다. 실제의 인연 속에 들어 있는 장면이나 감정이나 이미지 등을 복사하는 것이 아니라 작가의 의지나 기대감에 의해 선택하고 가치를 부여하는 것이다.

실제의 인연이란 무수한 것이어서 질서가 없고 우연성이 강하지만 작가의 의식에 의한 인연이란 구체적인 형태를 띠고 인과관계를 갖는다. 그리하여 작가는 인연을 인식하면서 자신이 이 세계의 중심에 서 있음을 체험적으로 자각한다. 인연을 기억하고 기대하면서 자신의 존재성을 심화 내지 확장시키는 것이다.

따라서 작가의 인연 인식은 연대기적인 차원을 넘어선다. 인간은 유한한 존재이기에 시간을 생각하는 것은 지극히 당연하지만 인연 관계를 통해 그 이상의 가치를 자각한다. 자신이 부분적이고 지엽적인 존재가 아니라 전체적이고 통합적인 존재라는 사실을 발견하고 기꺼이 끌어안는 것이다.

2

오랜 습관으로 새벽 세 네 시가 되면 대개 눈이 떠집니다. 이때부터 아침까지가 나에게는 가장 중요한 시간입니다. 책을 읽고 글을 쓰고 무엇을 생각하는 것도 이 시간입니다. 참으로 즐거운 시간입니다. 잠에서 깨어 전등을 켜면 손자가 귀엽게 잠들어 있는 것을 보는 것도 즐거운 구경입니다. 축구공처럼 굴려 다니다가 이불을 차버리고 맨 몸으로 자는 손자에게 이불을 덮어 주는 것도 흐뭇합니다. 아침에 밥과 반찬을 장만해서 온 식구들을 먹이는 것도 내가 먹고 싶은 음식을 직접 만들 수 있는 것도 큰 즐거움입니다. 몸이 아파 내가 만들지 못하고 남이 해주는 음식을 먹는 것도 자신에겐 불행이 아닐까요?

아침이면 잠이 부족해 늦게 일어난 며늘아기가 출근이 늦어 허둥대며 이 방 저 방 왔다갔다 뛰어 다니는 장면은 내게는 한 편의 연극보다 더 우습고 재미있습니다. 별로 크지 않은 30평대 아파트지만 우리 식구 살기엔 적당하며 식구들과 자주 얼굴을 대하고 대화도 많이 할 수 있고, 우리 집이니 이사 걱정이 없어 마음 편합니다. 작은 차지만 우리 식구 타기에 적당하고 좁은 골목길에 세워 놓기도 편리하며 경제적으로 부담이 적어 좋습니다.

하우스 재배가 되지 않았던 예전에는 딸기가 너무 비싸 가격이 내려 갈 때까지 기다릴라치면 어느새 딸기가 시장에서 없어져서 아이들을 못 먹였던 기억이 있습니다. 지금은 겨울에도 각종 과일을 언제든지 먹을 수 있으며 뒷 베란다에 내가 좋아하는 감을 사다 놓고 연시가 되면 하나씩 빼 먹는 재미도 쏠쏠합니다. 봄까지 먹을 쌀을 몇 포대 쌓아 놓은 것을 볼 때마다 옛날 못 먹던 시절을 생각하면 절로 배가 부릅니다. 예전 멀리 있던 재래식 화장실이 아니고 방에 달려 있는 나만의 화장실이 있어 너무 편리합니다.

딸이 많아 죄인 같던 시절이 지나고 지금은 오히려 딸이 넷이라 딸들 집에 번갈아 다닐 수 있는 것도 나만의 재미입니다. 많은 손주들이 할머니를 좋아하고 따르니 할머니로서 큰 기쁨입니다. 손주들에게 가끔 용돈을 줄 수 있는 내 자신이 무척 자랑스럽습니다. 매년 봄, 가을에 손주들 할아버지 산소를 가기 위해 도토리묵을 쑤고 송편을 만들고 불고기, 야채 등 푸짐하게 준비하여 산소로 갑니다. 우리 가족이 함께 봄, 가을 소풍 가는 것처럼 즐겁습니다. 30년 전 산소에서 어린 애들을 데리고 남편을 부르며 울던 기억이 납니다. 지금은 잔디밭에 자리를 깔고 20명이나 되는 가족들이 맛있게 음식을 먹으며 일찍 가신 아버지 이야기를 하고 재미있는 대화를 나누며 웃음꽃을 피우는 자식들을 볼 때가 가장 행복합니다. 다섯 명의 아들, 딸로 20명의 자손을 키워 왔노라고 내 속으로 남편에게 뽐내 봅니다.

사랑하는 가족이 같이 살아 외롭지 않으며 나를 좋아하는 옆 집 젊은 친구와 아침이면 커피를 같이 마시는 시간은 내겐 큰 즐거움입니다. 15년간 다니는 수영장에선 또래 친구들과 동심으로 돌아가 물장난도 하고 건강을 위해 운동을 하니 활기가 넘쳐 즐겁습니다. 일주일에 한 번씩 동작문화원 문학반에 나가 젊은 친구들과 문학공부도 하고 훌륭하신 선생님의 지도를 받는 것도 내겐 큰 즐거움입니다.

고구동산이라는 뒷산에 올라 매일 운동을 합니다. 그곳에서 한강을 바라보기도 하고 철교를 달려가는 기차를 보기도 합니다. 내게도 사랑하는 사람이 있다면 기차를 타고 떠나고 싶은 충동을 아직도 느낄 수 있는 내가 좋습니다.

돈이 많아야 행복한 것은 아니지만 최소한 내가 쓸 만큼의 돈은 가지고 있어 친구들이나 좋아하는 사람들에게 싼 해장국, 비빔밥이라도 사줄 수 있고 건강하여 모임에 나가거나 시장이나 백화점에도 다닐 수 있어 너무 감사합니다.

젊은 시절에 외로움과 많은 어려움을 겪고 살았기에 작은 기쁨도 큰 기쁨으로 여기고 감사하며 살고 있습니다. 옛말에 '젊어 고생은 사서도 한다' 는 말이 맞는 것 같습니다. 앞으로 사람들을 좋아하고 미워하지 않으며 좋은 사람으로 남는 내가 되고 싶습니다. 우아하고 점잖고 깨끗하게 늙어가고 싶습니다. 또 가끔 손자의 손을 잡고 뒷동산에 올라 힘차게 달려가는 기차와 한강을 바라보며 나의 생활의 기쁨을 느끼면서 살고 싶습니다.

— 「생활의 기쁨」 전문

작가는 "새벽 네 시가 되면 대개 눈"을 뜬다. 그리고 아침이 올 때까지 알차게 시간을 보낸다. 책을 읽기도 하고 글을 쓰기도 하고 어떤 사안에 대해 생각하기도 한다. 뿐만 아니라 이불을 차버리고 잠자고 있는 손자에게 이불을 다시 덮어주기도 하고, 식구들의 아침 식사도 준비한다. 며느리가 있지만 직장 생활을 하기에 배려해서 손수 아침상을 준비하는 것이다. 시어머니가 며느리의 아침상을 준비하는 일은 유교적 가부장제의 사회에서는 흔한 모습이 아니다. 그렇지만 작가는 식구들의 음식을 마련하는 일을 두고 "내가 먹고 싶은 음식을 직접 만들 수 있"기에 즐겁다고 말한다. "몸이 아파 내가 만들지 못하고 남이 해주는 음식을 먹는"다면 불행하다고도 말한다. 손수 음식을 만드는 일이 즐겁고 행복하다고 말하는 작가의 모습은 지극히 열린 자세이다. 자신의 삶을 주체적이고도 적극적으로 영위하고 있는 것이다.

작가가 현재의 삶을 긍정적이고도 능동적으로 이끌고 있는 것은 세계인식의 토대가 튼튼하기 때문이다. 다시 말해 "옛날 못 먹던 시절"이나 "딸이 많아 죄인 같던 시절"이나 "30년 전 산소에서 어린 애들을 데리고 남편을 부르며 울던" 때를 현재의 삶에 필요한 토대로 삼고 있는 것이다. 이와 같은 점에서 작가가 과거를 기억하는 것은 단순히 지나간 일들을 떠올리는 것이 아니라 현재의 상황을 인식하는 거울이라고 볼 수 있다.

「허공에 띄우는 편지」를 비롯해 많은 작품에서 언급되고 있듯이 작가 21살에 직업군인인 남편과 결혼해 19년 동안 5남매를 낳고 행복하게 살았다. 그런데 뜻하지 않게 남편이 병을 얻어 세상을 뜨고 말았다. 그리하여 남편이 없다는 사실 자체만으로도 아쉽고 안타까워 많은 눈물을 흘리기도 했지만 홀로 아이들을 바르게 키우는 일은 여간 힘든 게 아니었다. 경제적인 차원에서도 어려워 딸기나 닭고기나 곶감조차 제대로 먹일 수 없었고 값싼 콩나물을 주 반찬거리로 삼았을 정도였다. 무거운 짐을 실은 수레를 끌고 다니면서 장사를 했지만, 그것마저 허리 디스크 수술로 인해 그만둘 수밖에 없었다.

그렇지만 작가는 그 어려운 환경에 함몰되지 않았다. 주어진 삶의 조건에 절망하거나 좌절하지 않고 자신을 지키며 극복해 나간 것이다. 그 결과 현재는 적당한 크기의 아파트에서 이사 걱정 없이 식구들과 함께 살아가고 있다. 온 식구들과 공용으로 사용해 불편하던 과거와는 달리 혼자 화장실을 쓸 수 있고, 식구들이 타기에 적당한 차도 마련하고 있다. 예전에는 마음 놓고 먹을 수 없던 과일들이며 쌀을 충분히 마련해 마음이 풍족하기도 하다. 좋아하는 감을 사다 놓고 연시가 되면 하나씩 골라먹는 쏠쏠한 재미도 누리고 있다.

뿐만 아니라 식구들과 자주 얼굴을 마주하고 많은 대화를 나눌 수 있어 행복하다. 시집간 네 딸의 집에 번갈아 다닐 수 있는 재미도 크다. 손자손녀들이 좋아하며 따르니 기쁘고, 충분하지는 않지만 손자손녀들에게 용돈을 줄 수 있기에 뿌듯하다. 매년 봄과 가을에 남편의 산소를 스무 명이나 되는 자식들과 함께 음식을 준비해서 찾아가는 일 또한 소풍가는 것처럼 즐겁다. 효심이 지극한 자식들을 보고 있으면 남편에게 당신의 자식들을 잘 키웠노라고 자랑하고 싶어지기도 한다.

옆집에 사는 젊은 친구와 커피를 마시는 시간 또한 그지없이 즐겁다. 수영장에 다니면서 운동을 하기에 일상생활에 활기가 넘치고, 지역 문화원의 문학반에 나가 하고 싶은 공부하기에 즐겁다. 매일 마을 뒷산에 올라가 운동하면서 건강을 유지하고 있고, 어느 정도의 용돈을 가지고 있기에 좋아하는 사람들을 만나면 밥을 살 수 있어 기쁘다.

그리하여 작가의 현재 모습은 참으로 여유롭고 평화롭고 행복하다. 그렇지만 결코 화려하거나 부유한 것은 아니다. 단지 "젊은 시절에 외로움과 많은 어려움을 겪고 살았기에 작은 기쁨도 큰 기쁨으로 여기고 감사하며 살고 있"는 모습이다.

작가는 현재와 같은 상황을 앞으로도 희망하고 있다. "앞으로 사람들을 좋아하고 미워하지 않으며 좋은 사람으로 남는 내가 되고 싶습니다. 우아하고 점잖고 깨끗하게 늙어가고 싶습니다. 또 가끔 손자의 손을 잡고 뒷동산에 올라 힘차게 달려가는 기차와 한강을 바라보며 나의 생활의 기쁨을 느끼면서 살고 싶습니다."라고 화려하거나 부유하지는 않더라도 인정 많고 깨끗하고 함께 어울리는 행복한 생활을 바라고 있는 것이다.

3

"인연이란 선천적인 것이라기보다는 후천적이라는 특성을 갖는다. 타고난 것이 아니라 사람들 사이에서 맺어지는 관계이기에 서로의 기대와 의지와 세계관이 반영된 것이다. 따라서 인연은 정적이라기보다는 동적이라는 특성을, 다시 말해 지향성을 갖는다."[1] 진정 인연 인식에는 자신을 적극적으로 밀어가는 자세가 필요하다. 자기 자신은 물론 상대를 긍정적이고도 능동적으로 포용해야 하는 것이다.

그와 같은 작가의 모습은 김포의 고려공원묘지에 안장해 있던 남편을 이장해서 현충원에 안장시킨 이야기인 「이장」에서 잘 보여주고 있

---

1) 맹문재, 「인연의 시학」, 『돌탑을 쌓다』(박경남 시집), 시평사, 2011, 116쪽.

다. 남편은 병으로 세상을 떠났기에 참으로 안쓰러운 인연의 대상이기도 하지만, "지금까지 혼자 살면서 고생한 생각을 하니 눈물이 하염없이 흘러내"릴 수밖에 없듯이 원망의 대상이기도 하다. 하지만 작가는 그 모든 원망을 기꺼이 감수하고 남편을 끌어안는다. "남편을 현충원에 안장시키고 돌아오는데 마음이 날아갈 듯이 가벼웠다. 남편의 옆자리에 내가 들어갈 자리가 마련되어 있다."고 기뻐하는 것이다.

작가의 긍정적이고도 적극적인 인연 인식은 시댁이나 친정 식구들과의 관계에서도 여실하다. 86세인 시할머니며 환갑을 넘긴 시부모, 손위 아주버님, 형님, 시누이들, 조카들 등 4대가 대가족을 이루고 사는 엄한 집에서 시집살이를 했지만 싫은 소리 한 번 하지 않았다. 또한 남편이 세상을 떠났지만 시댁 식구들을 변함없이 마음속에 품고 있다. 친정 식구들과의 관계도 마찬가지이다. 어린 나이에 친모를 잃어 외로움이 깊었지만 키워준 어머니께 자식 된 도리를 다했다. 10남매간에도 서로 의좋게 지내오고 있다.

작가의 인연 인식은 친구나 이웃과의 관계에서도 여실하다. 신혼 시절 세입자로 만나 지금까지 피를 나눈 형제보다 끈끈한 정을 나누며 살아가고 있는 인전이 엄마와 경란이 엄마(「동행」), 광주에서 만나 서울 상도동에서까지 이웃하며 우정을 나누고 있는 노수남(「우정이 꽃피는 친구」), 사십대에 만나 서로 위로해주고 어루만져주는 정님이 엄마(「호주로 떠난 친구여」), 초등학교 동창으로 고인이 된 김행순을 비롯해 여전히 우의를 나누고 있는 정복순, 정난초, 배경태 친구들(「남영역」), 아침마다 커피를 마시며 마음을 터놓고 이야기를 나누는 이웃집 친구(「영원한 젊은 친구」), 이십대에 편물학원에서 만나 아직도 우정을 나누고 있는 영욱이 엄마와 은희 엄마(「쥐띠 친구들」) 등이 그러하다.

작가의 인연 인식은 어려운 시절 도움의 손길을 준 문흥규 김정숙 부부의 은혜를 잊지 않고 찾아뵙는 데서도(「잊을 수 없는 부부」), 골절

된 발목을 수술해준 의사 선생님에 대한 고마움을 잊지 않고 있는 데서도(「병상에서」) 볼 수 있다. 점점 인간관계가 이익관계로 변하고 있는 세상에서 이와 같은 자세는 실로 소중하다.

4

바람과 파도는 막을 수 없지만 현명한 항해사라면 이를 잘 이용할 수 있듯이 나도 노화의 과정을 피할 수는 없지만 운동이나 긍정적인 마음가짐으로 삶의 지혜와 인생의 비밀을 터득해 생산적인 활동을 해야 할 것이다. 새벽 일출의 시각 농쏙에는 꿈이 있겠지만 저녁 서쪽 일놀에는 현실이 있다. 하루 종일 자기 몸을 불태우고 아름답게 지는 해처럼 나도 생을 마칠 순간까지 활기차고 아름답게 살아가야겠다.

—「지는 해도 아름답다」 부분

내가 쓴 작품으로 책을 내고 싶은 것이 나의 소원이다. 그리고 손자손녀에게 용돈을 주는 인자한 할머니, 친구들에게 밥값을 내는 친구가 되고 싶고, 또 남을 위해 건강이 허락할 때까지 봉사를 할 것이다. 내 주위의 소외된 친척에게도 도움을 주는 사람이 될 것이며, 사랑하는 우리 가족에게도 맛있는 음식을 해주는 할머니가 될 것이다.

—「고희에 서서 뒤돌아본다」 부분

지는 해도 아름답게 바라보는 작가가 희망하는 사항들에는 과거나 현재의 상황이 모두 반영되어 있다. 손자손녀에게 용돈을 주는 인자한 할머니가 되고 싶은 것은 물론 친구들에게 밥값을 내고 친척들에게 도움을 주고 싶은 마음에는 지난날 너무 가난했기 때문에 그렇게 하지 못한 미안함이며 아쉬움이 들어 있는 것이다.

작가의 희망 사항 중 건강이 허락하는 한 필요로 하는 사람들에게 봉사활동을 하겠다는 것은 의미가 크다. 다른 사람을 위해 봉사하겠다는 마음은 그 자체로도 박수 받을 일이지만, 작가의 경우에는 특히 그렇다. 그 자신이 "오십대 후반 장애인이 되었"(「장애인」)기 때문이다. 작가는 초겨울 빙판길을 걷다가 미끄러져 엉덩이를 다쳐 고관절 수술을 했다. 그런데 불행하게도 신경을 다치는 의료사고를 당해 장애인이 된 것이다. 그렇지만 좌절하지 않고 다친 신경을 회복하겠다는 집념으로 수영과 걷기 운동을 꾸준히 한 결과 현재는 정상적인 생활을 하고 있다.

작가가 남을 위해 봉사활동을 하려는 것은 자신이 장애인으로서 겪었던 어려움을 잘 알고 있기 때문이다. 그리하여 불행한 처지에서도 포기하지 않고 극복해 낸 자신의 체험을 활용해 장애인들에게 조금이나마 도움을 주고자 하는 것이다. 실제로 작가는 봉사은행에 가입해 복지관 노인들을 위한 무료 급식 봉사활동이며 장애인 등산대회 보조 자원 봉사자의 활동을 해오고 있다. 장애의 체험을 가졌다고 해서 모든 사람이 봉사활동을 하는 것은 아니기에 작가의 실천은 참으로 본받을 만한 면이다.

작가가 자신의 이야기를 책으로 간행하고 싶어 하는 희망도 인연 인식으로 이해할 수 있다. 다시 말해 책을 내려고 하는 이유는 명예를 얻는다거나 판매 수익으로 돈을 벌려고 하는 것이기보다는 자신과 인연이 된 사람들을 오래도록 간직하고 싶어서이다. 인간은 유한한 존재이기에 기억력에 의존하는 데는 한계가 있다. 그러므로 인연의 이야기들을 활자로 옮겨 기록하고 싶어 하는 것은 충분히 이해된다. 이제 작가는 그 소망을 이루어 자신의 이야기를 활자로 된 종이책은 물론이고 전자책이며 사이버 공간에 한 권의 책으로 저장해 놓았다. 지구가 멸망하지 않는 한 작가의 이야기는 영원히 기록으로 남아 있을 것이다.

작가는 "새벽 일출의 동쪽에는 꿈이 있겠지만 저녁 서쪽에는 일몰의 현실이 있다. 하루 종일 자기 몸을 불태우고 아름답게 지는 해처럼 나도 생을 마칠 순간까지 활기차고 아름답게 살아가야겠다."(「지는 해도 아름답다」)라고 다짐하고 있다. 아직도 이루고 싶은 꿈이 많다는 것을 알 수 있다. 그 꿈들은 아름답게 살아가려는 것이기에, 즉 인연 인식을 토대로 한 것이기에 이를 데 없이 소중하다. 따라서 작가와 인연을 맺은 모든 사람들과 마찬가지로 필자 역시 기쁘게 응원한다.

2000년대 시문학사[1]

1. 시대 상황

2000년대는 새천년의 시작이라는 점에서 그 어떤 때보다도 많은 관심과 기대를 가지고 출발했다. 그렇지만 안타깝게도 이전 세기와 마찬가지로 불안과 비극적인 사건들이 계속 이어졌다. 그와 같은 징후는 새천년의 길목에서 일어났던 와이투케이(Y2K) 상황에서부터 볼 수 있다. Y는 연도(year)를, K는 1000(Kilo)을 의미하는 이 용어는 천년을 뜻하는 밀레니엄과 컴퓨터 프로그램상의 오류를 가리키는 버그의 합성어로 밀레니엄 버그(Millenium Bug)라고 불리기도 하는데, 컴퓨터 시스템으로 작동되는 모든 산업에 대혼란을 가져올지 모른다는 불안이었다. 컴퓨터 프로그래밍에서 1900년대의 19를 편의상 고정시키고 마지막 두 자리만 변수로 사용해왔으므로, 2000년대의 마지막 두 자리인 00을 변수로 표식하면 컴퓨터가 1900년으로 오식하는 문제가 발생될 수

---

1) 해당 시기는 2000년부터 2007년까지이다.

있다는 것이었다. 다행히 와이투케이로 인한 큰 사고가 없이 새천년을 맞이했지만, 새로운 시대가 순조롭게만 진행되지는 않을 것임을 강하게 시사했다.

그와 같은 예상이 여실하게 증명된 것이 2001년 9월 11일 미국에서 일어난 테러사건이었다. 미국 워싱턴의 국방부 청사와 의사당을 비롯한 주요 관청과 뉴욕의 세계무역센터 쌍둥이 빌딩이 동시다발적으로 테러 공격을 받은 이 사건은 세계인들에게 충격을 주었다. 미국은 테러 사건의 배후 인물로 오사마 빈 라덴을 지목하고 그를 비호하고 있던 아프가니스탄을 공격해 탈레반 정권과 알 카에다 조직을 붕괴시켰다. 뿐만 아니라 테러와의 전쟁을 선포하고 2003년 3월 20일 이라크 전쟁을 감행하는 등 인류사에 또다시 피를 뿌렸다. 지난 20세기는 폭력과 전쟁의 역사로 얼룩졌기 때문에 새천년에는 반성과 화해로써 극복되기를 희망했지만, 세계 평화의 실현이 결코 쉽지 않음을 보여준 것이다.

2000년대를 특징짓는 또 다른 면은 자본주의의 심화라고 할 수 있다. 1989년 베를린 장벽의 철거 이후 사회주의가 몰락되면서 20세기 내내 견고하게 대치했던 냉전 구도는 허물어지고, 그 대신 신자유주의의 기치를 내건 자본주의가 전 세계를 장악한 것이다. 자본주의는 자신의 이익을 위해 국가 간의 경계마저 제거하고 자유롭게 이동하는데, 한국도 예외 없이 영향을 받을 수밖에 없었다. 1997년 11월 21일 한국 정부가 국제통화기금(IMF)에 구제 금융을 요청한 상황이 그 여실한 면이다. 기업들의 무리한 투자와 금융기관의 경영 부실, 정경유착과 관치금융, 교역조건 악화 등으로 인해 연쇄부도를 일으키고, 대외신인도의 추락에 의해 외국인 투자자들이 빠져나감에 따라 외환 보유고가 고갈된 것이다. 아이엠에프는 구제 금융을 제공하는 대신 한국 정부에 긴축통화정책의 실시, 부실한 기업의 정리, 모든 은행의 국제결제은행

(BIS) 기준 자기자본 비율 8% 이상 유지, 외국인 주식투자 한도 폐지, 재벌 경영의 투명화, 기업의 적대적 인수 및 합병 허용, 노동시장의 유연화 등을 요구했다. 다급한 한국 정부는 아이엠에프의 요구를 수용할 수밖에 없었고, 그 결과 대대적인 구조조정이 이루어져 노동자들은 실직과 취업난으로 불안정한 생활을 영위해야만 되었다. 뿐만 아니라 사회의 양극화가 더욱 심해졌고, 물질가치가 인간의 정신가치를 지배하는 현실이 도래했다. 자본주의의 영향은 2007년 4월 2일 한·미 자유무역협정(FTA)이 체결된 데에서 보듯이 더욱 심화될 것으로 보인다.

2. 시단 상황

2000년 9월 소설가 황순원이, 같은 해 12월 시인 서정주가 타계했다. 어느 시대나 문인들의 타계가 있기 마련이지만 이들의 경우가 특히 주목되는 이유는 한국 문단에 큰 영향을 끼쳤기 때문이고, 또 새로운 세기에 일어났기 때문이다. 20세기의 한국 문단을 이끌어온 상징적 존재들이 타계함으로써 새로운 시인들이 출현할 수 있는 계기가 마련된 것이다.

2003년 2월 이문구(소설가), 3월 조병화(시인), 4월 이태극(시조시인), 8월 신동집(시인) 및 이오덕(아동문학가), 10월 최영숙(시인), 11월 이근삼(극작가), 12월 윤석중(아동문학가) 등이 타계했다. 2004년 5월 구상(시인) 및 어효선(아동문학가), 10월 류달영(수필가), 10월 김상옥(시조시인), 11월 김춘수(시인) 및 김정구(시인), 12월 전우익(작가) 등도 타계했다. 2005년 2월 이형기(시인), 12월 이선관(시인), 2006년 5월 박영근(시인), 6월 차범석(극작가), 8월 박영한(소설가), 9월 정세기(시인), 2007년 1월 박찬(시인), 2월 오규원(시인) 및 조영관(시인), 4월 백창일(시인), 5월 권정생(아동문학가) 및 피천득(시인, 수필가), 6월 정규화(시인) 등도 타계했다. 이들 중에 황순원, 서정주, 조병화, 이태극, 신동집, 이오덕, 이근삼, 윤석중, 구상, 어효선, 김상옥, 김춘수, 이형기, 차범석, 권정생, 피천득 등의 타계는 특히 세대교체를 상징한다고 볼 수 있다.

2000년대의 한국 시단은 참여문학과 순수문학이라는 기존의 이분법적 구분이 상당히 와해된 상황이다. 신자유주의 체제를 내세운 거대 자본이 사회의 전역을 지배하게 되자 문학 분야 또한 영향 받을 수밖에 없게 된 것이다. 자본주의의 심화로 인해 문화 영역 전체가 산업 가치로 전환되었듯이 문학 역시 예외 없이 가치의 변화를 겪었다. 역사나 국가, 민족, 민중, 계급, 해방 등과 같은 거시 담론의 가치들은 축소 내지 폐기되었고, 대신 일상, 개인, 욕망, 몸, 탈중심 등과 같은 미시 담론의 가치들이 대두되었다. 그동안 문학이 고유하게 견지해온 정신 가치는 더 이상 지배적인 요소가 되지 못하고, 오히려 새로운 감각과 시각적인 효과가 중요하게 인식된 것이다.

2000년대에는 새로운 시인들이 대거 시단에 등장해 활동했다. 대중 문화의 과감한 차용, 상상력 발휘, 언어 활용의 다양화 등으로 문학의 사회성이며 공리성을 추구하던 기성세대 시인들과는 상당히 다른 시의 미학을 지향했다. 기성세대 시인들은 시의 의미를 중요하게 여겼지만 이들은 시의 형식을 중요하게 여겼고, 기성세대 시인들은 시의 문법을 유지하였지만 이들은 오히려 문법을 파괴했다. 그리고 기성세대 시인들은 독자들과의 소통을 중시했지만 이들은 그보다 자기 인식에 중점을 두었다.

그렇지만 2000년대의 한국 시단은 어느 한 가지의 특성만으로는 집약할 수 없을 정도로 다양해졌다. 시인들의 평균 수명이 늘어남에 따라 창작활동 자체가 연장된 데다가 새로운 공급층과 수요층이 다양화되었다. 대학에 문예창작학과가 대폭적으로 신설된 것은 물론 각 지역의 문화센터에 문예창작 강좌가 개설되어 있고, 228종의 문예지(2006년 『문예연감』)가 발간됨으로 인해 다수의 시인이 제도적으로 배출되고 창작활동을 할 수 있게 되었다. 또한 컴퓨터의 급속한 확대로 인해 시인의 활동 지형도가 변화되어 인터넷을 통한 다양한 방법으로 작품활동이나 문단활동이 이루어지고 있다.

3. 시단의 양상

1) 원로 및 중견 시인[2]들의 활동

2000년대의 한국 시단은 새로운 시인들이 많이 등장해 활발하게 활동했지만, 원로 및 중견 시인들의 활동도 못지않았다. 현대 의술의 발달, 건강관리 개선, 식생활 향상, 문화생활의 확대 등으로 인해 전체 인구의 평균수명이 80세에 이르렀기 때문에 시인들의 수명 역시 연장되어 작품 활동 기간이 늘었다는 외면적인 면도 있지만, 창작 의욕 자체도 높았다고 볼 수 있다. 원로 및 중견 시인들은 자신이 추구해온 시의 주제며 형식을 변화시키기보다는 심화시키는 쪽으로 활동했는데, 인문학적 통찰을 통한 삶의 의미와 공동체적 가치를 지향하는 경향을 보였다.

1960년대 이전에 등단해 2000년대에 작품활동을 한 시인으로는 김종길, 김규동, 김남조, 신경림, 박희진, 허만하, 황동규, 조영서, 유경환, 고은, 함동선, 마종기, 민영, 김영태, 이성부 등을 들 수 있다.

김종길은 『해가 많이 짧아졌다』(2004)에서 인생의 아름다움과 유한함을 성찰했다. 김규동(1925~2011)은 『느릅나무에게』(2005)에서 헤어

---

2) 2007년을 기준으로 등단한 지 20년이 넘은 시인들을 필자가 임의로 지칭한 것임.

진 고향의 가족과 지인들을 그리워하며 조국 통일을 염원했다. 신경림은 『뿔』(2002)에서 사회적 약자에 대한 관심을 지속적으로 견지하면서 지인들의 죽음을 통해 인생의 회한을 보여주었다. 황동규는 『버클리풍의 사랑 노래』(2000) 『우연에 기댈 때도 있었다』(2003)에서 인간의 존재론적 의미를 탐색했다. 김영태(1936~1971)는 『그늘 반근』(2000) 『누군가 다녀갔듯이』(2005)에서 내면에 존재하는 고독, 기쁨, 그리움 등을 풍요롭게 그렸다. 고은은 140권의 저서를 가지고 있는 시인답게 2000년대에도 왕성한 작품활동을 보였는데, 『두고 온 시』(2000) 『남과 북』(2000) 『순간의 꽃』(2001) 『만인보』 16~23(2004/2006) 『부끄러움 가득』(2006) 등에서 사회 문제 및 자연 인식을 보여주었다. 마종기는 40여 년의 도미 생활을 정리하고 귀국해 『새들의 꿈에서는 나무 냄새가 난다』(2002) 『우리는 서로 부르고 있는 것일까』(2007)를 간행했는데, 시간과 사랑에 대한 사념들을 담백한 시어로 담았다. 민영은 『해지기 전의 사랑』(2001) 『방울새에게』(2007)에서 인생의 외로움, 고독, 그리움 등을 노래하면서 이름 없는 풀, 꽃, 새 등과 대화를 나누었다.

1960년대에 등단한 정진규는 『도둑이 다녀가셨다』(2000) 『본색』(2004)에서 가족의 소중함과 자연의 엄정한 생명력을 노래했다. 김종해는 『풀』(2001)에서 궁핍했던 시대에 가족을 위해 희생한 어머니를 품었다. 이수익은 『눈부신 마음으로 사랑했던』(2000) 『꽃나무 아래의 키스』(2007)에서 삶의 본질을 응시했다. 이승훈은 『비누』(2004) 『이것은 시가 아니다』(2007)에서 자아에 대한 탐구를 지속했다. 최하림(1939~2010)은 『풍경 뒤의 풍경』(2001)에서 시간의 흐름과 함께하는 풍경들의 참모습을 그렸다. 박의상은 『질문과 농담과 시』(2005)에서 시 형식을 파괴하는 실험정신으로 인간의 욕망과 농담과 상처를 담았다. 유안진은 『봄비 한 주머니』(2000) 『다보탑을 줍다』(2004)에서 일상생활의 가치와 여성성을 그렸다. 오규원(1941~2007)은 『새와 나무와 새똥 그리고 돌멩이』(2005)에서 개념화되기 이전의 이미지, 즉 '날[生]이미지'라는 본인의 시론과 작품을 일체화시켰다. 천양희는 『너무 많은 입』(2005)에서 생의 상처와 절망에 맞서는 정신적 가치를 추구했다. 조오현은 『산에 사는 날에』(2001) 『아득한 성자』(2007)에서 불교적 세계관을 바탕으로 삶의 본질을 사색했다. 강인한은 『푸른 심연』(2005)에서 존재의 심연을 탐구했다. 오탁번은 『벙어리장갑』(2002) 『손님』(2006)에서 유년의 추억과 자연의 경이로움을 노래했다. 이건청은 『석탄 형성에 관한 관찰 기록』(2000) 『푸른 말들에 대한 기억』(2005) 『소금창고에서 날아가는 노고지리』(2007)에서 문명에 의해 사라져가는 자연과 사회적 약자들을 품었다. 오세영은 『적멸의 불빛』(2001) 『봄은 전쟁처럼』(2004) 『시간의 쪽배』(2005) 『꽃피는 처녀들의 그늘 아래서』(2005) 『문 열어라 하늘아』(2006)에서 인간 가치와 자연의 생명력을 노래했다. 강은교는 『초록 거미의 사랑』(2006)에서 소리와 굿을 통한 심연의 세계를 노래했다. 신대철은 『개마고원에서 온 친구에게』(2000) 『누구인지 몰라도 그대를 사랑한다』(2005) 『바이칼 키스』(2007)에서 화전민이었던 유년 및 군복무 시절, 몽골 등의 오지 체험을 담았다. 김형영은 『낮은 수평선』(2005) 『새벽달처럼』(2007)에서 조화를 추구하는 세계인식을 보였다. 서정춘은 『봄 파르티잔』(2001) 『귀』(2005)에서 삶의 아픔을 서정으로 승화시켰다. 홍해리는 『봄 벼락치다』(2006) 『푸른 느낌표』(2006)에서 서정적 열정으로 자연과 삶의 본질을 노래했다. 문정희는 『오라 거짓 사랑아』(2001) 『양귀비꽃 머리에 꽂고』(2004) 『나는 문이다』(2007)에서 사랑의 기쁨과 슬픔을 주체적인 여성으로 노래했다. 김지하는 『화개』(2002) 『유목과 은둔』(2004) 『비단길』(2006)에서 생성과 소멸의 우주적 존재와 생명 문제를 사유했다. 이시영은 『은빛 호각』(2003) 『바다 호수』(2004) 『아르갈의 향기』(2005) 『우리의 죽은 자들을 위해』(2007)에서 가난하고 어두웠던 시간과 함께했던 인물들을 산문시 형태로 그려냈다.

1970년대에 등단한 임영조(1945~2003)는 『시인의 모자』(2003)에서 장인이 물건을 공들여 만들 듯 시인의 모자를 만들어 쓰려고 했다. 노향림은 『해에게선 깨진 종소리가 난다』(2005)에서 고통과 슬픔을 섬세하게 이미지화했다. 정희성은 『詩를 찾아서』(2001)에서 말을 새로 배운다는 자세로 참다운 시 쓰기를 고민했다. 조정권은 『떠도는 몸들』(2005)에서 담담한 어조로 예술혼의 흔적을 찾아 나섰다. 나태주는 『이 세상 모든 사랑』(2005) 『쪼금은 보랏빛을 물들 때』(2005) 『물고기와 만나다』(2006)에서 삶의 연륜과 사랑을 노래했다. 이선관(1942~2005)은 『우리는 오늘 그대 곁으로 간다』(2000) 『배추흰나비를 보았습니다』(2002) 『지금 우리들의 손에는』(2003) 『어머니』(2004) 『나무들은 말한다』(2006)에서 장애를 극복하고 정치 민주화, 환경문제, 조국 통일 등을 노래했다. 이하석은 『것들』(2006)에서 객관적인 시선으로 황폐한 도시 문명을 비판했다. 신달자는 『어머니 그 비뚤비뚤한 글씨』(2001) 『오래 말하는 사이』(2004)에서 모성과 여성의 생명력을 노래했다. 이기철은 『가장 따뜻한 책』(2005) 『정오의 순례』(2006)에서 자연과 합일을 추구하면서 존재론적 근거를 성찰했다. 김승희는 『냄비는 둥둥』(2006)에서 음악적인 율동으로 여성의 일상과 야성미를 회복시켰다. 허형만은 『영혼의 눈』(2002) 『첫차』(2005)에서 일상과 인정의 소중함을 노래했다. 김명인은 『바다의 아코디언』(2002) 『파문』(2005)에서 내밀하고 정제된 시어로 생의 문제를 탐색했다. 한영옥은 『비천한 빠름이여』(2001) 『아늑한 얼굴』(2006)에서 삶의 면면을 노래했다. 조창환은 『피보다 붉은 오후』(2001) 『수도원 가는 길』(2004)에서 아쉬움과 그리움과 아름다움 등 길 위에서 느낀 회상들을 그렸다. 이태수는 『이슬방울 또는 얼음꽃』(2004)에서 삶의 쓸쓸함과 서정적 자아를 탐구했다. 김광규는 『처음 만나던 때』(2003) 『시간의 부드러운 손』(2007)에서 세월과 일상의 의미

를 그렸다. 하종오는『무언가 찾아올 적엔』(2003)『반대쪽 천국』(2004)
『님시집』(2005)『지옥처럼 낯선』(2006)『아시아계 한국인들』(2007)『국
경 없는 공장』(2007)에서 대지와 농민, 외국인 노동자들의 삶을 그렸
다. 이영춘은『시간의 옆구리』(2001)에서 일상과 생의 내면을 그렸다.
최동호는『공놀이하는 달마』(2002)에서 달마는 왜 동쪽으로 왔는가 하
는 화두를 가지고 인간 존재의 근원을 탐구했다. 이상국은『어느 농사
꾼의 별에서』(2005)를 통해 가족, 나무, 어둠, 별 등을 노래했다. 강영
환은『푸른 짝사랑에 들다』(2003)『불무장등』(2005)『집을 버리다』
(2005)『벽소령』(2007) 등에서 바다와 산과 생의 운명을 그렸다. 김명수
는『아기는 성이 없고』(2000)『가오리의 심해』(2004)에서 차별을 넘어
서는 생명의 소중함을 노래했다. 이성복은『아, 입이 없는 것들』(2003)
『달의 이마에는 물결무늬 자국』(2003)에서 참신한 이미지와 절제된 감
정으로 깊은 세계인식을 보여주었다. 송재학은『기억들』(2001)『진흙
얼굴』(2005)에서 어둡고 절망적인 자의식을 응시했다. 박몽구는『개리
카를 들으며』(2001)『마음의 귀』(2006)에서 자본주의 사회에서 소외된
삶을 그렸다. 문충성은『허공』(2001)『백년 동안 내리는 눈』(2007)에서
자신의 고향인 제주에 깊은 관심을 보였다. 김혜순은『달력 공장 공장
장님 보세요』(2000)『한 잔의 붉은 거울』(2004)에서 활달한 상상력으로
남성 중심의 관념을 넘어서는 부정의 미학을 획득했다. 손종호는『새
들의 현관』(2006)에서 인간 존재의 가치를 탐구했다. 장석주는『간장
달이는 냄새가 진동하는 저녁』(2001)『붉디 붉은 호랑이』(2005)에서 삶
을 영위하는 자아를 성찰했다. 고형렬은『김포 운호가든집에서』(2001)
『밤 미시령』(2005)에서 고향, 가족, 일상, 자연 등을 성찰했다. 박남철
은『바다 속의 흰머리뫼』(2005)에서 형태파괴의 시 형식 및 인터넷 양
식을 차용하며 현실의 위선과 모순을 비판했다. 박노해는『그러니 그
대 사라지지 말아라』(2010)에서 1980년대에 추구했던 노동시를 평화와

생명사상으로 확대했다.

1980년대에 등단한 박태일은 『풀나라』(2002)에서 전통적인 시어로 소리와 색깔 등을 예민하게 포착했다. 이소리는 『바람과 깃발』(2006)에서 노동의 체험과 민요의 차용으로 삶의 애환을 노래했다. 최두석은 『꽃에게 길을 묻는다』(2003)에서 생태적 감수성으로 인간의 길을 찾았다. 김정환은 『해가 뜨다』(2000) 『하노이 서울시편』(2003) 『레닌의 노래』(2006)에서 역사, 죽음, 사랑의 시간을 회복했다. 이재무는 『위대한 식사』(2002) 『푸른 고집』(2004)에서 농촌 공동체의 체험을 그렸다. 남진우는 『타오르는 책』(2000) 『새벽 세 시의 사자 한 마리』(2006)에서 죽음의 다양한 이미지를 그렸다. 박영근(1958~2006)은 『저 꽃이 불편하다』(2001) 『별자리에 누워 흘러가다』(2007)에서 자본주의의 한 구성원으로 살아가야 했던 삶의 힘듦을 담았다. 정규화(1949~2007)는 『슬픔의 내력』(2004) 『나무와 바람과 세월』(2004) 『오래된 변명』(2006) 『머슴새가 울었다』(2007)에서 신부전증이라는 병마 속에서도 삶의 희망과 의지를 잃지 않았다. 배창환은 『흔들림에 대한 작은 생각』(2000) 『겨울 가야산』(2006)에서 공동체적 삶을 추구했다. 이사라는 『시간이 지나간 시간』(2002)에서 세월에 묻힌 기억과 죽음의 흔적들을 들춰보며 자신의 내면을 조망했다. 이기형은 1917년 함남 함주 출생으로 1982년 시집 『망향』으로 등단했는데, 『산하단심』(2002) 『봄은 왜 오지 않는가』(2003) 『해연이 날아온다』(2007)에서 역사의식과 민족의식을 그렸다. 김수열은 『신호등 쓰러진 길 위에서』(2001) 『바람의 목례』(2006)에서 공동체를 건설하려고 했던 1980년대의 열정과 4·3항쟁의 슬픔을 그렸다. 윤재철은 『세상에 새로 온 꽃』(2004)에서 도시문명에 끌려가지 않는 인간 가치를 제시했다. 김사인은 『가만히 좋아하는』(2006)에서 고즈넉한 시어로 내면의 풍경화를 그렸다. 양애경은 『내가 암늑대라면』(2005)에서 여성의 시각에서 사랑을 그렸다. 이문재는 『제국호텔』

(2004)에서 디지털화된 도시를 비판하며 자연의 생명력을 옹호했다. 김경미는 『쉿 나의 세컨드는』(2003)에서 외로움에 젖어 있는 자아를 그렸다. 이승철은 『총알택시 안에서의 명상』(2001) 『당산철교 위에서』(2006)를 통해 한국 사회에서 힘들게 살아가야 하는 40대 남성의 자화상을 그렸다. 김백겸은 『북소리』(2002) 『비밀방』(2005)에서 상상력으로 시의 고유한 세계를 지향했다. 박찬(1948~2007)은 『먼지 속 이슬』(2000)에서 자연의 경이와 삶의 깨달음을 노래했다. 최영철은 『일광욕하는 가구』(2000) 『그림자 호수』(2003) 『호루라기』(2006)에서 소외된 자들과 유대감을 가지려고 했다. 고재종은 『그때 휘파람새가 울었다』(2001) 『쪽빛 문장』(2004)에서 인문학적 감각과 언어의 섬세함으로 농민시를 확장시켰다. 백무산은 『초심』(2003) 『길 밖의 길』(2005)에서 자본주의 사회를 비판하면서 새로운 세계를 사유했다. 이은봉은 『내 몸에는 달이 살고 있다』(2003) 『길은 당나귀를 타고』(2005)에서 생태적 사유로 삶을 성찰했다. 윤중호(1956~2004)는 유고시집 『고향 길』(2005)에서 산업화 과정에 소외된 농촌 고향을 그렸다. 김기홍은 『슬픈 희망』(2002)에서 공사장 인부들의 힘든 삶과 동료애를 그렸다. 김용락은 『시간의 흰 길』(2000)에서 아이엠에프 시대의 불행한 상황을 그렸다. 김해화는 『누워서 부르는 사랑 노래』(2000)에서 노동현장에서의 상처와 고통과 희망을 노래했다. 도종환은 『슬픔의 뿌리』(2005) 『해인으로 가는 길』(2006)에서 집착을 치유하는 근원을 살폈다. 황인숙은 『자명한 산책』(2003)에서 세월과 함께하는 삶의 연민과 애잔함을 담았다. 이승하는 『뼈아픈 별을 찾아서』(2001) 『인간의 마을에 밤이 온다』(2005) 『취하면 다 광대가 되는 법이지』(2007)에서 고통을 겪는 이 세계의 실상들을 휴머니즘으로 담아냈다. 박남준은 『적막』(2005)에서 생태적 인식으로 자연과 함께했다. 정일근은 『누구도 마침표를 찍지 못한다』(2001) 『마당으로 출근하는 시인』(2003) 『경주 남산』(2004) 『가족』(2004) 『오른손

잡이의 슬픔』(2005)『착하게 낡은 것의 영혼』(2006)에서 가족, 사랑, 자연, 아픔 등을 서정적으로 그렸다. 문인수는『동강의 높은새』(2000)『쉬』(2006)에서 자연의 소중함을 노래하면서 힘없고 가여운 대상들에게 연민을 보였다. 박영희는『팽이는 서고 싶다』(2001)『즐거운 세탁』(2007)에서 오랜 영어 생활을 마치고 돌아온 자신을 되돌아보며 역사적 현실을 응시했다. 장경린은『토종닭 연구소』(2005)에서 비인간화된 자본주의의 현실을 풍자했다. 박주택은『카프카와 만나는 잠의 노래』(2004)에서 적막과 상처의 얼룩들을 유장한 문체로 그렸다. 김윤배는『부론에서 길을 잃다』(2001)『사당 바우덕이』(2004)『혹독한 기다림 위에 있다』(2007)에서 욕망의 문제를 지속적으로 탐구했다. 공광규는『소주병』(2004)에서 자본주의 사회에서 어렵게 살아가는 40대 가장의 현실을 고백했다.

2) 서정시의 심화와 확대

서정시의 세계관은 자아와 이 세계의 동화, 즉 자아와 이 세계의 대립과 갈등을 극복하고 조화와 합일을 추구하는 것이다. 이는 수동적인 것이 아니라 바람직한 이상향을 지향하는 것이기에 능동적인 인식이다. 따라서 자본주의의 심화로 인해 공동체적 의식이 소멸하고 인간 소외가 심해지고 있는 21세기의 상황에서 서정시의 가치는 크다고 볼 수 있다. 인정, 의리, 이해, 희생 등의 인간 가치가 지극히 왜곡되거나 함몰되고 있으므로 이 세계와 동일화를 지향하는 서정시의 정신이 극복의 대안이 될 수 있는 것이다. 다시 말해 익명화된 섬에서 단자화된 존재로 살아가고 있고 자신마저 수단화되고 있는 상황에서 서정시의 정신은 인간 가치를 회복하는 길이 될 수 있는 것이다.

서정시는 이 세계의 존재들을 진지하게 이해하고 포용하는 세계관을 갖고 있다. 시장 가치에 조종당하는 것이 아니라 성숙한 인간 정신으로 주체성을 지향한다. 이는 대상과 타협하는 것이 아니라 주체적으로 합일을 추구하고, 또 대상을 배척하는 것이 아니라 함께하는 것이다. 부정적인 자세로는 이 세계와 동일화를 이룰 수 없음을 인식하고 긍정적으로 연대를 지향하는 것이다.

2000년대 이전까지의 서정시는 참여시 및 실험시와 대립적인 위치에 있었다. 전통적인 서정시의 입장에서 보면 참여시는 구호만을 내세우는 선동적인 제스처에 불과한 것이었고, 실험시는 주관적이고 난해한 상징의 나열에 불과한 것이었다. 그러므로 모순되고 폭력이 난무하는 이 세계를 근본적으로 극복하는 데에는 서정시의 가치가 적격이라고 주장했다. 그렇지만 서정시는 다양화되고 급변하는 시대를 적극적으로 반영하거나 전위적인 위치에서 주도적으로 이끌지 못했다. 이 세계가 고정되지 않고 변화하고 있다는 사실을 적극적으로 인식하지 못한 것이다.

그러나 2000년대에 들어 서정시의 성격은 상당히 변모되었다. 유구한 전통을 계승해 영역을 넓혔고, 보수적인 성격을 상당히 극복했다. 과거로의 회귀만을 추구하지 않고 혼란스러운 시대를 열린 세계인식으로 품은 것이다. 아울러 인습적인 규범에 의지하지 않는 창의력을 발휘하여 시 형식도 다양성을 획득했다.

2000년대의 서정시를 이끈 장석남은 『왼쪽 가슴 아래께에 온 통증』(2001) 『미소는, 어디로 가시려는가』(2005)에서 자연의 질서에 동화되는 세계인식을 통해 자아를 성찰했다.

벌판은
안 어기도 돌아오는 봄 때문에도
해마다 넓고
넓어서

사월의 내 작문 공부는
힘에 부친다

울 일이 생겨 간혹 버리러 가면
생겨난 일이 너나없이 그런 일이라고
벌판은 그저 벌판의 일을 계속하고 있으므로
썰물이듯 돌아온다

어스름의 언덕이나 찔레꽃들도
다시 생겨나
나의 작문 공부는 그 앞에서
아주 놓아버리고,

—「벌판」 전문

　엄정한 질서를 지키고 있는 대자연에 비해 자신의 글쓰기가 부족함을 겸손하게 인정하고 있다. 벌판이 의연한 것은 자기 존재를 위해 최선을 다했기 때문이고, 자신의 글쓰기가 힘에 부치는 것은 온몸으로 다하지 못했기 때문이다. 그리하여 편견과 안일과 타협과 욕심을 뛰어넘는 글을 쓰지 못하는 자신을 반성하고 있다. 이와 같은 세계인식은 자연에 비해 인간의 연약함을 깨닫는 것이어서 종래의 인생관을 새롭게 확장시켰다고 보기는 어렵지만, 자기 존재를 진지하게 성찰했다는 점에서 서정시의 한 규범으로 볼 수 있다.

　허수경은 『내 영혼은 오래되었으나』(2001) 『청동의 시간 감자의 시간』(2005)에서 근원적이고 거시적인 시선으로 인류의 폭력을 고발하면서도 희망을 품고 모국어의 지평을 확장시켰다. "대구를 덤벙덤벙 썰어 국을 끓이는 저녁이면 움파 조곤조곤 무 숭덩숭덩/붉은 고춧가루 마늘이 국에서 노닥거리는 저녁이면//어디 먼 데 가고 싶었다"(「대구 저녁국」)와 같은 면에서 확인된다.

정끝별은 『흰 책』(2000) 『삼천갑자 복사빛』(2005)에서 일상의 상처들을 가족 사랑과 자기 긍정으로 노래했다.

> 파나마 A형 독감에 걸려 먹는 밥이 쓰다
> 변해 가는 애인을 생각하며 먹는 밥이 쓰고
> 늘어나는 빚 걱정을 하며 먹는 밥이 쓰다
> 밥이 쓰다
> 달아도 시원찮을 이 나이에 벌써
> 밥이 쓰다
> 돈을 쓰고 머리를 쓰고 손을 쓰고 말을 쓰고 수를 쓰고 몸을 쓰고 힘을 쓰고 억지를 쓰고 색을 쓰고 글을 쓰고 안경을 쓰고 모자를 쓰고 약을 쓰고 관을 쓰고 쓰고 싶어 별루무 짓을 다 쓰고 쓰다
> 쓰는 것에 지쳐 밥이 먼저 쓰다
> 오랜 강사 생활을 접고 뉴질랜드로 날아가 버린 선배의 안부를 묻다 먹는 밥이 쓰고
> 결혼도 잊고 죽어라 글만 쓰다 폐암으로 죽은 젊은 문학평론가를 생각하며 먹는 밥이 쓰다
> 찌개 그릇에 고개를 떨구며 혼자 먹는 밥이 쓰다
> 쓴 밥을 몸에 좋은 약이라 생각하며
> 꼭꼭 씹어 삼키는 밥이 쓰다
> 밥이 쓰다
> 세상을 덜 쓰면서 살라고,
> 떼꿍한 눈이 머리를 쓰다듬는 저녁
> 목메인 밥을 쓴다
>
> ─「밥이 쓰다」 전문

자본주의 사회에서 사회적 경제적 약자인 여성이 살아가는 동안 쓴맛을 느낄 수밖에 없다. 그리하여 밥맛이 쓰다. 수를 쓰고 몸을 쓰고 억지를 쓰고 힘을 쓰고 별짓을 다하는 것에 지쳐 밥맛이 쓴 것이다. 그렇지만 쓴 밥이 몸에 좋은 약이라고 여기고 식사를 포기하지 않는다.

세상을 살아가는 동안 쓴 일을 많이 경험하지만, 그래도 인생을 포기할 수 없다고 다짐하는 것이다.

나희덕은 『어두워진다는 것』(2001) 『사라진 손바닥』(2005)에서 약하고 가녀린 대상들을 모성으로 감싸안았다.

> 어치 울음에 깨는 날이 잦아졌다
> 눈 부비며 쌀을 씻는 동안
> 어치는 새끼들에게 나는 법을 가르친다
>
> 어미새가 소나무에서 단풍나무로 내려앉지
> 허공 속의 길을 따라
> 여남은 새끼들이 푸르르 단풍나무로 내려온다
> 어미새가 다시 소나무로 날아오르자
> 새끼들이 푸르르 날아올라 소나무 가지가 꽉 찬다
> 큰 날개가 한 획 그으면
> 모화(模畵)하듯 날아오르는 작은 날개들,
> 그러나 그 길을 필요로 하지 않을 때가 곧 오리라
>
> 저 텃새처럼 살 수 있다고,
> 이렇게 새끼들을 기르며 살고 있다고,
> 쌀 씻다가 우두커니 서 있는 내게
> 창밖의 날개 소리가 시간을 가르치는 아침
>
> 소나무와 단풍나무 사이에서 한 생애가 가리라
>
> ─「겨울 아침」 전문

'어치'는 까마귀과에 속하는 텃새로 우리나라 전 지역에 널리 분포하고 있는 것으로 알려져 있다. 위의 시는 어미 어치가 새끼들에게 나는 법을 가르치는 장면을 그린 것인데, 시인을 그 모습을 통해 자신의 자식 기르기를 성찰하고 있다. 진정한 모성이란 자식에게 밥을 먹여주는 것이 아니라 밥 먹는 법을 가르치는 일이고, 때에 이르러서는 독립적인 존재로 기꺼이 품에서 내려놓는 일이라고 새기고 있는 것이다.

이윤학은 『아픈 곳에 자꾸 손이 간다』(2000) 『꽃 막대기와 꽃뱀과 소녀와』(2003) 『그림자를 마신다』(2005)에서 삶의 주변에서 마주하는 사물과 상황들을 담백한 문체로 묘사했다. "주먹을 불끈 쥐고/기침을 시작하는 아버지./금 캐러 광산에 다닌 아버지./돌가루 쌓아놓고 사는 아버지."(「기침」)라는 표현에서 볼 수 있다.

최정례는 『붉은 밭』(2001) 『레바논 감정』(2006)에서 자아의 결핍과 불안을 기억을 통해 치유했다. "저승사자도 마찬가지다/퇴근해 돌아오는 사람을/집 앞 계단을 세 칸 남겨놓고/갑자기 심장을 멈추게 해 끌고 가버린다/오빠가 그렇게 죽었다//전화를 받고 허둥대다가/스타킹을 신는/그동안만이라도 시간을 유예하자고/고작 그걸 아이디어라고"(「스타킹을 신는 동안」)와 같이 인식하고 있다.

이선영은 『일찍 늙으매 꽃꿈』(2003) 『포도알이 남기는 미래』(2009)에서 인연의 대상들을 품으며 여성으로 살아가는 삶을 긍정하고 주체성을 내세웠다.

유리창 뒤에서 바라보는 풍경은 얼마나 평화로운가
노랫소리에 맞춰 가방을 멘 아이들은 총총히 학교로 가고
자동차들은 신호에 맞춰 섰다 움직이길 반복하며 연달아 차도를 달린다
멀리서 보면 줄지어 제 길을 찾아가고 있는 헤드라이트마저 정겹고
위험은 먼 나라에서 들려오는 소식일 뿐이다
유리창 너머로 들여다보면
부엌의 여자들마저 얼마나 순해 보이는가
음식을 위해 태어난 자기들의 운명에 순응하듯
묵묵히 그러나 일인극 배우처럼 당차게 부엌을 지키는 여자들
유리창 뒤에서 보는 풍경이 훨씬 아름답고 평화로운데

내가 두려워하는 것은 그럼에도 내가 질질 끌려가고 있는 저 바깥의 힘이다
그럴 때면 나는 인공호흡기를 뗀 식물인간처럼 호흡이 가빠진다
일러두건대 나는 유리창의 시인(詩人), 유리창의 수인(囚人)인 것이다
유리창이 부서져내리는 날 그 자디잔 파편들과 함께
내 영혼도 산산이 바닥에 흩어져내릴 것이다
그러니 삶의 투박하고 거친 손들이여 제발
나를 밖으로 꺼내려 들지 말라
나는 유리창에 고요히 담긴 자이다

　　　　　　　　　　　　　　　　　　—「유리창」 전문

　가족을 위해 음식 만드는 일을 맡고 있는 여성의 삶을 긍정하면서
아울러 여성의 주체성을 내세우고 있다. "일인극 배우처럼 당차게 부
엌을 지키는 여자들"이라고 노래한 데서 볼 수 있듯이 여성들이 부엌
일을 하는 것은 힘들지만, 주체적으로 아름답고도 평화로운 생활로 삼
고 있는 것이다.
　박형준은 『물속까지 잎사귀가 피어 있다』(2002) 『춤』(2005)에서 중심
부에 서지 못한 존재들을 섬세한 언어로 그렸다.

석유를 먹고 온몸에 수포가 잡혔다.
옴팍집에 살던 때였다.
아버지 등에 업혀 캄캄한
빈 들판을 달리고 있었다.
읍내의 병원은 멀어,
겨울바람이 수수깡 속처럼 울었다.
들판의 어디쯤에서였을까,
아버지는 나를 둥근 돌 위에 얹어놓고
목의 땀을 씻어내리고 있었다.

서른이 넘어서까지 그 풍경을
실제라고 믿고 살았다.

삶이 어렵다고 느낄 때마다
들판에 솟아 있는 흰 돌을
빈 터처럼 간직하며 견뎠다.
마흔을 앞에 두고 나는 이제 그것이,
내 환각이 만들어낸 도피처라는 것을 안다.

달빛에 바쳐진 아이라고,
끝없는 들에서 나는
아버지를 이야기 속에 가둬
내 설화를 창조하였다.
호롱불에 위험하게 흔들리던
옴팍집 흙벽에는 석유처럼 가계(家系)가
속절없이 타올랐다.
지평을 향한 생(生)이 만든
겨울밤의 환각.

　　　　　　　　　　　　　　　— 「지평(地平)」 전문

　온몸에 수포가 돋아날 정도로 위급한 자식을 아버지가 업고 병원으로 달려가는 상황이다. 시인은 위와 같은 모습을 통해 자식에 대한 아버지의 사랑을 보여주는 것은 물론 곤궁한 삶 자체의 그림자를 늘어뜨리고 있다. "고통의 미묘한/발자국 속에서/울다 가는"(「빛의 소묘」) 사람들의 깊은 흔적을 이야기하고 있는 것이다.
　이정록은 『제비꽃 여인숙』(2001) 『의자』(2006)에서 자연과 사소한 일상들을 섬세한 묘사와 시어의 활용으로 새로운 의미를 만들어냈다.

병원에 갈 채비를 하며
어머니께서
한 소식 던지신다

허리가 아프니까
세상이 다 의자로 보여야
꽃도 열매도, 그게 다
의자에 앉아 있는 것이여

주말엔
아버지 산소 좀 다녀와라
그래도 큰애 네가
아버지한테는 좋은 의자 아녔냐

이따가 침 맞고 와서는
참외밭에 지푸라기도 깔고
호박에 따리도 받쳐야겠다
그것들도 식군데 의자를 내줘야지

싸우지 말고 살아라
결혼하고 애 낳고 사는 게 별거냐
그늘 좋고 풍경 좋은 데다가
의자 몇 개 내놓는 거여

—「의자」 전문

위의 작품이 독자에게 친밀하게 다가오는 근거는 어머니가 집안 식구들을 위해 헌신하는 자세라든가, 의자가 다른 사람을 위하는 상징이라는 점 등을 들 수 있지만, 어머니의 말투 또한 주목할 만한 면이다. 시인은 어머니의 목소리라는 구어체 형식으로써 삶의 본질적 가치를 설득력 있게 들려주는 것이다.

문태준은 『수런거리는 뒤란』(2000) 『맨발』(2004) 『가재미』(2006)에서 도시의 삶에서 상실한 공동체 의식을 회복했다.

김천의료원 6인실 302호에 산소마스크를 쓰고 암투병중인 그녀가 누워
있다
　　바닥에 바짝 엎드린 가재미처럼 그녀가 누워 있다
　　나는 그녀의 옆에 나란히 한 마리 가재미로 눕는다
　　가재미가 가재미에게 눈길을 건네자 그녀가 울컥 눈물을 쏟아낸다
　　한쪽 눈이 다른 한쪽 눈으로 옮겨 붙은 야윈 그녀가 운다
　　그녀는 죽음만을 보고 있고 나는 그녀가 살아온 파랑 같은 날들을 보고
있다
　　좌우를 흔들며 살던 그녀의 물속 삶을 나는 떠올린다
　　그녀의 오솔길이며 그 길에 돌아나던 대낮의 뻐꾸기 소리며
　　가늘은 국수를 삶던 저녁이며 흙담조차 없었던 그녀 누대의 가계를 떠올
린다
　　두 다리는 서서히 멀어져 가랑이지고
　　폭설을 견디지 못하는 나뭇가지처럼 등뼈가 구부정해지던 그 겨울 어느 날
을 생각한다
　　그녀의 숨소리가 느릅나무 껍질처럼 점점 거칠어진다
　　나는 그녀가 죽음 바깥의 세상을 이제 볼 수 없다는 것을 안다
　　한쪽 눈이 다른 쪽 눈으로 캄캄하게 쏠려버렸다는 것을 안다
　　나는 다만 좌우를 흔들며 헤엄쳐 가 그녀의 물속에 나란히 눕는다
　　산소호흡기로 들이마신 물을 마른 내 몸 위에 그녀가 가만히 적셔준다
　　　　　　　　　　　　　　　　　　　　　　　— 문태준, 「가재미」 전문

　　가족애를 바탕으로 한 공동체 의식이 들어 있기에 따스하게 읽힌다.
허름한 지방의 한 병원에서 산소마스크를 쓰고 있는 환자와 같이 가난
하고 하찮은 사람들의 "파랑 같은" 삶을 포용하고 있다. 그리하여 점점
이기주의와 물질주의가 횡행하는 이 시대를 되돌아보게 한다. 근시안
에 갇혀 있는 자본주의의 관점을 극복하려는 휴머니즘이 있는 것이다.
　　장철문은 『산벚나무의 저녁』(2003)에서 가족의 삶과 자신의 일상을
구체적으로 담았다. "그마저 방향을 잡지 못하고/햇살과 각을 이루거

나,/마주보자고 고개를 쳐드는 놈도 있다/한쪽 방향으로 기는 놈들은/
제 발로 신문지를 벗어날 것이니,/좌충우돌하는 놈들만 손가락으로 집
어낸다/손가락에서 빠진 놈들은 몸을 웅크리고/쌀인 체한다/살겠다는
것이 겨우/눈 가리고 아웅인 때가 있다"(「살생」)와 같은 면이 좋은 예
이다. 신문지를 깔고 벌레가 난 쌀을 널었을 때 갈 방향도 제대로 모르
는 채 도망가기에 바쁜 바구미들의 모습이 자신의 삶과 결코 다르지
않다고 성찰하고 있는 것이다.

김선우는 『내 혀가 입 속에 갇혀 있기를 거부한다면』(2000) 『도화 아
래 잠들다』(2003) 『내 몸속에 잠든 이 누구신가』(2007)에서 어머니를 토
대로 한 모성과 아울러 여성성을 그렸다. "그대여 내 상처는 아무래도
덧나야겠네 덧나서 물큰하게 흐르는 향기,/아직 그리워할 것이 남아
있음을 증거해야겠네 가담하지 않아도 무거워지는/죄를 무릅써야겠네
아주 오래도록 그대와, 살고 싶은 뜻밖의 봄날/흡혈하듯 그대의 색을
탐해야겠네"(「도화 아래 잠들다」)와 같은 토로에서 볼 수 있다.

손택수는 『호랑이 발자국』(2004) 『목련 전차』(2007)에서 섬세한 언어
로 가족의 정서를 담았다.

> 아버지는 단 한 번도 아들을 데리고 목욕탕엘 가지 않았다
> 여덟 살 무렵까지 나는 할 수 없이
> 누이들과 함께 어머니 손을 잡고 여탕엘 들어가야 했다
> 누가 물으면 어머니가 미리 일러준 대로
> 다섯 살이라고 거짓말을 하곤 했는데
> 언젠가 한번은 입 속에 준비해둔 다섯 살 대신
> 일곱 살이 튀어나와 곤욕을 치르기도 하였다
> 나이보다 실하게 여물었구나, 누가 고추를 만지기라도 하면
> 잔뜩 성이 나서 물속으로 텀벙 뛰어들던 목욕탕
> 어머니를 따라갈 수 없으리만치 커버린 뒤론
> 함께 와서 서로 등을 밀어주는 부자들을

은근히 부러운 눈으로 바라보곤 하였다
그때마다 혼자서 원망했고, 좀 더 철이 들어서는
돈이 무서워서 목욕탕도 가지 않는 걸 거라고
아무렇게나 함부로 비난했던 아버지
등짝에 살이 시커멓게 죽은 지게자국을 본 건
당신이 쓰러지고 난 뒤의 일이다
의식을 잃고 쓰러져 병원까지 실려온 뒤의 일이다
그렇게 밀어드리고 싶었지만, 부끄러워서 차마
자식에게도 보여줄 수 없었던 등
해 지면 달 지고, 달 지면 해를 지고 걸어온 길 끝
적막하디적막한 등짝에 낙인처럼 찍혀 지워지지 않는 지게자국
아버지는 병원 욕실에 업혀 들어와서야 비로소
자식의 소원 하나를 들어주신 것이었다

— 「아버지의 등을 밀며」 전문

　　한 번도 목욕탕에 함께 가지 않은 아버지를 원망하며 살아온 화자.
아버지가 쓰러져 병원에 실려 와서야 당신의 삶을 이해하게 되었다.
지게 지는 일로 가족을 먹여 살린 아버지는 지게자국으로 시커멓게 죽
어 있는 등을 지니고 있었다. 그리하여 화자는 당신의 아픈 세월을 품
는 것이다.

　　박성우는 『거미』(2002) 『가뜬한 잠』(2007)에서 가난한 가족사를 중심
으로 존재의 의미를 사회적이며 실존적인 차원에서 조명했다. "한 사
내가 가느다란 줄을 타고 내려간 뒤/그 사내는 다른 사람에 의해 끌려
올라와야 했다/목격자에 의하면 사내는/거미줄에 걸린 끼니처럼 옥탑
밑에 떠 있었다//(중략)//거미는 스스로 제 목에 줄을 감지 않는다"(「거
미」)에서 볼 수 있듯이, 삶의 의미를 심화시키고 있다. 파산한 한 가장
이 자살한 장면과 그의 가족마저 무너지는 모습을 통해 사회적 약자들
의 삶이 얼마나 힘든가를 알려주고 있는 것이다.

1980년대에 등단한 이희중은 『참 오래 쓴 가위』(2002)에서 삶의 주체성을 추구했다. 송찬호는 『붉은 눈』(2002)에서 이미지의 힘을 보여주었다. 황학주는 『너무나 얇은 생의 담요』(2002) 『루시』(2005) 『저녁의 연인들』(2006)에서 국제민간구호단체의 일원으로 겪은 체험을 바탕으로 생명의 소중함을 그렸다. 상희구는 『발해기행』(2006)에서 발해의 역사와 의의를 그렸다. 박철은 『험준한 사랑』(2005) 『사랑을 쓰다』(2007)에서 변두리 사람들의 삶의 애환을 그렸다. 장옥관은 『하늘 우물』(2003) 『달과 뱀과 짧은 이야기』(2006)에서 시적 상상력을 확장시켰다. 채호기는 『수련』(2002)에서 수련에 대한 집중적인 고찰을 통해 시의 본질을 포착하려고 했다. 함민복은 『말랑말랑한 힘』(2005)에서 자연의 생명력을 노래했다. 성선경은 『서른 살의 박봉 씨』(2003) 『몽유도원을 사다』(2006)에서 생활과 사물에 대한 관찰과 자기 성찰을 통해 공동체적 삶을 지향했다. 전기철은 『풍경의 위독』(2004) 『아인슈타인의 달팽이』(2006)에서 자본주의의 허구적인 면을 비판했다. 김기택은 『소』(2005)에서 사물들의 의미를 새롭게 발견했다. 양문규는 『영국사에는 범종이 없다』(2002) 『집으로 가는 길』(2005)에서 자연의 질서와 농촌 고향의 정서를 지켰다. 이향지는 『내 눈앞의 전선』(2003)에서 자신의 존재를 긍정적으로 바라보았다. 이경림은 『상자들』(2005)에서 아버지를 비롯한 이 세계의 존재들을 상상력의 상자 속에 담았다. 정우영은 『집이 떠나갔다』(2005)에서 소외된 고향을 보듬었다. 차창룡은 『나무 물고기』(2002)에서 현실과 신화, 차안과 피안의 세계를 상상력을 발휘하여 그렸다.

1990년대에 등단한 신현림은 『해질녘에 아픈 사람』(2004)에서 성숙한 시선으로 이 세계를 감싸안았다. 이진명은 『단 한 사람』(2004)에서 인연 대상을 소중하게 품었다. 박라연은 『공중 속의 내 정원』(2000) 『우주가 돌아가셨다』(2006)에서 활달한 상상력으로 생과 사의 신성함을 노래했다. 김상미는 『잡히지 않는 나비』(2003)에서 몸과 영혼이 켜는 사랑을 노래했다. 조용미는 『일만 마리 물고기가 산을 날아오르다』(2000) 『삼베옷을 입은 자화상』(2004)에서 대상의 내면에 귀를 기울였다. 박현수는 『위험한 독서』(2006)에서 시어의 본질을 탐색하면서 자기 실존을 성찰했다. 이인원은 『빨간 것은 사과』(2004)에서 세월과 함께하는 자신의 그림자를 역설의 시학으로 그려냈다. 반칠환은 『뜰채로 죽은 별을 건지는 사랑』(2001) 『웃음의 힘』(2005)에서 원형적인 사랑을 노래했다. 최영숙(1963~2003)은 『모든 여자의 이름은』(2006)에서 눈물겨운 삶의 열정을 보였다. 조항록은 『지나가나 슬픔』(2002) 『근황』(2007)에서 생에 대한 애증과 연민을 이야기했다. 최서림은 『세상의 가시를 더듬다』(2000) 『구멍』(2006)에서 존재의 근원을 탐구하면서 현대문명을 비판했다. 박찬일은 『나는 푸른 트럭을 탔다』(2002) 『모자나무』(2006)에서 지식인의 역할을 고민했다. 김소연은 『빛들의 피곤이 밤을 끌어당긴다』(2006)에서 빛과 그림자의 존재를 성찰했다. 고두현은 『늦게 온 소포』(2000) 『물미해안에서 보내는 편지』(2005)에서 겸손한 세계인식으로 자연의 순리와 삶의 본질을 탐색했다. 한혜영은 『태평양을 다리는 세탁소』(2002) 『뱀 잡는 여자』(2006)에서 힘들었던 이민의 세월을 이야기하면서 인연들을 소중하게 품었다. 김길나는 『둥근 밀떡에서 뜨는 해』(2003)에서 존재 의미를 공간과 시간으로 확장시켰다. 곽효환은 『인디오 여인』(2006)에서 비판정신을 서정성의 토대 위에 놓았다. 심재휘는 『적당히 쓸쓸하게 바람부는』(2002)에서 시간과 풍경들을 그렸다. 김영남은 『모슬포 사랑』(2001) 『푸른 밤의 여로』(2006)에서 낙관적인 세계관으로 자연을 품었다. 배용제는 『이 달콤한 감각』(2004)에서 객관적인 거리를 유지하면서 대상들을 묘사했다. 조은길은 『노을이 흐르는 강』(2007)에서 애달픈 운명들을 연민의 미학으로 승화시켰다. 김윤은 『지붕 위를 걷다』(2004)에서 여성성을 통과의례의 차원으로 인식했다.

한정원은 『낮잠 속의 롤러코스터』(2005)에서 성정과 이치의 시학을 지향했다. 이영광은 『직선 위에 떨다』(2003) 『그늘과 사귀다』(2007)에서 과묵한 리듬으로 죽음과 삶의 의미를 탐색했다. 박해람은 『낡은 침대의 배후가 되어가는 사내』(2006)에서 담담한 문체로 인정의 세계를 그렸다. 우대식은 『늙은 의자에 앉아 바다를 보다』(2003)에서 길의 이미지로 생의 도정을 고민했다. 이안은 『목마른 우물의 날들』(2002)에서 가난과 상처를 전통시의 아름다움으로 담아내었다.

2000년대에 등단한 여태천은 『국외자들』(2006)에서 현대 도시인들의 불안한 내면을 그렸다. 조정은 『이발소 그림처럼』(2006)에서 현실을 참신하면서도 다양한 이미지로 직조했다. 위선환은 『나무들이 강을 건너갔다』(2001) 『눈 덮인 하늘에서 넘어지다』(2003) 『새떼를 베끼다』(2007)에서 일상의 풍경을 서정적 인식으로 그렸다. 박홍점은 『차가운 식사』(2006)에서 시적 감수성으로 존재의 고통을 담았다. 휘민은 『생일 꽃바구니』(2007)에서 삶의 이야기들을 정연하게 들려주었다. 하선영은 『사랑의 슬픈 기쁨』(2005)에서 여성성을 절실하게 이야기했다. 길상호는 『오동나무 안에 잠들다』(2004) 『모르는 척』(2007)에서 자연 친화적인 서정성을 넘어 이 세계에 적응해야 하는 내면의 불안을 그렸다. 고영민은 『악어』(2005)에서 공동체적인 유대감을 추구했다. 윤성학은 『당랑권 전성시대』(2006)에서 도시 샐러리맨으로 살아가는 현실을 재치 있게 그렸다.

이밖에 2000년대의 서정시를 이끈 시인으로는 강경호, 강문숙, 강성철, 강신애, 강연호, 고영, 고운기, 고진하, 곽효환, 권형영, 김명원, 김병호, 김수복, 김선태, 김영탁, 김은정, 김종미, 류인서, 마경덕, 문정영, 박완호, 박용하, 박종국, 배한봉, 서안나, 손순미, 손진은, 송종규, 신용목, 심언주, 안명옥, 유승도, 이규리, 이나명, 이문숙, 이병률, 이사라, 이선형, 이종암, 이주희, 이지엽, 이창수, 이태선, 이홍섭, 장승기, 장종권, 전동균, 정공량, 정복여, 정영선, 정채원, 정한용, 허혜정 등 헤아리기 힘들 정도로 많다.

3) 실험시의 등장과 확대

2000년대에 들어 시 형식의 해체화, 산문화, 요설화 등이 급격히 증가했다. 소위 '미래파'라고 지칭되는 일군의 시인들이 등장해 실험시의 영역을 확산시킨 것이다. 어느 시대에나 기존의 주류를 거부하고 새로운 시를 추구하는 경향이 등장하기 마련이지만, 2000년대에는 보다 운동적이었고 집단적이었다. 기성세대에 대한 강한 부정과 대중문화의 수용, 새로운 스타일의 추구 등으로 시단에 환기력을 준 것이다.

그렇지만 2000년대의 실험시는 대부분의 연구자들이 호의적으로 평가하지 않은 데서 볼 수 있듯이, 긍정적인 결과만을 갖는 것은 아니었다. 시 형식의 획일성 및 상투성, 과도한 장광설, 체험의 진정성 부족, 사유의 깊이 부족, 폐쇄적 세계관, 무의미한 유희성, 서술구조의 단절 등으로 시가 궁극적으로 추구해야 할 미학을 담보하지 못한 것이다. 그리하여 실험시들은 혼란스러운 사회의 거울이 되지 못하고 오히려 혼란을 낳고 있다거나, 다양한 사회 문제를 개선하기는커녕 방관과 무관심을 조장한다는 비난을 피하기 어려웠다. 그럼에도 불구하고 실험시들은 기존의 시단을 상당히 허물고 새로운 담론을 주도해 나갔는데, 그만큼 새 천년의 한국 시단은 새로운 시를 기대하고 있었다.

2000년대의 실험시는 1980년대 중반 이후의 해체시 경향을 계승했다고 볼 수 있다. 키치적인 소재, 탈장르적 속성, 낯선 이미지의 조합, 대중문화의 활용, 반권위주의 성향 등의 성격에서 그 유사성을 찾아볼 수 있다. 그러면서도 이전 시대의 해체시와는 다소 차이를 보였는데, 현실에 대한 인식 태도가 그것이다. 1980년대의 해체시는 형식적인 실험을

행하면서도 현실을 반영하려는 목표를 다소 가지고 있었던 것에 비해, 2000년대의 실험시는 현실을 반영하기보다 개인의 의식을 강조했다. 거대담론이 아니라 미시담론으로써 자조적인 면을 추구한 것이다.

기성세대에 대한 신세대 시인들의 도전 중에서 가장 획기적이었던 경우는 386세대가 행한 것이었다고 볼 수 있다. 그들은 정치 민주화와 노동해방이라는 시대적 과제를 자신의 작품에 적극적으로 반영함으로써 명분을 얻을 수 있었고 독자들과도 연대를 이룰 수 있었다. 박노해와 백무산을 위시한 노동시나 황지우와 박남철을 위시한 해체시는 그 형식이 달랐지만, 기성세대에 도전하려는 의식은 유사했다. 그 결과 기존의 시 규범에서 보면 모두 비(非)시적인 것이었지만, 비시도 시가 될 수 있음을 보여주었다. 시문학의 영역 확대 내지 사회적 가치를 전파시킨 것이다.

2000년대에 등장한 신세대 시인들의 도전은 1980년대 해체시 시인들만큼 시단에 영향을 주지는 못했다. 그만큼 독자와의 소통을 원활하게 이루지 못한 것이다. 따라서 2000년대의 실험시는 창조성과 공유성, 개인성과 보편성 간에 유기적인 관계를 획득해야 하는 과제를 안고 있다. 그들은 좋은 시의 기준으로 전통적인 시로부터 어느 정도 벗어났는가를 삼고 있지만, 이것만으로는 한계가 있다. 고도의 자본과 기술이 주도하고 있는 이 시대에 시의 전통성을 비판하는 것만으로는 진정한 창조적 가치를 획득하기가 어려운 것이다.

2000년대의 실험시를 이끈 김언희는 『말라죽은 앵두나무 아래 잠자는 저 여자』(2000) 『뜻밖의 대답』(2005)에서 도발적인 이미지로 관습화된 가치들을 조롱했다.

> 이리 와요 아버지 내 음부를 하나 나눠드릴게 아니면 하나 만들어드릴까
> 아버지 정교한 수제품으로 아버지 웃으세요 아버지 아버지의 첫날밤 침대맡

에는 일곱 어머니의 내장으로 짠 화환이 붉디 푸르게 걸려 있잖아요 벗으세요 아버지 밀봉된 아버지 쇠가죽처럼 질겨빠진 아버지의 처녀막을 찢어드릴게 손잡이 달린 나의 성기로 아버지 아주 죽여드릴게 몇 번이고 아버지 깊숙이 손잡이까지 깊숙이 아버지 심장이 갈래갈래 터져버리는 황홀경을 아버지 절정을 아버지 비명의 레이스 비명의 프릴 비명의 란제리로 밤 단장한 아버지 처녀 척하는 아버지 그래봤자 아버진 갈보예요 사지를 버르적거리며 경련하는 아버지 좋으세요 아버지 아버지로부터 아버지를 뿌리째 파내드릴게

— 「가족극장, 이리 와요 아버지」 전문

시인에게 아버지란 성적 욕망을 자제하지 못하는 짐승 같은 존재일 뿐이다. 따라서 아버지를 벗겨내는 일이야 말로 허위와 권위로 대변되는 남성 중심 사회를 극복하는 길이라고 주장하고 있다. 이와 같은 시인의 세계인식은 시집(『말라죽은 앵두나무 아래 잠자는 저 여자』) 서문에서 임산부나 노약자는 읽을 수 없고, 심장이 약한 사람이나 과민 체질이나 알레르기가 있는 사람도 읽을 수 없다고 밝힐 정도로 도전적이다. 시문학의 전통적 가치로 여겨온 서정성이나 아름다움이 여지없이 조롱당하고 있는 것이다.

박상순은 『LOVE ADAGIO』(2004)에서 작품의 배열을 가나다, 숫자, 알파벳순으로 할 정도로 시의 관습을 전복시켰다. "미니멀한 것으로 한 곡 들려줄까? 하지만 뒤틀 줄도 알아야 해. 내 비극의 컬러를 모르면 마라톤 경주를 관람할 수 없단다. 본능이라고 생각하진 마! 눈을 감으면 잘 들리니? 귀를 막으면 더 크게 들리지? 그 사람 이야기를 다시 해볼까. 빵공장, 마라나, 그런 시를 쓴 사람 있잖아. 사실은 내 시야. 새우 한 마리. 바다에서 잡혀온 새우 한 마리."(「가수 김윤아」)처럼 논리성을 버리고, 무의식에 깊숙이 자리하고 있는 꿈과 환상과 장난 등의 욕망을 표출시키고 있다.

함기석은 『착란의 돌』(2002)에서 비루하고 불안한 현실을 낯선 이미

지로 그렸다.

> 핏빛 말 따라온다 관을 매고 따라온다 경마장에서 사람들이 손을 흔든다
> 오래 전에 죽은 친척들이다 검은 망토를 뒤집어쓰고 웃는다 나는 직업소개소
> 로 들어간다 광장이 나온다 아무도 없다 초조해진다 한 소년이 다가온다 황
> 소의 머릴 달고 있다 검은 뿔이 돋아나 있다 난 일곱 살이야 함기석이라고
> 해! 소년의 뒤로 집이 보인다 내 유년의 뒷마당이 보인다 목 없는 해바라기
> 아래 어머니가 울고 있다 병든 누이를 업고 대추나무 한 그루 뒷산으로 달아
> 나고 있다 소년은 나를 끌고 정원으로 들어간다 담은 죽은 해파리와 산호로
> 덮여 있다 지붕은 온통 뱀의 껍질로 뒤덮여 있어 햇빛이 비칠 때마다 시퍼렇
> 게 번쩍인다 한 노인이 지팡일 짚고 거실에서 나온다 내 손에 푸른 깃털의 새
> 를 건네주며 말한다 이 열쇠 잘 간직하게 난 30년 후의 자넬세 자넨 앞으로도
> 불안과 고통의 날들을 보내게 될 게야 노인이 말하는 동안 입에서 보라색 연
> 기가 흘러나온다 지붕과 담은 서서히 녹아내리고 정원 가득 검붉은 양수가
> 차 오른다 나는 악몽을 꾸는 듯한 착란에 휩싸인다 정원을 도망친다 골목 끝
> 으로 도망친다 숨을 몰아쉬며 뒤돌아본다 아아 아무 것도 보이지 않는다 소
> 년도 노인도 없고 나만 홀로 거대한 미궁의 한복판에 서 있을 뿐이다 주머니
> 의 새를 만져본다 싸늘하다 발이 없다 핏빛 말 자꾸만 따라오고 사방에서 무
> 수한 내가 걸어오기 시작한다
>
> —「착란의 돌, 미궁」전문

언어의 지속적인 방출을 통해 텍스트의 의미를 다양하게 생산하고
있다. 풍요롭고도 현란한 이미지의 향연은 작품의 의미와 상상력을 끊
임없이 증식시키고 있는 것이다. 그리하여 그의 시들은 일상의 예상성
을 뛰어넘는 놀이를 제공하면서 이성적 논리를 극복하고 있다.

이수명은『붉은 담장의 커브』(2001)『고양이 비디오를 보는 고양이』
(2004)에서 내면이기도 하고 현실이기도 하고 형이상학이기도 한 비유
들을 선보였다. "고양이 비디오를 틀어놓고/고양이가 하나 둘 셋/의자
에 하나 둘 셋/바닥에 하나 둘 셋/창틀에 하나 둘 셋//고양이를 관람하

는 고양이들//고양이를/관람하는 고양이들"(「고양이 비디오를 보는 고양이」)에서 볼 수 있듯이, 탈출할 수 없는 일상의 고통과 통합될 전망이 보이지 않는 파편화된 풍경들을 그렸다.

이장욱은 『내 잠 속의 모래산』(2002) 『정오의 희망곡』(2006)에서 가시적인 것과 비가시적인 것, 시간과 공간의 혼재를 그렸다. "당신은 사랑을 잃고/나는 줄넘기를 했다./내 영혼의 최저 고도에서/넘실거리는 음악,/음악은 정오의 희망곡./(중략)/나는 사랑을 잃고/당신은 줄넘기를 하고/음악은 정오의 희망곡,/냉소적인 자들을 위해 우리는/최후까지/정오의 허공을 날아다녔다."(「정오의 희망곡」)와 같은 모습이 그 예이다. 정오의 의미는 전망이 보이지 않는 어두운 분위기를 띠는 상징으로 역전되고 있는 것이다.

김참은 『미로여행』(2002) 『그림자들』(2006)에서 꿈과 같이 비논리적이고 비선형적인 세계를 그렸다.

> 임금님이 포도주 두 병을 비웠을 때 주방에서 일하던 요리사의 아들이 죽었습니다 요리사의 며느리는 남편이 죽은 줄도 모르고 옷을 짜고 있었습니다 요리사가 구워낸 칠면조가 임금님 식탁에 올라갔을 때 요리사의 아내는 아들이 죽은 줄도 모르고 잔치가 있는 이웃집에서 접시를 닦고 있었습니다 임금님의 요리사가 창고에서 포도주 병을 꺼내 쌓인 먼지를 닦고 있을 때 감옥에 갇혀 있는 노름꾼의 큰아들이 죽었습니다 노름꾼의 큰아들이자 사촌오빠의 사위가 죽은 줄도 모르고 왕비는 주사위 놀이를 하고 있었습니다 술 취한 임금님이 식탁에 엎어져 코를 골고 있을 때 요리사의 막내딸은 아홉 번째 항아리를 열고 뜨거운 기름을 부었습니다 임금님이 잠꼬대를 하고 있을 때 요리사네 옆집에 사는 할머니의 아들이 죽었습니다 항아리 속에 웅크린 채 뜨거운 기름에 데어 죽었습니다 알리바바네 뒷마당에서 많은 사람이 죽었습니다 요리사가 휘파람을 불며 집을 향해 발걸음을 옮길 때 요리사네 옆집 사는 할머니는 아들이 오기만 기다리고 있었고 요리사의 며느리는 골방에 틀어박혀 옷을 짜고 있었습니다
>
> ─ 「요리사와 도둑」 전문

『아라비안나이트』에 수록된 「알리바바와 40인의 도둑」을 패러디한 작품인데, 임금과 요리사의 사이가 지배자와 피지배자 간의 관계 혹은 가진 자와 가지지 못한 자 간의 관계를 알레고리화한 작품으로 읽힌다. 시인은 기름에 데어 독 안에서 죽고 만 평범한 사람들의 운명에 대해 상상력을 발휘하고 있는 것이다.

황병승은 『여장남자 시코쿠』(2005)에서 일관된 의미나 이미지를 넘어 자유롭고 분방한 상상력으로 실험시를 추구했다.

하늘의 뜨거운 꼭짓점이 불을 뿜는 정오

도마뱀은 쓴다
찢고 또 쓴다

(악수하고 싶은데 그댈 만지고 싶은데 내 손은 숲 속에 있어)

양산을 팽개치며 쓰러지는 저 늙은 여인에게도
쇠줄을 끌며 불 속으로 달아나는 개에게도

쓴다 꼬리 잘린 도마뱀은
찢고 또 쓴다

그대가 욕조에 누워있다면 그 욕조는 분명 눈부시다
그대가 사과를 먹고 있다면 나는 사과를 질투할 것이며
나는 그대의 찬 손에 쥐어진 칼 기꺼이 그대의 심장을 망칠 것이다

열두 살, 그때 이미 나는 남성을 찢고 나온 위대한 여성
미래를 점치기 위해 쥐의 습성을 지닌 또래의 사내아이들에게
날마다 보내던 연애편지들

(다시 꼬리가 자라고 그대의 머리칼을 만질 수 있을 때까지 나는 약속하지

않으련다 진실을 말하려고 할수록 나의 거짓은 점점 더 강렬해지고)

어느 날 누군가 내 필통에 빨간 글씨로 똥이라고 썼던 적이 있다

(쥐들은 왜 가만히 달빛을 거닐지 못하는 걸까)

미래를 잊지 않기 위해 나는 골방의 악취를 견딘다
화장을 하고 지우고 치마를 입고 브래지어를 푸는 사이
조금씩 헛배가 부르고 입덧을 하며

도마뱀은 쓴다
찢고 또 쓴다

포옹을 할 때마다 나의 등 뒤로 무섭게 달아나는 그대의 시선!

그대여 나에게도 자궁이 있다 그게 잘못인가
어찌하여 그대는 아직도 나의 이름을 의심하는가

시코쿠, 시코쿠,

붉은 입술의 도마뱀은 뛴다

장문의 편지를 입에 물고
불 속으로 사라진 개를 따라
쓰러진 저 늙은 여자의 침묵을 타넘어

뛴다, 도마뱀은

창가의 장미가
검붉은 이빨로 불을 먹는 정오

숲 속의 손은 편지를 받아들고
꼬리는 그것을 읽을 것이다

(그대여 나는 그대에게 마지막으로 한 번 더 강렬한 거짓을 말하련다)

기다리라, 기다리라!

—「여장남자 시코쿠」 전문

　여장한 남자는 일종의 트랜스젠더로 그 정체성이 모호하다. 남성도 아니고 여성도 아니므로 정체성을 확정할 수 없는데, 시인은 그와 같은 인물의 상황을 시대의 전형으로 생각하고 있다. 성 정체성의 혼란에서 볼 수 있듯이 우리가 살아가는 21세기의 사회는 어느 한 가지로 규정지을 수 없을 만큼 혼재되어 있는 것이다.

　김경주는 『나는 이 세상에 없는 계절이다』(2006)에서 음악과 시의 경계를 허물고 탈장르의 형식과 상상력으로 새로운 감각을 선보였다.

　　외로운 날엔 살을 만진다

　　내 몸의 내륙을 다 돌아다녀본 음악이 피부 속에 아직 살고 있는지 궁금한 것이다

　　열두 살이 되는 밤부터 라디오 속에 푸른 모닥불을 피운다 아주 사소한 바람에도 음악들은 꺼질 듯 꺼질 듯 흔들리지만 눅눅한 불빛을 흘리고 있는 낮은 스탠드 아래서 나는 지금 지구의 반대편으로 날아가고 있는 메아리 하나를 생각한다
　　나의 가장 반대편에서 날아오고 있는 영혼이라는 엽서 한 장을 기다린다

　　오늘밤 불가능이라는 감수성에 대해서 말한 어느 예술가의 말을 떠올리며 스무 마리의 담배를 사오는 골목에서 나는 이 골목을 서성거리곤 했을 붓다의 찬 눈을 생각했는지 모른다 고향을 기억해낼 수 없어 벽에 기대 떨곤 했

을, 붓다의 속눈썹 하나가 어딘가에 떨어져 있을 것 같다는 생각만으로 나는
겨우 음악이 된다

나는 붓다의 수행 중 방랑을 가장 사랑했다 방랑이란 그런 것이다 쭈그려
앉아서 한 생을 떠는 것 사랑으로 가슴으로 무너지는 날에도 나는 깨어서 골
방 속에 떨곤 했다 이런 생각을 할 때 내 두 눈은 강물 냄새가 난다

워크맨은 귓속에 몇천 년의 갠지스를 감고 돌리고 창틈으로 죽은 자들이
강물 속에서 꾸고 있는 꿈 냄새가 올라온다 혹은 그들이 살아서 미처 꾸지 못
한 꿈 냄새가 도시의 창문마다 흘러내리고 있다 그런데 여관의 말뚝에 매인
산양은 왜 밤새 우는 것일까

외로움이라는 인간의 표정 하나를 배우기 위해 산양은 그토록 많은 별자리
를 기억하고 있는지 모른다 바바 게스트하우스 창턱에 걸터앉은 젊은 붓다가
비린 손가락을 물고 검은 물 안을 내려다보는 밤, 내몸의 이역(異域)들은 울
음이었다고 쓰고 싶어지는 생이 있다 눈물은 눈 속에서 가늘게 떨고 있는 한
점 열이었다

—「내 워크맨 속 갠지스」전문

"지난 몇 년 동안 나는 비정하고도 성스러운 이 세계 앞에서 경악했
고 그 야설(夜雪)을 받아내느라 몸은 다 추웠다. 어두운 화장실에 앉아
항문으로 흘러나온 피를 닦으며 나는 자주 울었다."라고 시집의 서문
에서 밝히고 있듯이, 시인은 결코 안온한 서정성을 품고 있지 않다. 통
사론이나 의미론 등 한국어의 체계에서는 결코 어긋나지 않았으면서
도 상상적인 진술로 인해 매우 낯설다. 그만큼 시어가 다양하고 문장
이 자유롭고 개성이 강한 것이다.

1980년대에 등단한 박서원은 『모두 깨어 있는 밤』(2002)에서 고통을
품는 신성한 꽃을 피웠다.

1990년대에 등단한 함성호는 『너무 아름다운 병』(2001)에서 현대 문

명의 텍스트들을 비판했다. 박정대는『내 청춘의 격렬비열도엔 아직도 음악 같은 눈이 내리지』(2001)『아무르 기타』(2004)『사랑과 열병의 화학적 근원』(2007)에서 언어의 압축과 절제를 넘어서는 유희로 시의 낭만성을 확장시켰다. 변종태는『안티를 위하여』(2006)에서 상상력과 일상을 결합시켰다. 김왕노는『슬픔도 진화한다』(2002)『말달리자 아버지』(2006)에서 개인과 시대의 우울을 인식했다. 이원은『야후!의 강물에 천 개의 달이 뜬다』(2001)『세상에서 가장 가벼운 오토바이』(2007)에서 기계와 문명의 감각과 그 너머의 근원을 낯선 이미지로 그렸다. 주종환은『일개의 인간』(2002)『끝이 없는 길』(2007)에서 현대 자본주의의 사회의 모순점들을 비판했다. 윤의섭은『천국의 난민』(2000)『붉은 달은 미친 듯이 궤도를 돈다』(2005)에서 시간과 공간, 삶과 죽음의 관계를 환상적으로 그렸다. 성미정은『사랑은 야채 같은 것』(2003)『상상한 상자』(2006)에서 일상을 상상력으로 전환했다. 조연호는『죽음에 이르는 계절』(2004)『저녁의 기원』(2007)에서 섬세한 이미지와 환상으로 죽음, 가난, 불화 등을 이미지화했다. 이용한은『안녕, 후두둑 씨』(2006)에서 상상적인 표현으로 다원화된 세계를 그렸다. 박서영은『붉은 태양이 거미를 문다』(2006)에서 여성의 몸과 자의식을 성찰했다. 이영수는『나는 안경을 벗었다 썼다 한다』(2002)에서 미로같이 다양한 현실을 제시했다. 정재학은『어머니가 촛불로 밥을 지으신다』(2004)에서 세계의 부조리들을 담았다. 김종미는『생일선물』(2006)에서 가족사를 참신한 비유와 상징으로 그렸다. 진수미는『달의 코르크 마개가 열릴 때까지』(2005)에서 여성의 몸과 내밀한 욕망을 발견했다. 정익진은『구멍의 크기』(2003)에서 존재의 비애를 직시했다. 김언은『숨쉬는 무덤』(2003)『거인』(2005)에서 대상과의 거리를 유지하며 존재의 근원을 탐구했다. 권혁웅은『마징가 계보학』(2005)에서 1980년대의 텔레비전 드라마, 만화, 영화 등의 대중문화 코드를 소시민들의 삶과 연결시켰다.

김근은『뱀 소년의 외출』(2005)에서 환상적인 이미지와 설화의 세계로 생의 본질을 탐구했다. 이기성은『불쑥 내민 손』(2004)에서 낯선 산문시 문체로 죽음과 부패로 얼룩진 도시를 그렸다. 이재훈은『내 최초의 말이 사는 부족에 관한 보고서』에서 풍부한 상상력으로 최초의 말이 발성되는 순간을 기록했다. 신해욱은『간결한 배치』(2005)에서 관계의 소통과 불안을 그렸다. 조말선은『매우 가벼운 담론』(2002)『둥근 발작』(2006)에서 전복적인 이미지로 억압과 부조리한 상황을 그렸다. 김병호는『과속방지턱을 베고 눕다』(2006)에서 미시의 현상을 일상세계에 연결했다. 김민정은『날으는 고슴도치 아가씨』(2005)에서 환상과 연상으로써 이 세계의 기성세대를 조롱했다. 김행숙은『사춘기』(2003)에서 미성숙으로 인한 초조와 우울, 외로움, 충동, 호기심 등을 그렸다. 최치언은『설탕은 모든 것을 치료할 수 있다』(2005)에서 부조리한 현실을 낯선 형식으로 조명했다.

2000년대에 등단한 이민하는『환상수족』(2005)에서 손과 발이 절단된 뒤에도 그 부위가 남아 있는 것으로 느끼는 병리적 증상을 통해 자아의 결핍과 상처를 그렸다. 이승원은『어둠과 설탕』(2006)에서 빈혈 상태에 있는 현대사회를 묘사했다. 이기인은『알쏭달쏭 소녀백과사전』(2005)에서 폭압적인 자본주의를 외설적인 기호로 반영했다. 김이듬은『별 모양의 얼룩』(2005)에서 인간 가치가 사물로 전락한 이 시대를 그로데스크하게 그렸다. 박진성은『목숨』(2005)에서 병과 삶의 실재를 탐구했다. 유형진은『피터래빗 저격사건』(2005)에서 모니터킨트로 대변되는 신세대의 정서를 담았다. 박판식은『밤의 피치카토』(2004)에서 자신의 내밀한 자의식을 성찰했다. 안현미는『곰곰』(2006)에서 활달한 상상력과 독특한 어법을 보였다. 장석원은『아나키스트』(2005)에서 대중가요, 과학, 수학, 형이상학 등의 소재로써 형식의 단순함을 파괴하며 다양한 이미지를 보여주었다. 하재연는『라디오 데이즈』에서 체험의 사물들을 낯선 이미지로 기억했다. 이근화는『칸트의 동물원』(2006)에서 상상력으로 일상의 의미를 탐색했다. 조영석은『선명한 유령』(2006)에서 세속적인 속성을 상상력으로 간파했다.

4) 참여시의 지속

2000년 1월 30일 민주노동당이 창당된 것은 주목할 만한 일이다. 민주노동당은 2004년 제17대 총선에서 10석을 획득, 44년 만에 국회에 진출하는 기염을 토했다. 가난과 사회적 차별로부터 해방되고 싶어 하는 민중들의 열망이 그만큼 컸음을 반증하는 것이다.

2000년 6월 13일부터 15일까지 분단 55년 만에 장벽을 허물고 개최된 남북 정상회담 역시 역사적 사건이었다. 온 겨레가 부푼 기대로 지켜본 남북 정상회담은 분단을 넘어 화해와 통일을 향한 대장정의 출발이라는 점에서 의미가 크다. 치열한 국제 경쟁이 진행되는 상황에서 서로 이념을 달리한다고 할지라도 민족의 공동이익을 위해서 협력할 수 있다는 인식을 공유한 것이다.

2007년 4월 2일 한·미 자유무역협정(FTA)이 체결된 것도 시사하는 바가 크다. FTA는 자유무역협정(free trade agreement)의 영문 머리글자를 딴 약칭으로, 국가 간 물자나 서비스의 이동을 증진시키기 위해 무역 장벽을 제거하는 협정이다. 그 결과 비교우위에 있는 상품의 수출은 촉진되지만, 경쟁력이 약한 분야는 타격을 입을 수밖에 없다. 한국은 2004년 칠레와 자유무역협정을 맺은 뒤 미국과의 협정을 통해 더욱 본격적으로 세계의 무역시장에 뛰어든 셈이다. 앞으로 유럽연합(EU)이며 중국 등과도 무역 협정이 진행될 것이므로 한층 더 심화될 것이다.

자본주의는 자신의 이익을 추구하기 위해서 이 세계의 어떤 시장도 개방시키고 재편시킨다. 무역과 투자를 가로막는 장벽을 제거하고, 투자협정을 맺고, 상품과 서비스를 자유롭게 거래하고, 노동시장을 유연화시키는 것이다. 환경 및 노동 관련 규제를 폐지하고, 외국 자본의 차별화를 막고, 자산 매입과 기업 인수 등의 투기에도 몰두한다. 그리하여 지배받는 국가는 내수시장을 회복시키지 못하고 비정규직 노동자가 급증하고 임금 격차가 심화될 수밖에 없다. 그와 같은 예는 1997년 11월 21일 한국 정부가 국제통화기금(IMF)에 구제금융 지원을 요청한 데서 여실히 볼 수 있다. 아이엠에프는 요청한 금융을 제공하는 대신 한국 정부에 여러 가지 조건을 제시했는데, 그 결과 국내 시장은 세계 자본의 투기장이 되었다. 자본의 토대가 약한 기업들은 도산했고, 구조조정이 불가피했으며, 실업자들이 넘쳐났다. 사람들은 사회의 변혁보다도 실업의 그림자로부터 어떻게 하면 벗어날 수 있을까를 고민할 정도로 자본의 시장에 휩쓸린 것이다.

이와 같은 상황에 비춰보면 시문학은 역사와 사회를 통찰해야 할 책무가 있음이 재확인된다. 아이엠에프 체제, 미국과 북한의 핵분쟁, 비정규직 및 실업문제, 남북문제, 자유무엽협정 등 일련의 역사적 격변은 문학이 개인적인 차원에서만 머물러서는 안 된다는 사실을, 독자들과 함께 적극적으로 연대해야 된다는 사실을 일러주고 있는 것이다. 2000년대의 참여시는 그 기대를 만족할 만큼 달성했다고 보기 어렵지만, 나름대로 지속되었다고 평가할 수 있다. 참여시는 '아직' 존재하는 특수한 것이 아니라 한국 시단의 저변에 유유히 흐르고 있는 것이다.

2000년대의 참여시를 이끈 최종천은 『눈물은 푸르다』(2002) 『나의 밥그릇이 빛난다』(2007)에서 자본주의 사회에서 노동자로 살아가는 실재성을 성찰했다.

> 나의 손은 눈이 멀었다
> 망치를 쥐어잡기보다는

부드러운 무엇을 원한다
강요된 노동에 완고해지며
대책 없이 늙어가는 손

감각의 입구였던 열 개의 손가락은
자판 위를 누비며
회색의 언어들을 쏟아내고 있다
보이지 않는 것을 뚜렷하게 보여주던
손의 시력은 도수 높은 안경을 끼고 있다

열 개의 손가락에서 노동은 시들어버렸다
열 개의 열려 있는 입을 나는 주체할 수가 없다
모든 필요를 만들어내던 손
인간의 유일한 실재인 노동보다
입에서 쏟아지는 허구가 힘이 되고 권력이 된다니

나의 손은 이제
실재의 아무것도 만들지 않으며
허구 조작에 전념하고 있다
나는 노동을 잃어버리고

허구가 되어간다
상징이 되어간다

—「가엾은 내 손」 전문

　시인은 실재를 통해 상징화된 노동을 비판한다. 상징으로 표상되는
관념과 추상과 형식주의를, 그것을 지향하는 예술을, 그리고 그것을
공고히 하는 이 세계의 자본주의적 이데올로기를 비판하는 것이다. 오
늘의 예술이나 노동이 상징에 지나치게 함몰되어 제 역할을 하지 못한
다고 보고, 노동으로써 자신의 삶을 영위하는 사람들을 옹호하고 있는

것이다.

김신용은 『환상통』(2005) 『도장골 시편』(2007)에서 수의를 만드는 아내와 함께하는 삶을 통해 가난과 인간소외로 인한 고통을 치유하려고 했다.

지난날, 누구의 시인지는 몰라도 〈달이여, 그대의 정원에 이슬을 따도 좋은가?〉라는 싯귀를 읽은 적이 있다

이 도장골에 처음 발을 디뎠을 때, 나를 압도한 것은 풀이었다. 집 뒤, 버려진 산밭에서부터 풀들은 무적의 군대처럼 진군해와, 울타리를 덮고 마당까지 점령하고 있었다

그러나 잠 안 오는 밤, 달빛에 끌려 마당에 내려서면 이슬들은 우거진 풀숲에 맺혀, 그야말로 진주알처럼 빛나며 있곤 했다

그때, 나는 문득 풀의 짐은 이슬! 이라는 생각을 했었다. 지게도 없이, 짓누르는 무게를 버틸 지게 작대기도 없이

맨몸으로 등에 짊어지고 있는 짐,

그 짐이 무거울수록 무게가 아프게 등짝을 파고들수록, 그 아픔을 덜기 위해 한 걸음이라도 더 빨리 걸어야 하는

그렇게 한 걸음이라도 더 빨리 걸어 짐을 내려놓은 순간, 다시 등에 짐을 얹어야 하는

그 풀잎들을 보며, 나는 문득 이런 생각도 떠올렸었다

풀이여, 그대의 정원에 이슬을 따도 좋은가?

등의 짐
무거울수록, 두 다리 힘줄 버팅겨
일어서는 풀잎,

그 달빛 아래
빛나는 풀의
푸른 잔등

— 「도장골 시편— 이슬」 전문

　풀잎에 달린 이슬방울을 보고 지게꾼으로서 날품을 팔며 하루하루를 연명하던 자신의 삶을 떠올리고 있다. 그만큼 시인에게 노동은 삶의 조건이자 토대이다. 그리하여 도장골이라는 곳으로 삶의 장소를 이동했다고 하더라도 생활고라는 실존적 고통으로부터 자유로울 수 없음을 보여주고 있다. 컴퓨터가 지배하는 현대사회에도 육체적 노동자가 엄연히 존재하고 있고, 그들의 땀이 결코 하찮은 것이 아니라고 인식시켜주고 있는 것이다.

　엄원태는 『물방울 무덤』(2006)에서 궁핍하고 소외된 이웃들을 포용했다. "식당 아줌마는 늘 준비해놓은 반찬 중에서/날짜를 못 이겨 상하기 직전인 것만으로/자신의 식사를 해결하곤 하는데,/그 처연한 혼자만의 식사를/그 앞을 지나다니며 무심히 몇번 보았다/삶이란 게 그런 것은 아닌가/쉬어빠지기 직전의 음식을 어쩔 수 없이/혼자서 느릿느릿 씹어대는, 어떤, 말로는 다 못할/무심함 같은, 그런 나날들의 이어짐……"(「늦은 오후의 식당」)에서 보듯이 하찮은 사람들을 끌어안은 것이다.

　맹문재는 『물고기에게 배우다』(2002) 『책이 무거운 이유』(2005)에서 이자(利子)를 통해 자본주의 사회의 모순과 병폐를 고찰했다. "나는 경찰서며 보험사며 심지어 병원 영안실이/부르지 않기를 바라는 것처럼/

그들의 손짓을 싫어한다//그러나 나는 붉은 머리띠를 두르고/클럽 회원증을 찢지 못한다/(중략)/이 도시에서 나를 배척하는 건/이자 클럽이다"(「利子 클럽」)라고 했듯이, 이자로 상징되는 무소불위의 자본주의를 고발하고 있는 것이다. 이자는 생산활동에 긍정적인 측면이 있기도 하지만, 실제로 사회적 약자에게 불리한 대상이다. 그리하여 시인은 이자의 만연에 희생당하고 있는 사회적 약자들의 편에 서서 자본주의의 모순을 비판하고 있다.

유홍준은 『喪家에 모인 구두들』(2004) 『나는, 웃는다』(2006)에서 '반쪼가리'로 칭할 수 있는 사회적 약자들을 그렸다.

> 반쪼가리 오후가 저물고 있었다
> 반쪼가리 함석지붕 그림자가 허물어지고 있었다
> ― 너 먹을래?
> 반쪼가리 옆집 누나의 손이 불쑥
> 반쪼가리 빵을 내밀었다
> 반쪼가리 빵을 쪼개 동생들에게 주었다
> 반쪼가리 빵 물고 어둠 내리는 교회 담장 밑에 앉아 울었다
> 반쪼가리 지붕 밑에서
> 반쪼가리 인간 부침개가 뒤집히고 있었다
> 반쪼가리 아버지가 반쪼가리 어머니 또 패대기치고 있었다
> 반쪼가리 밥상이 오리처럼 날아갔다
> 반쪼가리 마당 가득 반쪼가리 밥그릇들이 흩어졌다
> 반쪼가리 교과서를 북북 찢었다 나는
> 반쪼가리 교과서를 찢고 또 찢으며 울부짖었다
> 반쪼가리 아버지 런닝구도 너덜너덜했다
> 반쪼가리 달이 떠서
> 반쪼가리 잠자고 어머니 또 행상 나갔다
> 반쪼가리 아버지 또 검은 고무튜브 옷 입고 시장바닥 기어다녔다
> 반쪼가리 아버지가 부르는 노래

반쪼가리 동생 업고 시장 입구에 서서 들었다
반쪼가리 태양이 썩은 재래시장 지붕 위로 느릿느릿 지나가고 있었다

— 「반쪼가리 노래」 전문

시인이 반쪼가리들을 내세우고 있는 것은 자신을 반쪼가리로 인식하고, 그와 같은 세계관을 바탕으로 반쪼가리들을 품고 있기 때문이다. 그리하여 억압받고 있는 작고 낮고 힘없고 부족하고 하찮은 반쪼가리들을 포용하면서 밝고 긍정적인 면을 찾아내고 있다. 반쪼가리들을 억누르는 세계를 비판하면서 그들의 생명력을 회복시키고자 하는 것이다.

표성배는 『개나리 꽃눈』(2006) 『공장은 안녕하다』(2006)에서 공장 생활을 구체적으로 그렸다. "사십이다. 아직 넘어야 할 산이 높다. 건너야 할 강이 몇 개인지도 모른다. 공장 그림자가 어깨에 내려앉아 아이들 커가는 것만큼 작아진다. 처음 일을 시작한 공장 터에는 번들거리는 건물이 높이 솟아 내 추억 같은 외로움마저 슬프게 한다/그래도 공장은 안녕하다"(「공장은 안녕하다」)에서 볼 수 있듯이, 공장은 시인의 삶에서 배제할 수 없는 대상이다. 근대사회 이후 공장은 사회 및 경제 상황을 크게 변화시켰다. 공장의 기술과 인력, 제도, 이념 등은 자본주의 사회를 형성하는 중요한 요소가 된 것이다. 시인은 공장의 상황과 문제점들을 나름대로 고민했다.

1980년대에 등단한 김만수는 『산내통신』(2007)에서 일상의 가치와 시의 미학으로 그렸다. 강세환은 『상계동 11월 은행나무』(2006)에서 불편한 지형에 있는 사회적 약자들을 끌어안았다. 최창균은 『백년 자작나무숲에 살자』(2004)에서 참여적 메시지는 자제되어 있지만 농민시의 계보를 잇고 있다. 안상학은 『오래된 엽서』(2003)에서 민중 정신을 되돌아보면서 농민들의 현실적 고통을 담았다. 정세기(1961~2006)는 『겨

울산은 푸른 상처를 지니고 산다』(2002)에서 삶의 신념과 상처를 끌어안았다. 서수찬은 『시금치학교』(2007)에서 대추리 도두리 주민들의 삶을 중심으로 농어민들의 역사적 의의를 조명했다. 육봉수는 『근로기준법』(2002)에서 노동운동의 당위성을 당당하게 토로했다.

1990년대에 등단한 유용주는 『은근살짝』(2006)에서 유년기의 가난과 슬픔을 그렸다. 조성국은 『슬그머니』(2007)에서 민중의 편린에 빚진 마음을 내보였다. 최영미는 『돼지들에게』(2005)에서 위선적인 지식인들을 풍자했다. 김태정은 『물푸레나무를 생각하는 저녁』(2004)에서 자본주의의 질서를 거부하는 인간애를 그렸다. 이중기는 『밥상 위의 안부』(2001) 『다시 격문을 쓴다』(2005)에서 이농문제와 농업 개방에 따른 농촌 붕괴를 토로했다. 조기조는 『기름 미인』(2005)에서 도시의 거리를 부유할 수밖에 없는 사회적 약자를 그렸다. 한미성은 『어두워질 때까지』(2006)에서 인간다움의 세계를 상징하는 이미지를 찾았다. 박해석은 『하늘은 저쪽』(2005)에서 자본주의의 비인간적인 상황을 비판했다. 정철훈은 『살고 싶은 아침』(2000) 『내 졸음에도 사랑은 떠도느냐』(2002) 『개 같은 신념』(2004)에서 현대사의 문제와 역사적 실존을 고민했다. 박일환은 『푸른 삼각뿔』(2001)에서 뒤틀린 일상들을 그렸다. 이덕규는 『다국적 구름공장 안을 엿보다』(2003)에서 농민들의 삶과 애환을 그렸다. 윤임수는 『상처의 집』(2005)에서 늙은 역무원, 가난한 농부, 철도 궤도공 등을 소개했다. 이세기는 『먹염바다』(2005)에서 서해 어촌에서 살아가는 사람들의 정서를 살려냈다. 이종수는 『자작나무 눈처럼』(2002)에서 풍자와 야유로 부조리한 세상을 비판했다. 박관서는 『철도원 일기』(2000)에서 철도원의 일상을 구체적으로 그렸다. 류외향은 『꿈꾸는 자는 유죄다』(2002)에서 자본주의에 억압된 자들의 소통을 간구했다.

2000년대에 등단한 조혜영은 『검지에 핀 꽃』(2005)에서 노동자로 살

아가기 위한 투쟁을 노래했다. 이면우는 『아무도 울지 않는 밤은 없
다』(2001)에서 힘들지만 진실하게 살아가는 삶을 보여주었다. 송경동
은 『꿀잠』(2006)에서 노동시의 구체성을 복원시켰다. 임희구는 『걸레
와 찬밥』(2004)에서 되돌아보기와 바로보기로써 사회적 자아를 인식
했다.

　이밖에 2000년대의 참여시를 이끈 시인으로는 권혁소, 김명환, 김
사이, 김종인, 김태수, 김해자, 문동만, 문창길, 박승민, 박후기, 서규
정, 송유미, 신현수, 오인태, 오철수, 이도윤, 이봉형, 이한주, 임동
확, 정원도, 정연수, 황규관 등을 들 수 있다.

제1부

1. 「시와 여성성」, 『시론』(최승호 외), 황금알, 2009.
2. 「시와 여성미」, 『시를 어떻게 만날 것인가』(유종호 · 최동호 편), 작가, 2005.
3. 「김명순 시와 희곡의 여성성」(원제는 「여성성을 절실하게 열다」), 『김명순 전집 시 · 희곡』, 현대문학, 2009.
4. 「여성 미용문화사」(원제는 「해제」), 『한국 근대 여성의 일상문화 2 · 미용』(이화형 외), 국학자료원, 2004 / 『한국 현대 여성의 일상문화 2 · 미용』(이화형 외), 국학자료원, 2005.
5. 「여성 복식사」(원제는 「해제」), 『한국 근대 여성의 일상문화 3 · 복식』(이화형 외), 국학자료원, 2004 / 『한국 현대 여성의 일상문화 3 · 복식』(이화형 외), 국학자료원, 2005.
6. 「여성의 가정 교육사」(원제는 「해제」), 『한국 근대 여성의 일상문화 6 · 자녀교육』(이화형 외), 국학자료원, 2004 / 『한국 현대 여성의 일상문화 6 · 자녀교육』(이화형 외), 국학자료원, 2005.

제2부

1. 「대문자의 시학─김선영 시집 『작파하다』론」, 『현대시학』, 2008년 4월호.
2. 「햇빛의 시학─노향림의 시세계」, 『시를 사랑하는 사람들』, 2008년 7-8월호.
3. 「역설의 시학─이인원론」, 『현대시학』, 2007년 7월호.
4. 「상상력의 시학」, 심인숙 시집, 『파랑도에 빠지다』, 푸른사상, 2011.
5. 「저녁의 시학─손순미 시집 『칸나의 저녁』론」, 『현대시학』, 2011년 1월호.

제3부

1. 「여성 족보의 시학」, 전숙 시집, 『나이든 호미』, 시와 사람, 2009.
2. 「인연의 시학」, 박경남 시집, 『돌탑을 쌓다』, 시평사, 2011.
3. 「시시포스의 시학―김희수의 시세계」, 『시를 사랑하는 사람들』, 2010년 7-8월호.
4. 「천재의 시학―정숙자의 시세계」(원제는 「속독을 허락하지 않는 천재 시인」), 『애지』, 2005년 봄호.
5. 「사랑의 시학」, 이수산 시집, 『차향』, 서정시학, 2010.

제4부

1. 「수주 변영로의 '님' 읽기―「다 자는 밤」, 「도이신자(悼李信子)」를 중심으로」, 수주문학제 심포지엄, 2009. 10.
2. 「생활의 기록」, 김정순, 『생활의 기쁨』, 푸른사상, 2011.
3. 「2000년대 시문학사」(원제는 「세계화의 시기(2000~)」), 『한국 현대시사』(오세영 외), 민음사, 2007.

ㄱ

강은교 • 34, 250
고은 • 249
고정희 • 15, 51
「고풍의상(古風衣裳)」• 47
고형렬 • 252
공광규 • 255
국제통화기금(IMF) • 245, 282
김경주 • 277
김규동 • 248
김기진 • 65, 66
김길나 • 268
김명순 • 42, 56, 66
김명인 • 251
김백겸 • 254
김상미 • 37, 268
김선영 • 117
김선우 • 41, 265
김소연 • 268
김승희 • 18, 251
김신용 • 284
김언희 • 271
김용락 • 254
김이듬 • 280
김정란 • 25, 54, 174

김정순 • 234
김종미 • 279
김지하 • 250
김참 • 274
김혜순 • 27, 252
김희수 • 193
까뮈 • 194, 200

ㄴ

나희덕 • 28, 259
노향림 • 33, 126

ㄷ

「다 자는 밤」• 223
『당신의 그림자가 울고 있다』• 136
『대중은 왜 빈곤한가』• 132
「도이신자(悼李信子)」• 223
도종환 • 254

ㅁ

맹문재 • 231, 285
『몽상의 시학』• 124

문정희 • 250
문태준 • 263
미용문화 • 72
민영 • 249

ㅂ

박경남 • 180, 269
박남철 • 252, 271
박노해 • 252, 271
박라연 • 267
박몽구 • 252
박상순 • 272
박서원 • 30, 278
박성우 • 266
박철 • 267
박해람 • 269
박현수 • 268
박형준 • 261
백무산 • 254, 271
변영로 • 223
변종태 • 279
복식문화 • 85

ㅅ

『사랑은 지독한, 그러나 너무나 정상적인 혼란』• 53
사르트르 • 144
서정시 • 255
손순미 • 156
손택수 • 265
송경동 • 289
『시시포스의 신화』• 194, 200

신경림 • 249
신달자 • 26, 251
신현림 • 40, 53, 267
실험시 • 256, 270
심인숙 • 144

ㅇ

앙투아네트 • 135
양문규 • 267
엄원태 • 285
에리히 프롬 • 219
여성미 • 14, 35, 45, 100
여성성 • 13, 56, 155, 170~9, 265~9
『여성지우』• 72
오세영 • 250
와이투케이(Y2K) • 244
『우연과 필연』• 180
유안진 • 249
유종호 • 35
유홍준 • 286
2000년대 • 244
이경림 • 16, 267
이근화 • 281
이기와 • 20
이리가라이 • 30, 155, 176, 177
이선영 • 29, 260
이소리 • 253
이수명 • 273
이수산 • 211
이연주 • 19, 21
이원 • 279
이은봉 • 254
이인원 • 135, 268

이장욱 • 274
이정록 • 262
이진명 • 267
이태수 • 251

ㅈ

자녀 교육 • 102
자유무역협정(FTA) • 246, 281
장석남 • 256
장일순 • 208
장철문 • 264
『장한(長恨)』• 72
『적응하는 인간』• 130
전기철 • 267
전숙 • 169
정끝별 • 32, 258
정명자 • 24
정숙자 • 202
「조로(朝露)의 화몽(花夢)」• 58, 69
조용미 • 268
조정 • 269
조혜영 • 288
진수미 • 39, 279

ㅊ

차창룡 • 267
참여시 • 256, 281
천양희 • 250
최동호 • 231, 252
최서림 • 268
최수철 • 156
최승자 • 17

최영미 • 288
최영숙 • 268
최종천 • 282
최하림 • 249

ㅋ

콜린 윌슨 • 144~148
키에르케고르 • 211

ㅍ

표성배 • 287

ㅎ

하종오 • 252
한영옥 • 251
한혜영 • 32, 268
함기석 • 272
허수경 • 257
황병승 • 275
황인숙 • 254